아벨의 아이들
아마란스 마법학교

아벨의 아이들

아마란스 마법학교

변윤하 지음

문학수첩

목차

프롤로그 ... 7

1. 선별 시험 ... 21
2. 푸른 숲 ... 50
3. 사일런트 로스 ... 79
4. 유리 식물원 ... 109
5. 터널 끝의 실험실 ... 135
6. 천사의 전설 ... 163
7. 붉은 숲 ... 186
8. 그림자 사냥 ... 213
9. 봉인의 피 ... 239
10. 흑여우 ... 261
11. 쏟아지는 불 ... 290
12. 흰 젤리 마법 ... 312
13. 푸른 델피니움 꽃 ... 330
14. 황금빛 눈동자 ... 353

에필로그 ... 373

프롤로그

 철문 너머로 발걸음 소리가 들리다 사라지기를 반복했다. 불안한 눈빛으로 문을 바라보던 리아는 오래 웅크리고 있던 몸을 천천히 움직였다. 다리에 피가 통하지 않는 것 같았다.
 좁고 컴컴한 방에 물건이라고는 콘크리트 바닥 위에 깔린 낡은 담요가 전부였다. 애써 담요를 끌어 올렸지만, 몸 전체를 덮기에는 턱없이 부족했다. 창문이 없는 방인데도 찬바람이 새어 들어왔다. 불규칙하게 떨어지는 물방울들이 고이며 바닥에 검은 웅덩이를 만들어 냈다. 물방울이 웅덩이에 떨어져 닿을 때마다 리아는 속으로 숫자를 셌다. 천까지 센 이후에는 처음부터 세기를 반복한다. 추위보다 무서운 유령의 존재를 견뎌내기 위해서였다.
 보육원 원장은 아이들이 잘못을 저지를 때면 성찰의 방으로 보냈다. 그 감옥 같은 방에서 스스로를 돌아보며 반성을 하라는 뜻이었다. 대부분의 아이들은 성찰의 방에 다녀온 후 한동안 말을 잃었다. 엄청난 것을 목격한 듯 정신이 반쯤 나간 상태가 되었다. 사실 리아도 이미 여러 번 성찰의 방에 왔었지만, 이번에는 달랐다.

어쩌면, 영원히 나가지 못할지도 몰라.

리아는 속으로 생각했다.

이곳이 왜 유령의 방이라고 불리는지 알고 있었다. 성찰의 방에 다녀온 아이들마다 모두 유령을 보았다고 했다. 각자가 설명하는 외양은 달랐지만, 모두 같은 이야기를 했다. 커다랗고 두꺼운 문을 열고 유령이든 괴물이든 분명 끔찍한 것이 걸어 들어온다고.

시간이 얼마나 지났을까. 천까지 세기를 수십 번 반복했을 때쯤, 누군가 쇠문을 강하게 열어젖혔다. 멍하니 문을 바라보던 리아가 깜짝 놀라며 눈을 크게 떴다. 열린 문 틈새로 하얀빛이 쏟아졌다. 갑작스러운 빛줄기에 리아의 두 눈이 저절로 감겼다.

또각거리는 구두 소리와 함께 보육원 원장이 들어와 리아를 싸늘히 내려다보았다. 몸집이 큰 남자 한 명도 원장을 따라 들어왔다. 몸에 꽉 끼는 양복을 갖춰 입은 그는 보육원에서 일하는 사람들과 다른 분위기가 흘렀다. 차갑고 깡마른 원장과 달리 살짝 탄 그의 피부에 약초 냄새가 배어있었다. 처음 보는 인물에 리아는 긴장을 늦추지 않은 채 손에 쥔 담요를 만지작거렸다.

"이 아이예요."

원장의 말에 남자는 방 안을 천천히 훑어보았다. 방이라 말하기도 무색한 장소였다. 까끌한 턱수염을 가진 남자가 리아 가까이 걸어와 몸을 굽히고 앉았다. 남자의 숨결에서 술 냄새가 훅 풍겼다.

"네가 리아구나."

대답이 들리지 않았지만, 남자는 말을 이었다.

"원장의 개를 죽이려고 했다던데."

그 순간, 리아의 얼굴이 경직되었다. 바로 앞까지 다가온 남자의 눈을 똑바로 마주 보았다. 남자의 젖은 갈색 눈이 갈변된 사과의 색처럼 눅눅해 보였다. 생기 있거나 아름다운 것은 남자에게 존재하지 않을 것 같았다.

"정말 개를 죽이려고 했니?"

리아가 여전히 대답하지 않았지만, 남자는 참을성이 많아 보였다. 재촉하는 대신 남자는 양복 안쪽 주머니에서 쿠키 하나를 꺼냈다. 쿠키를 손바닥 위에 올려놓은 후 리아를 향해 내밀었다. 잠시 망설이던 리아가 원장의 표정을 살폈다. 원장이 고개를 끄덕이자, 리아는 쿠키를 받아 비닐을 벗겼다. 달콤한 냄새가 퍼졌다. 쿠키를 단숨에 삼켜낸 리아가 눈을 동그랗게 떴다. 이렇게 부드러운 쿠키는 처음이었다.

"저런. 목이 막힐 텐데."

중얼거리던 남자가, 안쪽 주머니에서 무언가를 꺼내려다 멈칫했다.

"아직 술은 마시면 안 되겠군."

남자가 눈을 찡긋했다.

"대답 잘하면 하나 더 줄게."

리아는 여전히 경계를 늦추지 않고 남자를 바라보았다. 리아의 표정을 읽어내려는 듯 남자가 눈을 가늘게 떴다. 예리한 빛이 그 안에 있었다.

"개를 왜 죽이려고 했지?"

"아니에요."

대답하는 목소리가 갈라져 나왔다. 금방이라도 눈물이 쏟아질 것 같은 눈으로 남자를 바라보았다.

"죽이려고 하지 않았어요."

"쯧."

옆에서 지켜보던 원장이 혀를 차며 눈을 흘겼다. 매부리코에 걸쳐진 안경 너머로 경멸의 눈빛이 새어 나왔다.

"얼마나 영악한지 몰라요. 애 동생도…"

"잠깐 이야기 좀 나누고 싶은데."

원장의 말을 끊으며 남자가 돌아보았다. 원장이 어깨를 으쓱한 후 한 발짝 물러섰지만, 남자는 턱 끝으로 문밖을 가리켰다.

의도를 알아챈 원장이 애써 미소를 만들어 내며 몸을 돌렸다.

"밖에서 기다릴게요."

방을 나가는 원장의 뒷모습을 리아가 조용히 바라보았다. 이제껏 원장이 이렇게 고분고분히 대한 사람은 처음이었다. 리아의 눈동자가 남자를 조심스럽게 살펴보았다. 고급스러운 양복 차림으로 보아 돈이 꽤 많아 보였지만, 어쩐지 남자와 어울리지 않는 구석이 있었다. 명품 시계와 구두, 뱃살을 꽉 조이는 벨트로 몸을 가렸지만, 그의 눈빛은 야생에 머문 세월을 지워내지 못했다.

번들거리는 턱수염을 쓰다듬으며 남자가 다시 입을 열었다.

"원장은 네가 개에게 약을 먹였다고 하던데. 개의 밥에 페린을 섞어주었다고 말이야. 페린은 약초 중에서도 급성 중독을 일으키는 식물이지. 섭취하면 금방 중독돼 죽고 말아."

리아는 시선을 내렸다가 올려 남자와 눈을 맞췄다. 떨리는 입술을 열어 겨우 말을 뱉어냈다.

"해독약에 섞어줬어요."

"해독약?"

"오동잎 나뭇잎을 갈아낸 후 페린에 섞어 먹였어요. 정말이에요. 죽일 생각은 아니었어요. 단지 시간만 벌려고…"

"왜 그런 일을 벌인 거지?"

리아의 눈빛이 잠시 흔들렸다.

"이곳을 나가려고요."

리아는 고개를 푹 숙였다. 오랫동안 세운 탈출 계획은 허무하게 끝났다. 보육원 밖으로 나가기도 전에 잡히다니. 입술을 잘근씹으며 초조한 표정을 지었다.

리아를 들여다보던 남자가 눈썹을 올리며 상냥하게 물었다.

"이곳에서 나가고 싶니? 내가 도울 수 있단다."

그 말에 리아가 남자의 얼굴을 빤히 바라보았다. 두꺼운 가죽 같은 남자의 얼굴에 홍조가 돌았다.

"네게는 두 가지 선택지가 있어."

기분 좋은 제안을 하는 양 남자는 얼굴 위로 인자한 표정을 꾸며냈다.

"첫 번째는, 나를 따라가는 거야. 너는 좋은 학교에 들어가 풍족하게 생활하며 공부하게 될 거야. 또래 친구들도 사귀게 될 테지. 또 하나의 선택지는…"

남자가 방 안을 흘겨보더니 은밀한 목소리로 말을 이었다.

"여기에 남는 거란다. 이 방에 갇혀 지내는 거지. 원장이 무척 화가 난 것 같던데, 언제 나올 수 있을지 장담을 못 하겠구나."

남자의 마지막 말에 반응하듯 리아가 어깨를 움츠렸다. 겁에 질린 표정으로 시선을 내린 리아는 입술을 달싹거릴 뿐이었다.

"자, 어떤 선택을 하겠니? 고르기 어렵지 않을 텐데."

남자의 목소리는 입안에 녹인 쿠키보다 달게 느껴졌다. 한참을 망설이던 리아가 입술을 열어 작게 대답했다.

"시아를 두고 갈 수 없어요."

그 말에 남자의 표정이 변했다. 예상치 못한 대답을 들은 것처럼 눈썹을 찌푸리며 되물었다.

"시아가 누구지?"

* * *

원장 앞에 마주 앉은 남자가 담배에 불을 붙였다. 희뿌연 연기가 공기 중에 퍼졌다. 언제나 그렇듯, 원장은 잘 꾸며낸 웃음을 보이며 상대를 기다려 주었다. 여유로운 태도는 원하는 것을 얻어내는 원장의 방식이었다. 재떨이에 담뱃재를 털어낸 후 남자가 먼저 말을 꺼냈다.

"동생이 있던데."

"아픈 아이죠. 다음 달에 병동이 있는 시설로 이동될 예정이에요."

"많이 심각한가?"

"태어났을 때부터 원인을 알 수 없는 병에 걸렸어요. 수년째 치료를 해도 호전되지 않았죠. 여기서도 더 이상 신경 쓸 여력이 없어요."

원장은 리아와 시아가 처음 보육원에 온 경위를 떠올렸다. 신원을 밝히지 않은 높으신 분이 두 아이를 맡긴다고 했다. 혹여 아이들에게 마법 관련 예후가 보이는지 관찰하라며 꽤 큰돈을 얹어주기도 했다. 아이들이 자라는 환경에 관해서는 일절 관심이 없었다.

어느 마법사의 혈통이기라도 한 걸까. 처음 몇 달간은 맡기고 간 사람이 찾아와 리아와 시아에 관해 물어보았다. 별 질문은 아니었지만, 괜히 신경이 쓰인 원장은 다른 아이들과 달리 리아와 시아를 특별히 살피기도 했다. 하지만 원장은 곧 복잡한 생각을 거뒀다. 그저 돈만 받으면 되는 것이다. 돈은 매달 정해진 날짜에 꾸준히 들어왔다.

찾아오던 사람의 방문은 차츰 줄어들더니 작년부터는 코빼기도 보이지 않았다. 돈이 끊기는 건 아니었으니 알 바 아니었다.

더 이상 찾아오지 않는 데다 돈은 꼬박꼬박 들어오니 다시 와서 확인할 것 같지도 않았다. 이참에 리아와 시아를 팔면 돈을 더 받을 수 있으니 좋은 것 아닌가? 아이들이 없다는 사실을 모를 테니 돈은 앞으로도 계속 들어올 것이다. 그러면 돈을 두 배로 벌 수 있다.

머리를 굴리던 원장은 남자와 눈을 맞추며 말했다.

"계속 데리고 있어도 입양될 가능성도 없고, 저희도 힘들어서요. 리아의 앞길에도 방해만 될 거예요."

기다렸다는 듯이 남자가 말했다.

"내가 데려가지."

"누구를? 리아 말인가요?"

"동생도 함께."

원장은 순간적으로 이해가 가지 않는 표정을 지었지만, 곧 원래의 친절한 얼굴로 돌아왔다.

"둘 다… 말씀이시죠?"

재차 묻는 원장을 향해 남자가 고개를 끄덕였다.

"자매를 함께 입양하는 경우는 흔치 않은데… 이런 경우는 특별하죠."

원장은 손으로 입을 가리며 웃었다. 머릿속으로 계산을 빠르게 하며 말을 늘어뜨렸다.

"저희 아벨의 보육원에 대해서는 익히 들으셨죠? 아이를 데려가실 경우 기부를 받고 있어요. 혹시, 얼마를 생각하실까요?"

남자는 잠자코 원장의 말을 듣고만 있을 뿐 입을 열지 않았다. 그의 표정을 읽기 위해 애쓰느라 원장이 잠시 뜸을 들여 말했다.

"리아는 영리한 아이죠. 저희가 생각하는 금액은… 이 정도?"

원장은 종이에 액수를 적어 남자 쪽으로 밀어내 보여주었다.

"동생도 데려가시니, 액수는 배가돼요. 하지만 함께 데려가시는 만큼 특별히 금액을 낮춰드릴게요."

원장은 앞서 적은 숫자를 찍 그은 후 새로 적어 보여주었다. 액수를 확인한 남자가 나직이 대꾸했다.

"꽤 큰 금액이군."

"자라나는 아이들에게는 많은 것들이 필요하죠."

"이 금액이 다 아이들에게 가나?"

원장은 능숙하게 대답했다.

"그럼요. 정부에서 받는 지원금만으로는 부족하죠. 더구나 리아같이 까탈스러운 아이에게는 더욱 손이 가는걸요."

"그런가."

이제 막 생각났다는 듯 남자가 미간을 찌푸렸다.

"그런데, 시아라는 아이를 정말 병동에 보낼 생각이었나? 내가 알아본 게 있거든."

"네? 뭘 알아봤다는 말씀이시죠?"

원장이 눈을 깜빡이며 물었다.

"대외적으로는 병동에 보낸다고 하지만, 실은 안락사시킨다는 말을 들어서 말이지."

"그, 그럴 리가요. 어디서 들으셨죠?"

원장의 눈빛이 흔들렸다. 여유로운 표정을 유지하려 애썼지만 입술 끝이 파르르 떨렸다. 남자가 몸을 앞으로 숙여 원장 가까이 다가갔다. 탁한 눈빛 속에 보기 드문 날카로움이 새겨져 있었다.

"이해 못 하는 건 아니야. 입양도 힘들 테고, 치료에 계속 돈이 들 테니 가망이 없다면 잘라내는 게 효율적이지. 하지만, 이 사실이 알려지면 당신은 어떻게 될까?"

남자의 노련한 눈빛이 겁에 질린 표정을 천천히 훑었다. 원장이 가까스로 대답했다.

"원하시는 게 있다면…"

"기부는 다른 사람에게 받도록 해."

남자는 재떨이에 담배를 비벼 껐다. 패배감이 깃든 얼굴로 원장이 고개를 끄덕였다. 남자는 더 이상 시간을 지체하지 않았다. 원하는 대답을 들은 후 자리에서 일어난 그가 나가기 전 원장을 돌아보았다.

"사흘 후 다시 오겠네. 아이들은 그때 데려가지."

건물을 나온 남자는 주변을 둘러보았다. 겉보기에는 튼튼하게 건축된 건물처럼 보였지만, 창문마다 난 창살이 폐쇄적인 분위기를 자아냈다. 건물 주변으로 낡은 벽돌들이 흩어져 있었다. 아이들이 다칠 수 있을 법했지만, 황폐하고 건조한 건물과 오히려 잘 어울리는 느낌을 자아냈다.

밖에서 대기하고 있던 비서가 다가와 남자의 표정을 살폈다. 입양의 결정 여부는 남자의 얼굴을 살피면 단번에 알 수 있었다. 기분 좋은 양 걸어가며 남자가 지시했다.

"아픈 동생이 있어. 그 동생이 입원해 있을만한 병원을 알아봐. 더글러스 부근으로. 지역에서 운영하는 병원이 있다던데."

비서가 이해가 되지 않는 표정으로 대답했다.

"교수님께서 얻으시는 건 뭐죠? 왜 그런 것에까지…"

남자의 얼굴에 씁쓸한 미소가 떠올랐다. 공허한 시선을 멀리 두던 남자가 물었다.

"자네, 더글러스 시장에 가본 적 있나?"

"예? 아니요. 거긴 워낙 더럽고, 위험한 데다가… 벼랑 끝에 내몰린 사람들이나 가는 데 아닙니까?"

무슨 뜻인지 모르겠다는 얼굴로 비서가 대답했다.

"맞아. 무엇이 쓰레기고 음식인지 구별조차 되지 않는 곳이지. 더글러스 시장에서는 돌멩이에 진흙을 묻혀 팔아. 그러고는 세상에서 제일 귀한 물건이라고 속삭이지. 어떻게든 돈을 뜯어내려고 말이야."

그 돌멩이를 잡듯 남자가 손을 펼쳐냈다가 도로 쥐었다.

"하지만, 가끔 그 쓰레기 속에서 황금이 발견되기도 해. 아무도 쳐다보지 않던, 버려진 고물 사이에서 혼자 보석을 찾아내는 기분이 어떤지 아나? 내가 틀리지 않았다는 걸 세상에 증명할 때의 기분은?"

"글쎄요. 뭐 가끔 쓸만한 게 나온다고는 하지만…"

비서는 고개를 갸웃거리며 말끝을 흐렸다.

"나도 참 중독이란 말이지. 아직도 그렇게 찾는 것을 보면."

비서가 교수의 얼굴을 물끄러미 바라보았다. 여전히 이해하지 못한 눈치였다. 회상에 잠겨있던 교수는 곧 원래의 서글한 인상으로 돌아왔다. 땅에 굴러다니는 흙덩어리를 밟은 후 구둣발로 짓이겨 냈다. 바스러진 흙을 털어내며, 차로 돌아가기 전 웃으며 말했다.

"내 인생이 참 편하다는 말일세."

1. 선별 시험

 창밖으로 황량한 풍경이 계속되었다. 풀 한 포기 없는 메마른 황무지는 아무도 살지 못할 것 같았다. 창밖을 향하던 시선을 돌려 리아가 옆에 앉은 교수를 바라보았다. 차를 타고 가는 동안 교수는 아무런 말도 하지 않은 채 밖을 응시할 뿐이었다. 깊은 생각에 잠겼는지 리아를 전혀 의식하지 않는 태도였다.

"왜 저예요?"

리아의 목소리에, 벤 교수가 그제야 고개를 돌렸다.

"보육원에 다른 아이들도 많았잖아요. 제가 개를 죽여서인가요?"

당돌한 질문에 벤 교수가 입가에 미소를 띠었다. 친절하기보다 서늘한 느낌을 주는 인상이었다.

"정말 몰랐니? 그 개가 죽을 거라는 걸."

리아의 시선이 흔들리며 바닥에 떨어졌다. 원장이 아끼던 울프독은 아이들에게 심한 공격성을 보였다. 아이들을 위협할 때면 원장은 일부러 개를 풀어 겁을 주었다. 울프독에 물려 상처를 입는 아이들도 많았다. 리아는 피를 흘리며 울던 아이를 기억했다. 시아와 동갑인 아이의 흰 원피스는 피로 물들어 있었다.

"오늘 너는 선별 시험을 치를 거다. 그 시험을 통과해야 할 거야. 그렇지 않으면 내 수업을 들을 수가 없거든."

교수의 잔잔한 눈빛이 리아를 꿰뚫어 보는 것 같았다. 리아는 자신도 모르게 고개를 끄덕였다.

"시험을 통과해라. 너 스스로를 증명해. 그럼, 개를 죽이고도 들키지 않는 법을 가르쳐 주마."

리아의 어깨가 움찔거렸다. 대답해야 할 것 같은 압박감을 느꼈지만, 교수는 무심히 창밖으로 시선을 돌릴 뿐이었다. 리아의 시선도 그를 따라갔다. 끝없이 펼쳐진 황무지가 지나고, 녹색이 군데군데 보이기 시작했다. 키가 큰 나무들이 드문드문 눈에 띄었다. 불과 10분 전까지는 전혀 예상치 못한 광경이었다.

풀이 난 길을 따라 한참 달리던 자동차가 어느 마을의 초입 길에 다다를 때쯤, 리아의 표정에 작은 변화가 일었다. 상기된 얼굴로 눈을 크게 떴다.

생생한 초록빛으로 뒤덮인 마을이었다. 자연과 집이 하나처럼 어우러져 동화 같은 분위기를 자아냈다. 리아는 창문 가까이 얼굴을 갖다 댔다. 아담한 벽돌집마다 푸른 잔디가 깔려있었다. 흙먼지가 일던 보육원 마당과는 다르게 잘 가꿔진 풀과 꽃들이 생기로워 보였다.

마을 어귀에 차를 세운 비서가 뒷좌석 문을 열어주었다. 벤 교수를 따라 내린 리아는 쏟아지는 햇살을 받았다.

"교수님, 안녕하세요!"

활기찬 목소리가 들렸다. 마을 주민으로 보이는 한 아주머니가 교수에게 고개를 숙여 인사했다. 익숙한 태도로 교수가 인사를 받았다.

동네를 걸어가는 동안 마을 사람들이 교수에게 인사를 해왔다. 높은 사람을 대하듯 예의를 차린 태도였다. 리아는 자신을 향하는 눈길들을 알아챘다. 교수에게 향하던 시선은 리아에게 떨어져 은밀하게 훑어보다 사라졌다.

"스스로를 자랑스러워해도 돼. 특별전형으로 뽑힌 거니까. 희귀하거든, 그런 학생은."

시선을 느끼는 리아에게 교수가 말했다.

교수는 집들 사이로 난 골목길로 들어갔다. 구불구불한 길을 따라 꽤 걷자, 오래된 시계탑이 나타났다. 푸른 풀 사이로 피어난 노란 금작화들이 바람결에 흔들렸다. 꽃들 너머로 우뚝 선 시계탑은 지어질 당시에는 상아색이었겠지만, 오랜 세월이 흘러 흙색처럼 보였다. 거무스름한 담쟁이넝쿨로 뒤덮인 돌벽에 난

문은 떨어져 나갔는지 보이지도 않았다.

리아는 교수를 따라 시계탑 안으로 들어갔다. 햇볕이 드는 밖과 달리 서늘한 공기가 내부를 흘렀다. 교수가 뒷문을 찾아 열었다.

뒷문을 열자, 탑의 전면과는 다른 분위기가 펼쳐졌다. 노랗고 작은 꽃들이 여전히 눈에 띄었지만, 햇빛이 들지 않아서인지 한층 가라앉아 보였다. 탑 안에 나돌던 찬바람은 필시 탑 뒤쪽에서 들어올 터였다.

탑의 뒷문은 한적한 오솔길로 연결되어 있었다. 교수를 따라 걸으며 리아는 주변을 둘러보았다. 길가를 장식한 나무들은 죄다 헐벗어 있었다. 뾰족하고 가는 가지에 간간이 묶여있는 흰 천은, 바람에 나부낄 때마다 작은 소리를 냈다.

초입부터 희끗한 안개로 싸인 숲 앞에서 세 사람은 멈춰 섰다. 숲 안쪽에서 냉한 바람이 불어왔다. 비서가 품에서 손전등을 꺼내 숲 안을 비추었다. 노란빛이 뿌연 안개 위로 피어올랐다.

교수가 양복 주머니에서 회중시계를 꺼내 시간을 확인했다.

"늦었군."

발걸음을 재촉하는 교수를 따라 리아도 안개 속으로 들어갔다. 나뭇잎이 바스락거리며 밟혔다. 뺨에 닿은 연기가 허공으로 가볍게 흩어졌다가 모이기를 반복했다.

후. 리아는 입술로 연기를 불어보았다. 달아난 연기는 금세 다시 공간을 메꿨다.

거대한 나무들이 숲 안으로 펼쳐져 있었다. 나무 기둥마다 특이한 표식이 반짝거렸다. 각기 다른 문양을 비서가 유심히 살펴보았다.

교수가 한 나무를 들여다보더니 손짓했다.

"이걸 타자고."

나무 표면에 달린 철제 손잡이를 당기자 두꺼운 나무껍질이 열렸다. 리아가 고개를 빼고 다가갔다. 나무 안으로 사람 여러 명이 충분히 탈 수 있는 공간이 나왔다.

교수가 먼저 안으로 들어갔다. 리아도 따라 들어가자, 마지막으로 들어온 비서가 문을 닫았다.

늙은 나무가 부딪치는 소리를 내더니 바닥이 움직였다. 리아는 자신의 몸이 올라가는 것을 느꼈다. 중심을 잡기 위해 벽에 기댄 리아에게 교수가 말했다.

"나무 엘리베이터야. 곧 익숙해질 테지."

이 위에는 무엇이 있을까? 상상도 할 수 없었다. 엘리베이터가 쿵 소리를 내며 멈추었다. 비서가 문을 밀어냈다. 엘리베이터 밖으로 나오자, 하얀빛이 리아를 내리쬤다.

깨끗한 하늘 아래 새파란 풀이 펼쳐진 땅이 나타났다. 대지를 딛고 서있다는 사실을 깨달은 리아가 입술을 벌렸다. 나무 위에 존재하는 섬. 언젠가 들어본 적 있었다. 하지만 한 번도 입 밖으로 내뱉지 않았던 곳. 그동안 생각해 내지 않으려 애썼는데 이렇게 직접 오게 되다니…

"가면서 설명을 해주지."

교수가 앞서 걸어갔다.

"앞으로 네가 다닐 아마란스 학교다. 하늘에 떠있는 섬에 위치했지. 예정보다 조금 늦긴 했지만, 다행히 입학식을 놓치지 않았군."

하늘에 떠있는 섬. 리아는 주변을 둘러보았다.

잔디를 오래 걸어가자 멀리 학교 건물이 보였다. 중앙 광장으로 보이는 곳에 학생들이 무리 지어 서있었다.

"아마란스 학교는 개교 이래로…"

이미 행사는 시작된 후였다. 단상에 선 남자가 연설을 하고 있었다. 교수는 서있는 교복 무리를 눈짓했다.

"가봐. 짐은 기숙사로 갖다주도록 하지."

리아는 학생들을 향해 걸어갔다. 열을 지어 선 학생들 뒤로 조심스럽게 섰다. 딱히 리아의 등장에 신경을 쓰지 않는 눈치였다.

"신입생 여러분, 모두 환영합니다."

단상 위에 선 사람이 바뀌었다. 백발의 노인이 마이크를 잡았다. 검정 실크드레스 차림의 여자는 치마를 부드럽게 털어낸 뒤 말을 이었다.

"이번 신입생에게 기대하는 바가 커요. 모두를 환영하기 위해 식사를 준비했답니다. 하지만…"

리아는 호기심 어린 눈으로 학생들을 곁눈질했다. 보육원 바깥 아이들을 만나는 건 처음이었다.

왼쪽 앞에 선 학생이 유독 눈에 띄었다. 은빛 머리카락 때문이기도 했지만, 풍기는 아우라가 시선을 확 끌어당겼다. 무엇보다 외모가 눈에 띄게 아름다웠다. 부드러운 곡선을 만들어 내며 떨어지는 얼굴선이 조각 같았다. 푸른 눈을 깜빡이며 소년은 지루해 죽겠다는 표정으로 서있었다. 은빛 속눈썹이 흔들릴 때마다 햇살에 반짝였다. 리아뿐 아니라 다른 학생들도 간간이 소년을 흘끔거렸다. 자신을 향한 시선을 의식할 만도 했지만, 소년은 끝까지 고개를 돌리지 않았다.

"모두가 고대하는 시간이 먼저겠죠. 선별 시험을 치르겠습니다. 올해는 더욱 특별하답니다."

단상에 선 여자의 입가에 의미심장한 미소가 떠올랐다.

"제가 아끼는 보석을 숲속에 숨겨두었습니다. 붉고, 반짝이고, 매혹적인 보석이죠. 그 보석을 찾아오세요. 제한 시간은 다섯 시간입니다."

여자가 양팔을 벌리자, 학생들이 동요했다. 어수선한 분위기 속에서 리아는 여자를 바라보았다. 학교의 교장이라 소개된 여자는 베일에 가려진 그림처럼 묘한 인상을 주었다.

"시험이 시작되었습니다."

종소리가 울렸다. 앞서 뛰어가는 학생들이 보였다. 리아는 쉽게 발을 떼지 못한 채 주변을 살폈다. 남은 학생들이 점차 줄어들더니 어느새 광장에는 몇 명 남지 않았다.

리아도 막 걸음을 옮기려던 참이었다. 누군가 등을 두드렸다. 뒤를 돌아보니 수줍어 보이는 여자애가 창백한 얼굴로 서있었다.

"저기…"

긴장한 아이의 시선이 불안하게 흔들렸다.

"혹시, 같이 가도 될까?"

"아, 응."

갑작스러운 제안에 당황했지만, 리아는 고개를 끄덕였다. 그제야 아이가 심각한 표정을 풀고 작게 웃었다.

"내 이름은 보니야. 너는?"

"리아라고 부르면 돼."

보니는 고개를 끄덕이며 밝게 말했다.

"고마워. 혼자서는 용기가 나지 않아서…"

어깨 너머로 땋아 내린 갈빛 머리카락이 살짝 흔들렸다. 처음보다 표정이 풀린 보니는 꽤 사교성이 좋아 보였다. 사실 리아도 혼자보다 함께 가는 편이 좋았다.

두 사람은 학생들이 사라진 쪽을 향해 걸어갔다. 함께 걷는 동안 보니는 쾌활하게 말을 걸었다.

"여기는 어떻게 오게 된 거야?"

"나? 나는… 특별전형으로."

교수에게 들은 말을 떠올리며 리아가 대답했다. 보니가 고개를 갸웃거리더니 방긋 웃었다.

"특별전형? 처음 들어봐. 엄청 대단한가 보다."

"그런 건 아니야."

리아는 곧바로 부정했지만, 사실 스스로도 정확히 알지 못했다. 일부러 말을 돌리기 위해 보니에게 되물었다.

"너는?"

"나는 시험을 봐서 들어왔어. 아직도 입학한 게 믿기지 않아. 만약 떨어졌다면…"

보니는 침울한 표정으로 고개를 떨구었다.

"동생들을 생각하면 빨리 졸업해야 해."

"동생이 있어?"

"응, 다섯 명."

"다섯 명이나?"

리아가 놀라 물었다.

"내가 첫째거든. 그래서… 빨리 졸업하고 일하고 싶어."

보니는 한숨을 푹 내쉬더니 다시 기운을 차리듯 애써 웃었다. 리아의 눈동자가 보니를 잠시 바라보았다. 혹시 보니도 비슷한 상황인 걸까? 동생이 있다는 말에 동질감을 느꼈다.

두 사람은 곧 숲에 도착했다. 숲으로 들어가는 길목에 배낭 하나가 덩그러니 놓여있었다. 보니가 앞서 걸어가 배낭을 둘러맸다.

"개수가 모자라."

보니의 말을 이해하지 못한 리아가 눈을 깜빡이며 바라보았다. 천으로 만들어진 밤색 배낭은 꽤 묵직해 보였다.

"시험을 치르는 학생들에게 나눠주는 물품이야. 아무래도 우리 둘이 나눠 써야 될 것 같아."

그제야 알아들은 리아가 고개를 끄덕였다. 보니가 없었다면 배낭을 그냥 지나쳤을지도 몰랐다.

푸르스름한 안개가 커튼처럼 내려앉은 숲이었다. 안개를 넘어가야 한다는 생각에 쉽게 발이 떼이지 않았다. 옆에 선 보니도 마찬가지였다. 메마른 입술만 달싹거리더니 이내 결심한 표정으로 리아를 바라보았다.

"갈까?"

"응."

두 사람은 함께 안개 속으로 발을 뻗었다.

끈적이는 연기가 몸에 거미줄처럼 달라붙었다. 거대한 나무들이 안개 속에서 찬찬히 모습을 드러냈다.

"꺄악!"

외마디 비명소리가 들렸다. 앞서간 학생의 목소리 같았다. 리아의 몸이 움츠러들었다. 소리가 난 방향을 쳐다보았지만, 안개에 가려져 아무것도 보이지 않았다.

보니가 겁에 질린 목소리로 말했다.

"조심해야겠어. 아무것도 안 보이잖아."

비명이 들려올 때마다 두 사람은 걸음을 멈추었다. 숲에는 무엇이 있는 걸까? 시야를 덮는 연기는 상상력을 자극했다. 리아는 성찰의 방을 떠올려 냈다. 실체 없는 유령이 이곳에도 있을까?

숲을 오래 걸었지만 방향감각이 없었다. 무작정 계속 걸어가는 건 보석을 찾는 데 아무런 도움도 되지 않을 것 같았다. 커다란 나무 밑에서 리아가 멈춰 섰다.

"여기서 배낭을 확인해 보자."

기다렸다는 듯이 보니가 나무에 등을 기댄 채 털썩 앉았다. 가방을 열고 안에 든 물건들을 하나씩 땅 위로 펼쳐냈다.

낡은 나침판과 엉성한 그물, 돋보기, 물이 든 병, 종이봉투, 작은 단도가 하나 들어있었다. 살펴보던 리아는 미간을 찌푸렸다. 활용하라는 의미로 줬을 텐데, 어떻게 도움이 되는지 전혀 알 수 없었다.

"지금 쓸 수 있는 건…"

리아는 물병을 집어 들어 한 모금 마신 후 보니에게 건네주었다. 보니는 입술을 축이는 정도로만 물을 마신 후 병을 닫았다.

보니가 종이봉투를 열어 손바닥 위로 내용물을 털어냈다. 주황색 열매 세 알과 질긴 풀 몇 가닥이 들어있었다. 오디를 닮은 붉은 열매에서 시큼한 향이 퍼졌다. 보니는 코끝에 대고 풀 냄새를 신중히 맡았다.

리아는 단도 손잡이를 매만졌다. 칼집이 나무로 만들어진, 보급형 칼이었다. 칼을 준 이유가 무엇일까? 칼이 필요한 일이라도 생기는 걸까? 불안감을 느끼던 중 꺼림칙한 울음소리가 들렸다.

소름 끼치도록 날카로운 소리는 짐승의 울음 같았다. 커다란 그림자가 안개 뒤로 비쳤다. 보니는 황급히 물건들을 배낭 속으로 집어넣었다. 리아가 안개 너머를 향해 손에 쥔 칼끝을 세워냈다. 금방이라도 무언가 불쑥 튀어나올 것만 같았다.

"까악!"

안개 속에서 시꺼먼 새들이 소리를 지르며 날아올랐다. 새들은 날카로운 발톱으로 할퀴며 공격했다. 고개를 숙인 리아의 어깨가 뜨거워졌다. 발톱이 할퀴고 간 자리에서 피가 흘렀다. 땅에 넘어진 리아를 향해 새가 다시 달려들었다. 리아는 온 힘을 다해 일어나 달렸다.

"도망쳐!"

리아가 외쳤다.

바로 뒤까지 쫓아온 새를 향해 칼을 휘둘렀다. 날개에 닿은 칼날에 새가 잠시 주춤거리더니, 더욱 거센소리를 내며 날갯짓을 해댔다.

"까악, 까아악!"

리아는 수풀을 뚫고 내달렸다. 새의 울음소리가 점차 가까워졌다. 전력 질주하는 발끝에 땅이 닿지 않았다. 허공을 걷는 기분을 느낀 순간, 무언가 잘못되었음을 느꼈다.

바로 그 순간, 몸이 아래로 수직 낙하했다.

쿵! 둔탁한 소리와 함께 온몸으로 땅에 부딪혔다.

"으윽…."

신음을 뱉으며 고개를 들었다. 위를 쳐다보니 꽤 깊은 구덩이 속에 떨어진 듯했다. 리아의 키를 훌쩍 넘는 높이의 구덩이였다. 검은 새 한 마리가 구덩이 위를 맴돌며 기이한 울음소리를 내질렀다. 그 모습을 보며 리아는 가쁜 숨을 내쉬었다.

이제 어쩌지? 머리가 아팠다. 떨어지면서 머리를 부딪힌 것 같았다. 구덩이 안으로 연기가 찬찬히 밀려 들어오고 있었다. 리아의 얼굴에 의아함이 묻어났다. 왠지 모르게 익숙한 기분이 들었다.

낯설지 않은 이유는 무엇일까? 리아는 하얀 연기를 바라보았다. 하얗고 엷은 연기는 가장 밑바닥부터 층을 만들어 내며 깔렸다. 코를 킁킁거리던 리아는 무언가 떠오른 표정을 지었다. 이 냄새를 맡아본 적 있었다.

분명히 기억해 낼 수 있었다. 보육원 성찰의 방, 그곳에서 홀로 이 냄새를 견뎌내야 했다.

성찰의 방에서 느낀 무력감이 다시금 몰려왔다. 단도를 쥔 손에 힘이 스르르 풀렸다. 등을 뒤로 기댄 채 무릎을 감싸안았다. 성찰의 방에서 스스로를 지킬 수 있었던 유일한 방법이었다.

"하나, 둘, 셋…"

눈을 감고 입술을 열어 숫자를 세기 시작했다. 오직 숫자만이 머릿속을 지배하도록. 의식을 잃지 않고 유령을 견뎌낼 수 있도록.

"구백구십구… 천…"

천천히 눈을 뜨자 한결 희미해진 연기가 보였다. 머리 위를 빙빙 돌고 있던 새도 사라지고 없었다. 리아는 머리를 짚으며 일어섰다. 구덩이를 나가기 위해 벽을 만져보았다.

가파른 구덩이를 오르기는 쉽지 않았다. 턱 끝에 땀방울이 맺혔다. 몇 번이나 벽을 타고 오르다가 미끄러져 넘어지는 바람에 옷이 흙투성이였다. 리아는 치맛단을 털어냈다. 까진 무릎에서 피가 흘렀다.

"보니?"

리아가 외쳤다.

"보니? 거기 있어?"

아무런 대답도 들리지 않았다. 망연자실한 리아는 그대로 바닥에 주저앉았다.

"거기, 누구 있어?"

잠시 후 낯선 목소리가 들렸다. 리아는 희망을 품고 벽으로 바짝 다가섰다. 희뿌연 안개 너머의 사람에게 최선을 다해 소리쳤다.

"도와줘! 여기서 나갈 수가 없어!"

"기다려."

얼마 후 목소리의 주인이 구덩이 안으로 그물을 던져주었다.

"이걸 타고 올라와!"

리아는 그물을 팽팽하게 당겨냈다. 좌우로 흔들리는 그물 위로 한 발씩 위태롭게 올라섰다. 조금이라도 발을 헛디디면 중심을 잃고 떨어질 것 같았다.

가까스로 절반 정도 올랐을 때였다. 손을 뻗어 그물의 윗부분을 힘주어 잡았다. 오른발을 띄운 후 더 높이 오르기 위해 그물 위로 힘을 얹었다.

마지막으로 손을 뻗어내는 순간이었다. 무언가 머리를 강타한 것처럼 눈앞이 새까매졌다. 극심한 두통과 함께 영상 하나가 머릿속에 멋대로 펼쳐졌다.

보랏빛 식물이 보였다. 끈적이는 촉수를 뻗어내 리아의 목덜미를 감쌌다. 리아의 몸이 허공으로 들렸다. 식물의 아귀가 벌어지며 진득한 액체가 흘러나왔다. 아무리 쥐어짜 내도 목소리는 나오지 않았다. 땅에 닿지 않는 발을 힘없이 휘저었다. 식물의 입안에 박힌 붉은 점들이 노랗게 변하며 벌레처럼 기어다녔다. 온몸에 소름이 돋아났다.

저 아가리 안으로 잡아먹히는 걸까?

"안 돼!"

소리를 지르며 눈을 떴다. 안개와 함께 벽 위로 걸린 그물이 비스듬히 보였다. 끔찍한 냄새는 어느새 희미해지고 없었다. 그물을 오르다 떨어진 걸까? 방금 그건… 꿈이었을까. 무거운 몸을 힘들게 일으켰다.

곧이어 통증을 느끼며 머리를 감싸 쥐었다. 떨어질 때 꽤 세게 부딪힌 것 같았다. 꿈이라기엔 지나치게 생생한 장면들. 꺼림칙한 기분이 가시지 않았다. 끈적끈적한 액체가 묻은 것처럼 몸을 몇 번이고 털어냈다.

도로 일어서서 그물을 힘주어 당겨냈다. 천천히 숨을 내쉰 후, 다시 그물을 오르기 시작했다.

구덩이 밖으로 몸을 밀어내자 그제야 숨통이 트이는 것 같았다. 그물을 지탱한 것이 굵은 나무였음을 금방 알아차렸다. 나무를 칭칭 감은 밧줄에 이어진 그물이 구덩이 아래로 늘여져 있었다. 그물을 던져준 사람은 이미 떠나고 없었다. 리아는 잠시 안개 너머를 바라보았다. 누구였을까? 고맙다는 말조차 못 했는데. 쥐고 있던 칼을 주머니에 넣은 후 돌아섰다.

숲은 여전히 연기로 자욱했다. 넓은 숲에서 보니를 찾기 어렵다는 생각을 하며 리아는 계속 걸었다. 마른기침이 나왔다. 물을 마시고 싶었지만, 배낭은 보니에게 있었다. 리아가 가진 건 주머니에 든 단도가 전부였다.

 멀리서 붉은 점 하나가 안개 뒤로 반짝였다. 자리에 멈춰 선 리아는 그 점을 뚫어져라 쳐다보았다. 보석일까? 심장이 빠르게 뛰었다. 만약 보석을 찾을 수 있다면… 벤 교수는 리아에게 시험을 통과하라고 했다. 만약 그에게 증명해 보이지 못한다면, 어떻게 될까? 무표정한 벤 교수의 얼굴을 떠올리자 마음이 불편해졌다.

 붉은 점을 향해 걸어가던 리아의 얼굴에 의아함이 번졌다. 이상했다. 점이 움직이고 있었다.

 안개 뒤로 흐릿한 빛의 속도는 점차 빨라졌다. 그 빛을 쫓아 리아도 달렸다. 아무리 달려도 가까워지는 기분이 들지 않았다.

 숨을 헐떡이며 멈췄을 때, 깜빡이는 빛도 안개 너머 정지해 있었다. 한 걸음씩, 빛을 향해 조심스럽게 다가갔다. 사이를 가로막던 안개가 걷히고 마침내 보석을 마주 보았다. 리아의 두 눈이 커졌다. 줄곧 쫓아온 보석이 무엇이었는지 깨달은 것이다.

 새하얀 토끼의 한쪽 눈이 유독 붉었다. 멀리서 보아도 알아볼 수 있을 정도로 반짝이는 보석이 왼쪽 눈에 박혀있었다.

 토끼는 그물에 걸려있었다. 보니의 배낭 안에 든 것과 같은 그물이었다. 작은 토끼가 몸부림을 칠수록 그물은 더욱 세게 토끼의 몸을 조였다. 리아가 다가가자, 토끼는 그물에 안긴 채 조용히 눈을 맞추었다.

단도로 그물을 찢어낸 후 토끼의 목덜미를 잡아 들었다. 토끼의 털이 손안에 부드럽게 감겼다. 보석이 토끼의 눈에서 반짝이고 있었다. 이 보석을 얻기 위해 무엇을 해야 하는지 리아는 알고 있었다.

토끼는 순진한 얼굴로 리아의 손에 뺨을 비벼댔다. 리아의 표정이 흔들렸다. 왜 지금 시아가 떠오르는 걸까? 그대로 멈춰 선 채로 얼마간 머뭇거렸다.

휘익!

칼이 날아왔다. 칼날은 토끼의 목에 정확하게 박혔다. 푸욱! 피가 분수처럼 뿜어져 나왔다. 당장 벌어진 상황을 이해하기 위해 애쓰며 리아는 칼이 날아온 방향으로 고개를 돌렸다.

언제부터 지켜봤을까? 은발의 소년이 나무 위에 앉아있었다. 광장에서 본 소년이다. 유독 시선을 잡아끈 아름다운 아이.

소년은 나무에서 한 번에 내려와 리아 앞으로 걸어왔다.

"아까부터 지켜봤어. 이대로는 내일이 되어도 죽이지 못할 것 같아서."

소년의 목소리는 미모와 어울리는 가성이었다.

얼굴에 튄 피를 닦을 생각도 못 한 채 리아는 소년을 바라보았다. 가까이서 마주 보니 숨이 막힐 정도로 아름다웠다.

은발 아래 박힌 푸른 눈 안에 맑은 하늘빛과 은은한 회색빛이 공존했다. 천재 조각가의 작품처럼 정교하고 완벽한 얼굴이었다. 잘생겼다는 말로도 부족한 무언가가 소년에게 있었다. 서늘하고 신비로운 분위기.

소년의 얼굴을 한참 보던 리아는 손에 쥔 토끼에게로 시선을 떨구었다. 소년의 칼은 토끼의 목덜미를 정확히 찔렀다. 조금이라도 빗나갔다면 리아가 다칠 수 있었는데도 태연한 태도였다.

리아는 주저했다. 토끼는 이미 숨이 멎어있었다. 머리로는 보석을 빼내야 한다고 생각했지만, 쉽사리 행동으로 옮길 수 없었다.

"또 그러네?"

소년이 리아 바로 앞으로 걸어왔다. 토끼의 목덜미에 박힌 칼을 빼내 잡았다. 진득한 피가 토끼의 몸을 타고 흘렀다.

리아의 손 위에 소년이 자신의 손을 얹어 토끼를 단단히 잡았다. 그리고 다른 손으로 칼날을 세워 들었다. 반짝이며 매끄러운 칼날이 토끼의 눈알을 파냈다.

소년은 피가 뚝뚝 떨어지는 보석을 리아에게 내밀었다.

"이건 네 거야."

리아가 망설이며 소년의 얼굴을 쳐다보자, 소년은 귀찮다는 얼굴로 눈썹을 살짝 올렸다. 그리고 리아의 손을 잡아채 손바닥 위에 보석을 올려놓았다. 부드러운 살결과 함께 단단한 씨앗 같은 이물감이 리아의 손안에 느껴졌.

손에 묻은 피를 셔츠에 대충 닦은 소년이 메고 있던 배낭을 열었다. 살짝 열린 배낭 안으로 반짝이는 것들이 존재감을 드러냈다. 리아의 시선이 배낭 안을 향했다. 수두룩한 보석을 본 리아의 숨이 턱 막혔다.

소년은 칼을 배낭 안에 집어넣었다. 도로 배낭을 닫은 소년을 향해 리아가 물었다.

"그걸… 다 죽인 거야?"

소년은 평온히 대답했다.

"응."

"왜?"

소년은 무슨 그런 질문을 하냐는 듯한 표정을 지었다.

"보석을 얻어야 하잖아."

"하나만 있어도 시험을 통과해."

"그건 너 같은 애들한테나 통하는 말이고."

소년은 손을 들어 앞머리를 쓸어 넘겼다. 흰 손등에 묻은 핏자국이 또렷이 보였다.

"나는 다른 기대를 받는걸."

그렇게 말하는 소년의 푸른 눈이 하늘을 담은 듯 청명했다.

소년은 인사 없이 뒤돌아 걸어갔다. 그 모습을 멍하니 지켜보던 리아가 손안에 쥔 보석으로 시선을 돌렸다.

왜 보석이라 칭했는지 알 것 같았다. 씨앗처럼 단단한 표면이 유려하게 반짝였다. 잘 깎인 다이아몬드처럼 굴곡진 표면마다 빛을 반사하고, 뿜어내는 붉은빛이 가히 아름다웠다.

리아는 넋 놓고 보석을 바라보았다. 얼마 전까지 살아 숨 쉬는 생명체였다는 사실이 강렬하게 느껴졌다. 푸른 눈의 소년처럼 이 보석을 많이 가진다면, 보석의 생명력으로 시아가 회복될 수 있을까? 말도 안 되는 생각임을 알면서도 시아를 떠올렸다.

창백한 얼굴로 항상 힘없이 침대에 누워있는 시아. 음식을 섭취할 때마다 식은 죽을 시아의 입술에 직접 떠먹여 주어야 했다. 음식을 씹고 삼키는 것조차 고통스러워했기 때문에 인형처럼 가만히 누워있는 편이 그나마 편안해 보였다. 그런 시아를 낫게 할 수만 있다면…

리아는 쓰라린 표정으로 토끼를 땅에 내려놓았다. 자리를 떠나려다가 시선을 내려 토끼를 바라보았다. 잠시 생각하더니 구부려 앉아 양손으로 흙을 파냈다. 파인 자리에 토끼를 넣은 다음 도로 흙으로 덮어주었다. 토끼가 묻힌 자리에 볼록한 언덕이 생겨났다.

리아는 보석을 소중히 쥔 채 뒤돌아 걸어갔다.

* * *

숲을 나오자 안개가 걷히며 진홍빛 노을이 몸을 물들였다. 리아가 채 알아보기도 전에 보니가 먼저 뛰쳐나왔다.

"리아!"

리아는 반쯤 넋이 나간 표정으로 보니의 포옹을 받았다.

검정 코트를 입은 키 큰 남자가 리아 앞으로 다가왔다. 리아는 보석을 남자에게 보여주었다. 보석을 받아든 남자가 하늘을 향해 비추어 보더니 건조하게 말했다.

"이름."

"리아 디실버예요."

검정 코트는 주머니에서 수첩을 꺼내 깃털 펜으로 빠르게 적어나갔다.

그 뒤로 흰 가운을 입은 사람들이 다가왔다. 리아의 몸에 난 상처를 확인한 후 소독액과 연고를 발라주었다. 신속하고 정확한 동작이었다. 연고를 바른 팔에서 시원한 느낌과 더불어 향긋한 허브향이 났다. 기분이 좋아진 리아는 따뜻한 물수건을 받아 얼굴을 닦았다. 피부에 묻은 핏자국이 깨끗이 지워졌다.

맑은 종소리가 세 번 들렸다.

"시험은 종료다. 식사 장소로 이동하도록."

검정 코트는 수첩을 주머니에 넣은 후 안개 너머 숲속으로 들어갔다. 안개가 서서히 걷히고 있었다. 나무들 사이로 비틀거리며 걸어 나오는 학생들의 모습이 보였다. 금방 잠에서 깬 듯 하품을 하거나 눈을 비비는 학생도 눈에 띄었다.

"해독제를 뿌렸나 봐. 이제 학생들이 나올 거야."

보니가 학생들을 힐끔거리며 속삭이고는 리아의 손을 잡아끌었다.

"어서 가자, 배고파."

식사 장소는 본관 2층에 위치했다. 웅장한 유리문이 활짝 열린 연회장이 아이들을 맞이했다. 떠다니는 샹들리에가 황금빛 조명을 비추고, 그 아래 대리석으로 만들어진 테이블이 여러 줄로 놓여있었다. 테이블 위로 진귀한 음식이 가득했다.

"우와."

그대로 선 채 바라만 보는 리아를 보니가 끌고 와 자리에 함께 앉았다. 얼떨결에 테이블 앞에 앉은 리아는 음식을 넋 놓고 바라보았다. 잘 구워진 오리구이와 밀전병, 병아리콩을 넣은 카레와 깨를 뿌린 흑미 빵, 갖가지 약초를 넣고 끓인 수프와 진달래꽃이 박힌 팬케이크, 오미자 열매로 데코를 한 초콜릿 머핀, 블루베리 잼과 치즈를 얹은 바게트… 보육원에서 본 음식과는 차원이 달랐다.

서서히 학생들로 빈자리가 채워질 때쯤, 다시 한번 종소리가 울렸다. 앞쪽에 선 교장이 보랏빛 음료가 든 잔을 들고 서있었다.

"이번 시험을 통과한 학생의 수는 여섯이에요. 작년보다 많은 숫자죠. 여러분에게 기대하는 바가 큽니다."

교장의 입꼬리가 부드럽게 올라가며 미소를 만들어 냈다. 눈처럼 흰 머리카락을 단정히 올린 교장은 세월의 흔적인 주름마저 우아해 보였다. 더 이상 말은 생략하겠다는 듯 양팔을 뻗어 음식을 가리켰다.

"배고플 테니 충분히 즐기도록 하세요."

식사가 시작되었다. 리아도 숟가락을 들었다. 보육원에서 먹던 음식이 생각났다. 딱딱한 빵이나 귀리를 오래 끓인 죽이 주된 식사였다. 가끔 특별한 손님이 방문하면 꽤 그럴듯한 음식이 나오기도 했지만, 그때뿐이었다.

"듣던 대로 엄청나네."

옆에서 보니가 감탄했다.

"이게 다 얼마야? 제일 비싼 것부터 먹어야겠어."

보니는 손을 뻗어 양고기 스테이크가 담긴 접시를 가까이 끌어당겼다. 잘 썰린 스테이크를 소스에 찍어 먹는 표정이 만족스러웠다. 리아도 손을 뻗어 파이를 집었다. 버섯과 치즈로 속을 가득 채운 파이는 한입 베어 물면 고소한 즙이 입안 가득 퍼졌다.

파이를 끝낸 리아는 시아를 떠올렸다. 보육원에서 파이는 연말 파티 때나 먹을 수 있는 특별한 디저트였다. 아프기 전 시아는 파이를 무척 좋아했다. 리아가 자신의 파이를 양보하면 한 번에 먹어 치울 정도로.

이제는 파이가 눈앞에 있어도 먹지 못하겠지. 이렇게 좋은 음식을 혼자만 먹는다는 사실이 마음을 불편하게 만들었다.

앞자리에 앉은 아이가 음식을 제대로 먹지 못한 채 연신 기침을 뱉었다.

"괜찮아?"

리아가 물었다.

"숲에서 깨어난 뒤로 이래. 목이 써."

주변을 둘러보자 기침을 하는 학생들이 꽤 되었다. 호화스러운 음식을 앞에 두고 생각보다 양이 줄지 않았다.

"해독제 때문에 그럴 거야."

사과주스가 든 잔을 빙그르르 돌리며 보니가 대꾸했다.

"감미나무 진액이 들어갔거든. 호흡기에 일시적으로 고통을 줘."

"어떻게 그렇게 잘 알아?"

마치 모르는 게 없는 것처럼. 리아의 물음에 보니가 어깨를 으쓱하며 대답했다.

"부모님이 화원을 운영하셔서 익숙해."

"멋지다. 화원이라니. 어디서?"

기침을 하던 학생이 묻자 보니는 칼로 썬 스테이크를 삼키고 대답했다.

"실바론에서 운영하셔. 여기 오기 전까지 나도 화원 일을 도왔어."

실바론은 파도바 왕국의 북부에 위치한 작은 도시였다. 바다에 가깝게 위치한 실바론은 겨울에도 비가 많이 내리고 다른 지역보다 특히 추웠다. 자연스럽게 학생들은 자신의 출신 지역에 관해 이야기를 나누기 시작했다.

"너는 어디서 왔어?"

불쑥 들어온 질문에 잠자코 음식을 먹던 리아가 고개를 들었다.

"나는… 아베린에서 왔어."

아벨을 떠올리다 충동적으로 지어낸 이름이었다. 워낙 다양한 지역 출신이 많았기 때문에, 리아의 고향을 듣고서도 학생들은 모르는 도시겠거니 생각하는 눈치였다.

그때, 보니가 리아의 얼굴을 빤히 바라보았다. 눈이 마주치자 싱긋 웃어주는 보니에게 리아도 미소로 답했다. 어쩐지 위화감이 느껴졌다. 마치 리아의 거짓말을 알면서도 넘어가 주는 듯한, 묘한 표정이었다.

보니가 먼저 시험을 통과했다는 건, 보석을 먼저 구했다는 뜻일 터였다. 보니도 토끼의 눈알을 도려냈을까? 크레이프를 잘라내던 리아는 보니를 바라보았다. 순진한 얼굴로 트뤼프를 얹은 푸딩을 떠먹는 보니의 옷소매에 핏자국이 검게 말라붙어 있었다.

"올해는 여섯 명이나 시험을 통과했네. 작년에는 두 명밖에 없었잖아."

"그러게."

학생들의 대화 주제는 여러 방향으로 흘렀는데, 특히 올해 시험을 통과한 학생들의 정체가 화젯거리였다. 리아가 직접 나서서 말하지 않았기 때문에 학생들은 리아가 그중 한 명이라는 사실을 알지 못했다. 보니도 직접 말하지 않았지만, 대화를 들으며 은근히 즐기는 눈치였다. 취향에 따라 음식을 여유롭게 골라 먹으며, 화제의 인물이 된 기쁨을 마음껏 누렸다.

서서히 식사를 마치고 무거워진 배를 두드릴 때쯤, 검정 코트가 나타나 연회홀 뒤쪽에 커다란 종이를 붙였다. 먼저 식사를 마친 학생들이 종이 앞에 모여 웅성거렸다.

리아와 보니도 무리 속으로 걸어 나갔다. 기숙사가 그려진 지도에 방 번호와 이름이 적혀있었다. 남녀 기숙사가 원형 정원을 가운데 두고 마주 보는 구조였다. 두세 명이 한방을 쓰도록 배정되었는데, 간혹 한 사람의 이름만 적힌 방도 보였다.

자신의 이름을 찾아낸 리아가 뜻밖이라는 표정을 지었다.

"나는 방을 혼자 쓰네? 보니, 너도."

"우리는 시험을 통과했으니까. 특별대우지."

보니가 뿌듯한 목소리로 대꾸했다. 리아는 기숙사 지도를 꼼꼼히 들여다보았다. 여자 기숙사에서 혼자 방을 쓰는 학생은 세 명뿐이었다.

"피곤해. 가서 자야겠어."

보니가 기지개를 켜며 걸어갔다. 종이를 들여다보는 리아를 뒤돌아보더니 물었다.

"안 가?"

지도 속 기숙사 뒤로 시꺼먼 숲이 펼쳐져 있었다. 깊이가 가늠

되지 않는 암흑의 숲을 들여다보던 리아가 고개를 돌렸다.

"응, 같이 가."

그 숲을 등진 채 리아도 연회장을 나섰다.

리아의 방은 기숙사 건물 2층 끝에 위치했다. 중앙계단을 올라가 통유리창 복도를 쭉 따라 걸으면 나오는 방이었다. 녹색 문을 조심스럽게 민 리아는 방 안을 확인하고 그대로 멈춰 섰다.

들어가자마자 보이는 벽면에 커다랗고 둥근 창이 나있었다. 아늑한 목조 인테리어에 맞게 가구들이 배치되어 있고, 파릇하게 자라난 식물들이 방 곳곳을 장식해 주었다. 방으로 들어간 리아는 창문 가까이 다가가 섰다. 넓은 유리창 너머 어둠에 가려진 풍경이 보였다. 한 벽면을 메운 책장 위로 책 몇 권이 꽂혀있었다. 리아는 책상 앞에 놓인 짐을 발견했다.

기숙사에 가져다 놓겠다고 한 교수의 말을 떠올린 리아가 가방을 풀었다. 몇 벌의 옷이 전부인 가방 아래쪽에 숨겨둔 사진을 꺼냈다. 빛바랜 사진 속 시아의 모습은 건강해 보였다. 풍성하게 짜인 스웨터를 입고 천사 같은 얼굴로 환히 웃고 있는 시아. 리아는 사진을 벽에 붙였다.

유리창 앞에 위치한 넓은 침대 위로 몸을 던지듯이 누웠다. 이렇게 좋은 방을 혼자 쓰다니. 폭신한 이불에 스르르 눈이 감겼다. 아벨의 보육원에서의 날들이 떠올랐다. 퀴퀴하고 냄새나는 건물과 좁은 방들. 함께 지내는 학생들은 모두 같은 옷을 입고 비슷한 표정을 지었다.

리아는 천천히 눈꺼풀을 올렸다. 유리창 너머 작은 별들이 황금빛으로 깜빡였다.

"정말 푸르고 아름답구나, 여기는."

이질적인 기분이 들었다. 단순히 낯선 환경 때문만은 아니었다.

"여기는 보육원보다 나을까?"

리아가 입술을 움직여 중얼거렸다.

하늘에 떠있는 섬 위의 세계. 보석을 얻기 위해 토끼의 눈을 도려내는 곳. 고귀한 꽃과 식물들이 자라나지만, 깊은 숲속에는 무엇이 사는지 가늠조차 되지 않았다. 그래서일까. 함부로 마음을 놓을 수 없었다. 보육원에서부터 본능적으로 터득된 습관이었다.

리아는 자신이 왜 이곳에 왔는지 알고 있었다. 몸을 일으켜 벽에 붙인 사진을 바라보았다. 아직은 건강했을 때 시아의 모습은 리아를 꽤 닮았다. 유난히 가로로 긴 눈과 날렵한 턱, 햇빛을 받으면 붉은기를 띠는 생기로운 갈빛 머리카락. 침대에 누워있어야 하는 지금과 달리 시아는 명랑하고 쾌활한 아이였다. 아프기 전까지는 오히려 리아보다 건강한 듯했다.

시아를 지켜야 했다. 서로의 몸이 떨어졌을지라도.

2. 푸른 숲

 이른 시간 잠에서 깬 리아는 창밖을 바라보았다. 아직 어둠이 채 가시지 않은 잎사귀들이 바람결에 살랑거렸다. 새가 지저귀는 소리가 평화롭게 들렸다. 리아는 일어나 옷장을 열었다.

 베이지색 교복은 넥타이와 조끼까지 갖추어져 있었다. 교복을 입은 후 리아는 자기 모습을 거울에 비추어 보았다. 어쩐지 어색하게 느껴졌다. 이제껏 교복을 입고 학교에 다닐 수 있을 거라고 생각해 본 적 없었다.

 시간이 지나자 차츰 학생들의 목소리로 밖이 어수선해졌다. 누군가 문을 두드렸다. 문을 열자 보니가 활짝 웃으며 반겼다.

 "잘 잤어? 교복 잘 어울린다!"

 같은 교복 차림인 보니는 전날처럼 머리를 하나로 땋은 후 히아신스 꽃 모양의 핀으로 고정했다.

"오리엔테이션 같이 가자."

교복을 입은 학생들이 하나둘 대강당으로 향하고 있었다. 리아도 보니와 함께 대강당으로 걸었다. 따뜻한 빛줄기가 복도를 비추었다. 창밖으로 분홍 튤립이 흐드러지게 핀 정원이 푸르렀다.

대강당에 들어서자, 이미 도착한 학생들의 목소리가 떠들썩했다. 학기 초라 그런지 분위기가 들떠있었다. 아직 서로 알지 못하는 학생들은 탐색하듯 말을 걸었다. 리아는 입학 책자를 받아 보니와 함께 자리에 앉았다.

입학처 직원으로 보이는 젊은 여자가 강당 위로 올라와 마이크를 잡았다. 주름 하나 잡히지 않은 흰 와이셔츠에 발목까지 내려오는 검정 치마를 입은 여자는 규율에 엄격할 것 같은 인상을 주었다. 학생들의 시선이 무대 위로 모아졌다.

"아마란스 식물학교는 땅에서 나오는 에너지를 활용한 마법을 배우는 곳입니다. 그중에서도 식물에 특화되어 있죠. 여러분은 꽃, 나무, 열매 등의 자연 매체에서 마법을 추출하여 활용하는 법에 대하여 배우게 됩니다."

문득 시선이 느껴졌다. 고개를 돌려보았지만 특별히 눈에 띄는 사람은 없었다. 설명을 듣는 동안 리아는 종종 뒤를 돌아보았다.

"왜 그래?"

"응, 아니야."

옆에서 묻는 보니에게 리아가 고개를 저었다.

어디선가 받았던 시선이다. 언제였더라? 아무리 애써도 떠오르지 않았다. 유독 느껴지는 시선이 있다. 멀리 떨어져 있는데도 가는 실이 사이를 연결해 놓은 것처럼, 미세하지만 분명하게.

"학교 지도는 다음 장에 그려져 있습니다. 건물에 따라 학생들의 출입이 엄격히 통제됩니다. 오랜 역사를 지닌 식물원은 아마란스의 자랑인데요, 이 부분은 중요하니 잠시 후 돌아오도록 하죠."

무테안경을 고쳐 쓰며 여자가 말을 이었다.

"여러분이 1학년에 듣는 수업은 필수과목과 선택과목으로 나뉩니다. 필수과목은 여러분의 시간표에 자동으로 신청돼 있습니다. 여러분이 고를 선택과목은 열아홉 번째 페이지부터 나와있습니다."

종이 넘기는 소리가 들렸다. 리아도 선택과목 페이지를 펼쳤다. 꽃의 이름, 열매의 역사, 세계 식물학, 토양 영양학, 색 조화 수업… 선택과목이 빼곡히 채워진 장을 열심히 읽어 내려갔다. 수업마다 담당 교수와 학습 내용이 상세히 적혀있었다.

여자의 설명은 숲의 영역으로 넘어갔다.

"학교를 둘러싼 숲은 학교에서 멀어지는 거리에 따라 검은 숲과 푸른 숲으로 나뉩니다. 검은 숲에는 모든 학생이, 푸른 숲에는 허락된 소수의 학생만 출입 가능합니다."

숲은 아마란스의 심장과 같은 곳이었다. 하늘 위에 떠있는 섬의 신비로운 숲. 이곳을 연구하고자 왕국 각지에서 학자들이 몰려들었고, 자연스럽게 섬에 머무는 사람들을 위한 연구기관이 형성되었다. 아마란스 학교의 역사는 바로 이 연구기관에서 시작되었다. 학자들의 유구한 노력에도 일정 깊이 이상으로 숲에 들어갈 수 없었다. 아직 밝혀지지 않은 식물과 짐승, 환경은 숲을 탐험하고자 하는 이들에게 지극히 위협적이었다. 학구적인 열정으로 많은 학자들이 목숨을 잃자, 왕국은 숲의 출입을 통제했다.

학생들에게 허락된 숲은 초입일 뿐이었다. 다만 실력을 검증받은 학생들에 한해 조금의 가능성을 더 열어주었다. 안개의 푸른빛에 의해 나무의 표면이 연청색을 띠는 '푸른 숲' 영역이었다.

설명회가 끝난 후 학생들은 각자 시간표를 받아 갔다. 리아가 받은 시간표에는 들어야 하는 수업이 채워져 있었다. 시간표를 읽으며 학생 무리를 따라 강당을 나섰다.

"선택과목 뭐 신청할 거야?"

기숙사 앞 망고 정원은 학생들이 정보를 교환하는 장소였다. 정원에 피어난 노란 꽃들이 망고와 색이 같다는 연유로 붙여진 별명이었다.

리아와 보니는 벤치에 앉아 따사로운 햇살을 받았다.

"나는 세계 식물학 듣고 싶어. 수업 들어가 보고 별로면 바꾸려고."

"꽃 이름 수업 듣고 싶다고 한 애들이 많더라."

"정말? 뭘 배우는데?"

"꽃 이름에 얽힌 마법의 원형. 재밌을 것 같지 않아?"

입학 책자를 둘러보며 조잘거리는 목소리가 들렸다. 유달리 많은 시간을 차지하는 수업이 눈에 띄었다. '푸른 숲'이라고 적힌 수업은 하루의 시간을 온종일 쏟아야 하는데도 별다른 설명이 쓰여있지 않았다.

"너는 뭐 신청해?"

옆 벤치에 앉아있던 학생이 몸을 돌려 리아에게 물었다. 생각하던 리아가 대답했다.

"푸른 숲 수업."

그 순간 학생들의 시선이 일제히 리아를 향했다. 질문을 던진 학생이 한 번 더 물었다.

"혹시… 네가 선별 시험에 통과한 학생 중 한 명이야?"

리아는 고개를 끄덕였다. 그러자 학생의 얼굴에 다양한 감정이 나타났다. 화난 것 같기도 하고, 부러운 것 같기도 하고, 당황한 것 같기도 했다가 끝내 쓴 미소를 입가에 머금었다.

"수업 늦겠다. 가자."

시선을 받는 리아의 팔을 보니가 잡아당겼다.

정원에서 멀어지자 보니는 어깨를 으쓱하더니 말했다.

"말했잖아. 특권이라고. 혼자 방을 쓰는 것도, 특별반 수업을 들을 수 있는 것도 모두 우리가 선별 시험을 통과했기 때문이야."

리아가 생각하기에 단 한 번의 시험으로 학생들을 나누는 건 공정하지 않은 것 같았다. 보니는 명랑하게 말을 이었다.

"매년 학교는 입학생들을 선별해 특별반을 만들어. 우리는 선별된 소수의 학생들이고. 그러니 우리가 얼마나 부럽겠어?"

리아는 손에 쥔 시간표를 물끄러미 바라보았다. 특별대우를 받는다는 것은 본인이 시간표를 선택할 수 없다는 뜻도 포함되었다. 보육원에서의 특별대우는 항상 안 좋은 결과를 가져왔다. 리아가 나지막이 물었다.

"그게 좋은 거야?"

보니의 시선이 당황한 듯 흔들렸다.

"뭐? 넌 정말… 아니다."

보니가 고개를 돌렸다. 새파란 하늘이 내려온 듯 망고 정원이 푸릇푸릇했다. 햇살을 받은 잎사귀가 하얗게 흔들렸다. 보니의 시선은 그 너머를 향했다. 더 이상 아무런 말도 하지 않았.

* * *

두꺼운 목조 문을 밀어내자, 먼저 온 학생들의 시선이 막 들어온 두 사람을 향했다. 여학생 한 명과 남학생 두 명이 강의실 중앙에 있는 커다란 책상에 둘러앉아 있었다.

리아와 보니도 걸어가 빈자리에 앉았다. 호기심 어린 표정으로 열심히 눈동자를 굴리던 금발의 남학생이 불쑥 인사를 건넸다.

"안녕, 보니."

보니와 아는 사이인 듯했다. 보니가 인사를 받자, 금발은 리아를 향해 활짝 웃었다.

"너는 이름이 뭐야? 나는 노아 그레이펠이야. 이쪽은 테오도르 홀로웰."

금발은 옆에 앉은 남학생의 이름까지 말해주었다. 테오도르라고 불린 아이의 두 눈이 석류처럼 붉었다. 저무는 노을이 아니라 떠오르는 아침 해처럼 생명력이 느껴지는 빛깔이었다. 그 빛을 품은 눈이 휘어지며 웃었다.

시선을 마주하며 리아가 느리게 대답했다.

"리아… 디실버라고 해."

디실버는 벤 교수가 붙여준 성이었지만, 아직 입에 붙지 않아 어색했다.

리아를 보는 테오도르의 얼굴에 반가운 감정이 어렸다. 붉은 눈 위로 내려온 흑발이 차가운 인상을 줄 법도 했지만, 왠지 모를 다정함이 분위기를 따스하게 만들어 주었다. 리아는 잠시 테오도르와 시선을 교환했다. 설명할 수 없지만, 왠지 친숙한 기분이 들었다.

넓은 책상 끄트머리에 앉아있던 단발의 여자애가 말을 얹었다.

"나는 미나야."

읽던 책에서 시선을 뗀 미나의 눈빛이 고요했다.

"성이 뭐야?"

천진한 얼굴로 노아가 묻자, 미나는 다시 책으로 시선을 내리며 짧게 대답했다.

"없어."

"없다고?"

노아가 눈썹을 올리며 되물었지만, 미나는 더 이상 아무런 말도 하지 않은 채 책을 읽을 뿐이었다. 어깨를 으쓱한 후 노아가 중얼거렸다.

"뭐, 그런 경우도… 있겠지."

리아는 미나를 조용히 살펴보았다. 꼭 닫힌 문처럼 다가가기 어려운 분위기가 흘렀다.

"루카스 벨레티안."

막 들어온 남학생이 이름을 말한 후 미나의 건너편에 앉았다. 리아의 두 눈이 일순간 커졌다. 토끼의 목에 칼을 꽂은 은발의 소년이다.

"벨레티안? 왕국 설립 가문 벨레티안이란 말이야?"

흥분한 목소리로 노아가 외쳤다.

"와. 파도바 왕국 설립 가문이 신입생 중에 둘이나 되네."

노아는 테오도르와 루카스를 번갈아 보며 감탄을 뱉었다.

루카스가 테오도르를 흘긋 보더니 픽 웃었다.

"홀로웰도 설립 가문으로 치나? 제일 하는 일 없이 차려진 밥상에 숟가락만 얹는 허울일 뿐인데."

그 말에 앉아있던 테오도르가 차분히 대꾸했다.

"가족 내 패권다툼만 하는 벨레티안 가문보다는 훨씬 자격 있다고 생각하는데."

두 사람의 시선이 만났다. 사이에서 불꽃이 튀기는 것 같았다. 미나는 태평하게 계속 책을 읽을 뿐이고, 보니는 두 사람을 조용히 지켜보았다. 중간에서 노아가 애써 웃으며 말을 붙였다.

"아니, 그러니까 나는⋯ 펠레그레노 학원도 있으니까, 이렇게 같은 학교에서 만난 게 신기하기도 하고, 그래서⋯"

파도바 수호 왕국 설립에 도움을 준 가문은 총 여섯이었다. 여섯 가문에서 10년마다 돌아가며 수호자를 선출해 냈다. 설립 가문의 자제들만 들어갈 수 있는 펠레그레노 학원이 수도에 있었다. 마법 최고 권위자들이 수업을 가르쳤기 때문에 명성이 높았다.

하지만 벨레티안과 홀로웰 가문은 펠레그레노 대신 아마란스를 선택했고, 이는 왕국 사람들의 호기심을 불러일으킬 만한 소식이었다.

"붉은 숲 때문에 온 거야?"

지켜보던 보니가 물었다. 줄곧 책에서 눈을 떼지 않던 미나가 고개를 들어 관심을 보였다.

"붉은 숲? 흑여우가 묻혔다느니, 금지된 마법이 잠들어 있다느니 한 숲 말이야? 진짜일 리가 없다고 아버지가 그러셨는데."

노아가 눈을 가늘게 뜨며 말했다.

"붉은 숲은 진짜로 있어. 우리 같은 풋내기들은 푸른 숲만 가도 헤매겠지만, 위대한 마법사들은 가능할 거야. 예전에 봉인 마법사들이 흑여우를 봉인한 곳도 붉은 숲이잖아."

말하면서 보니는 루카스를 곁눈질했다. 루카스는 턱을 가볍게 쳐들며 말했다.

"그런 건 모르겠고, 난 그저 집에서 멀리 떨어진 곳에 오고 싶었을 뿐이야. 하늘에 떠있는 섬까지 온 아들을 어떻게 간섭하겠어?"

생각에 잠겨있던 테오도르의 시선이 리아에게 닿았다. 아까보다 유독 불안해 보이는 리아를 향해 걱정스럽게 물었다.

"괜찮아?"

"아, 응."

리아는 작은 목소리로 대답했다. 창백한 얼굴로 양손을 매만질 뿐 아무런 말도 덧붙이지 않았다. 그런 리아를 향해 노아가 눈을 깜빡이며 물었다.

"왜 그래? 혹시 너도 뭐 아는 거 있어? 붉은 숲이라든가…"

"아니, 처음 듣는 이야기야."

노아의 말이 끝나기도 전에 리아가 고개를 세차게 저었다. 강하게 부정했기 때문에 도리어 어색해 보였다. 리아는 대화 주제가 바뀌기를 초조하게 기다렸다. 그런 리아를 테오도르가 조용히 지켜보았다.

미나는 무언가 할 말을 속으로 삭이는 것 같은 표정이었고, 노아는 어정쩡하게 고개를 끄덕였다. 어색한 침묵이 흐를 무렵 벌컥 문이 열렸다.

주머니에 손을 넣은 채로 등장한 교수는 이미 30분이나 늦었지만 개의치 않는 모습이었다. 교탁 앞으로 가 아이들을 대충 둘러본 후 뒤돌아 칠판에 자신의 이름을 휘날려 적었다.

"먼저 이야기들 나누고 있었나? 서로 친해지는 게 좋을 거야. 입학할 때 난놈들은 졸업할 때까지 난놈들이거든. 서로 붙어있을 시간이 많을 거라는 얘기지."

교수가 피식 웃고 말을 이었다.

"나는 벤 터너다. 앞으로 너희를 가르칠 사람이지."

그제야 리아는 이제껏 교수의 이름조차 모르고 있었다는 사실을 깨달았다.

기대한 이미지와 다른지 교수를 보는 미나의 얼굴이 경직되었다. 학생들이 어떤 반응을 보이든 벤 교수는 능숙하게 다음 말을 이었다.

"수업은 대부분 푸른 숲에서 진행될 거다. 원래는 들어갈 수 없지만, 특별반 수업에 한해 들어갈 수 있다."

벤 교수는 칠판에 등을 기대며 중얼거렸다.

"참, 출석 불러야지."

파일을 뒤적이던 둔탁한 손이 멈추었다.

"이름은 다 외웠지. 내 기억력이 꽤 좋거든."

벤 교수는 눈을 찡긋한 뒤 이름을 불렀다.

"미나, 리아, 보니, 노아, 테오도르, 루카스. 선별 시험을 여섯 명이 통과한 경우는 이례적인데, 너희에게 학교의 기대가 커."

휘파람을 불더니 그가 분필을 던지듯 내려놓았다.

"더 이상의 설명은 생략하고, 오늘은 맛보기만 하도록 하지."

그리고 문을 벌컥 열고 교실을 나갔다. 어리둥절하던 학생들이 교수를 따라나섰다.

벤 교수는 강의동 뒷문으로 나가 숲으로 가는 북문을 향해 걸었다. 가는 동안 학교에 대해 설명해 주는 것도 잊지 않았다.

"학교를 둘러싼 숲은 거리에 따라 검은 숲과 푸른 숲으로 나뉜다. 지금 우리는 검은 숲을 지나 푸른 숲으로 향하는 지름길을 걷고 있다."

숲으로 향하는 세 개의 문 중 북문은 가장 고풍스러운 외관을 띠었다. 오래된 세월이 드러난 문 위로 수려한 포도 덩굴이 그려져 있었다. 어느 유명한 조각가의 작품이라고 했다.

북문을 지나 검은 숲으로 들어서자, 선별 시험 때 보았던 숲이 모습을 드러냈다. 리아는 숲의 공기를 들이마셨다. 촉촉한 흙의 냄새가 시푸른 나무 냄새와 섞여 몸속에 들어왔다.

발바닥 아래의 흙은 숯을 바른 것처럼 완연한 흑색이었다. 양옆으로 난 수풀을 손으로 헤치며 벤 교수가 앞장섰다.

따라 걷던 미나가 멈춰 선 후 고개를 갸웃거렸다. 그 모습을 본 노아가 물었다.

"왜 그래?"

"들려서."

"들린다니, 뭐가?"

"종소리."

"난 아무 소리도 안 들리는데."

미나가 종소리 얘기를 꺼내고도 한참 후에야 다른 학생들도 종소리를 들을 수 있었다. 멀리서 미세하게 들리던 종소리가 점차 커졌다.

그 소리가 어디서 나는지 학생들은 곧 알아차릴 수 있었다. 푸른 숲 초입부에 밧줄이 결계처럼 둘려있었다. 밧줄 위로 흰 리본과 종들이 띄엄띄엄 달려있었다.

"한눈에 보아도 알겠지? 푸른 숲이다. 봐, 파랗잖아."

벤 교수가 손을 뻗어 밧줄 너머를 가리켰다. 정말로 끈 너머의 나무들은 푸르스름한 색을 띠었다. 한눈에 보아도 검은 숲과 외관적으로 차이를 보였다.

푸른 숲은 고요하고, 창백하고, 새벽을 닮았다.

벤 교수는 양복 안주머니에서 힙 플라스크를 꺼내 목을 축이고는 트림을 뱉었다. 보니가 눈살을 찌푸렸지만 개의치 않고 입을 크게 벌리며 말했다.

"오늘 수업 활동은 내가 놀랄만한 것을 채취해 오는 것이다. 가장 희귀하다고 생각하는 식물을 찾아 여기에 담아 와. 제일 잘한 사람에게는 상을 주지."

벤 교수가 주머니에서 투명 비닐을 여러 개 꺼내 흔들었다.

"푸른 숲은 위험하다고 들었는데요."

비닐을 받으며 보니가 말했다.

"그래서?"

"교수님은 안 들어가세요?"

"잘 말했다. 위기 상황에 너희를 도와줄 동아줄은 내가 아니라 이거야."

이번에는 바지 주머니에서 동그란 유리병들을 꺼냈다. 작은 유리병 안에 투명한 액체가 절반가량 들어있었다.

"그러니 믿고 잘 다녀오라고. 내가 해독약만큼은 기깔나게 만들어 놨으니까."

"해독약이요?"

노아가 천진한 얼굴로 물었다.

"중독증상이 보이면 이걸 먹도록 해. 만에 하나 약이 들지 않으면 바로 돌아오고."

그제야 이해한 노아가 얼굴을 찡그렸다.

"저는 필요 없어요."

루카스가 말했다. 그는 가볍게 걸어가 밧줄을 넘어 푸른 숲속으로 사라졌다.

그 모습을 지켜보던 리아는 나머지 학생들과 함께 유리병을 받아 챙겼다.

학생들이 나뉘어 푸른 숲으로 들어갔다. 이슬이 내려서인지 땅이 촉촉이 젖어있었다. 하늘로 솟은 나무들은 푸른기를 띠었다. 바닷물에 물든 조개껍데기를 부순 것처럼 날카롭고 작은 입자들이 흙과 함께 섞여 푸른빛을 내뿜었다.

"난 저기로 가볼래."

보니는 사람이 다닌 흔적이 없는 길을 가리켰다.

"그럴래? 나는 좀 더 걸어가 보려고."

보니와 헤어진 리아는 계속 걸었다. 주머니에 넣어둔 해독약을 만지작거리면서.

무작위로 자라난 푸른 식물들이 보였다. 리아와 비슷한 키의 식물이 하얀 꽃송이를 품고 있었다. 가까이 다가가니 달짝지근한 향기가 풍겼다. 궁금한 마음에 꽃 깊숙이 얼굴을 대었다.

"떨어지는 게 좋을 거야."

나직한 목소리가 들렸다. 화들짝 놀라 돌아보니 테오도르가 서있었다.

"왜?"

"독은 아니지만, 코를 마비시켜. 교수님이 원하시는 식물도 아닐 테고."

"아."

리아가 황급히 꽃에서 떨어졌다.

"왜 그래?"

어색한 표정을 짓는 리아를 향해 테오도르가 물었다.

"이미 마비된 것 같아…"

둘은 동시에 웃음을 터트렸다.

"근처에 마비를 푸는 풀이 있을 거야. 같이 찾아보자."

테오도르가 다가오며 말했다. 리아는 큰 키의 테오도르를 올려다보았다. 붉은 눈동자와 검은 머리카락이 햇살을 받아 온기를 띠었다. 처음 본 인상 그대로 누구에게나 호감을 줄 것 같은 외모였다.

"응."

리아가 고개를 끄덕였다. 예전에 마주친 기분이 드는 건 왜일까? 이 시선을 받아본 적이 있었던 것 같았다. 오래전, 서로의 시간이 한번 맞물린 적 있었던 것처럼.

"테오도르."

"응?"

"…아니야."

"테오라고 불러."

"응."

리아는 고개를 끄덕이고 생각에 잠긴 얼굴로 물었다.

"혹시, 우리 만난 적… 없겠지?"

혼자 말해놓고 곧바로 고개를 저었다.

"아니야. 쓸데없는 질문을 했어."

보육원 밖을 나가본 적도 없으면서. 분명 봤을 리가 없을 텐데. 그렇게 생각한 리아가 입가에 쓸쓸한 미소를 머금었다.

테오는 대답하지 않은 채 묵묵히 걸었다. 서서히 숲이 깊어지며 특이한 식물들이 눈에 들어오기 시작했다. 주위를 둘러보던 테오가 넌지시 물었다.

"그런데 이 약 말이야, 이상하지 않아?"

테오는 손바닥을 오목하게 만들어 투명한 액체를 부었다. 냄새를 맡고 혓바닥을 내밀어 살짝 맛보더니 이럴 줄 알았다는 표정을 지었다.

"맹물이야."

"맹물이라고?"

"우리를 시험하는 거겠지. 자력으로 어디까지 할 수 있는지."

잠시 생각하는 표정을 짓던 테오가 싱긋 웃었다.

"이럴수록 더 잘하고 싶어지네. 안 그래?"

"조심해야 하는 거 아니야? 해독제가 없으면…"

리아는 불안한 얼굴이 되었다.

"누가 없대?"

테오는 품속에서 또 다른 유리병을 꺼냈다. 유리병에 담긴 액체가 연보랏빛을 띠었다.

"혹시 몰라서 가져왔어."

"준비성이 철저하구나."

리아가 환하게 웃으며 대꾸했다.

"가자."

테오가 앞장서 걸어갔다.

숲을 꽤 깊이 들어왔다는 생각이 들 때쯤 두 사람은 멈춰 섰다. 주변에 난 식물들은 모두 처음 보는 종류였다. 리아는 꽃향기를 맡아보았다. 무얼 골라야 할지 고민하다가 붉은 점이 찍힌 노란 꽃에 시선을 빼앗겼다.

"그거 고를 거야?"

"점박이 무늬가 독특하지 않아? 처음 보는 꽃이야."

테오는 두리번거리다가 수풀에 난 열매를 땄다. 불그스름한 열매를 비닐 안에 집어넣었다.

"페린이라는 열매인데, 섭취했을 때 강한 독성이 나타나. 깊은 숲에서만 구할 수 있지."

짐짓 몰랐던 것처럼 고개를 끄덕였지만, 사실 리아도 그 열매를 알고 있었다. 빻은 가루의 형태로만 보았지만.

두 사람은 각자 식물이 담긴 비닐을 들고 길을 되돌아 걸었다. 햇살이 내리쬐는 숲은 평화로워 보일 뿐 위험과는 거리가 멀게 느껴졌다.

생각하던 테오가 불쑥 말을 꺼냈다.

"사실, 너를 알아."

테오는 사이를 두고 말을 이었다.

"아벨 마을 축제에 섰지? 그때 너를 봤어."

아벨의 축제? 리아의 얼굴에 의아함이 떠올랐다.

보육원 아이들은 1년에 한 번 마을 축제 무대에 섰다. 표면적으로는 재능 활동이지만, 사실은 입양을 독려하는 자리였다. 축제에서 아이들은 자신을 데려갈 가능성이 있는 후원자들에게 재능을 뽐냈다.

"너는 노래를 불렀지. 그때 지켜보던 아버지가 말했어. 저기 노래 부르는 여자애가 내 동생이 될 거라고."

테오는 옛날이야기를 떠올리는 표정을 지었다.

"하지만 그 일은 이루어지지 않았지. 자세한 내막은 모르지만 입양은 취소되었고, 다시 너를 볼 수 없었어."

가만히 듣고 있던 리아는 바로 기억해 냈다. 2년 전 일이었다. 축제 직후 보육원 원장은 리아를 불러 입양이 결정되었다고 통보했다. 부유한 가문에서 리아를 원한다고 했다. 단, 시아는 데려갈 수 없다고 못을 박았다.

"가끔 너를 생각했거든. 가족이 될 뻔했으니까. 궁금했어."

테오의 입가에 쓸쓸한 미소가 떠올랐다.

"그러다 너를 입학식 날 보게 되었고, 그래서…"

줄곧 느껴진 시선이 테오였음을 그제야 깨달았다. 리아가 물었다.

"그럼, 혹시 선별 시험 때 밧줄도 네가?"

"돕고 싶었어."

테오의 말에 온기가 서려있었다.

"정말 놀랐거든. 다시 만날 수 있게 되리라고는… 다른 곳에 입양되어 잘 살고 있을 거라고 믿었는데."

테오는 잠시 머뭇거리더니 조심스럽게 물었다.

"좋은 곳에 입양된 거야?"

리아는 한참 후에 대답했다.

"응."

"다행이다."

테오는 안도의 미소를 지었다.

서로 빗겨간 시간이 쌓인 만큼 두 사람은 조용히 숲을 걸었다. 리아는 테오의 옆얼굴을 훔쳐보았다.

만약, 이 소년이 가족이 되었다면 어땠을까? 거기까지 생각한 리아가 눈동자를 굴려 땅으로 떨어뜨렸다. 너무 완벽하기 때문에 상상조차 되지 않았다. 애초에 탐내서도 안 되는 것들이 있다. 테오는 그런 느낌을 주었다.

 다정한 눈빛이 리아를 돌아보았다. 당황한 리아가 서둘러 앞을 보았지만, 시선을 눈치챈 소년이 화사하게 웃었다.

* * *

 리아와 테오가 도착할 때쯤 벤 교수가 종을 흔들었다. 종소리를 듣고 아직 숲에 남아있는 학생들도 돌아왔다. 교실로 돌아온 후 교수는 학생들에게 수집한 식물을 펼쳐놓으라고 지시했다. 커다란 책상 위로 비닐이 하나씩 벗겨졌다.
 "해독약이 들지 않아서, 식물을 찾지 못하고 돌아왔어요."
 볼이 퉁퉁 부은 노아가 눈물을 글썽이며 말했다. 달아오른 뺨이 잘 익은 토마토처럼 붉었다.
 벤 교수가 혀를 차더니 교실 뒤에 놓인 나무 상자를 가져왔다. 허름한 상자를 열자, 꽤 많은 약품이 들어있었다.
 "치료가 필요한 사람들은 꺼내 쓰도록."
 노아는 약을 꺼내 뺨에 발랐다. 보니도 밴드를 꺼내 손가락에 붙였다.
 "독성이 강한 꽃이었어요."
 보니가 가져온 꽃은 눈송이처럼 새하얗고, 병아리처럼 뽀송한 털이 나있었다.

"사람들이 잘 가지 않는 길을 택했군."

벤 교수가 턱을 만지며 중얼거렸다. 식물을 보는 것만으로도 숲의 어디쯤인지 단번에 아는 것 같았다.

"둘은 같이 다녔나? 가까이 자란 식물을 가져왔군."

리아와 테오가 가져온 식물을 본 벤 교수가 떨떠름한 표정을 지었다.

"똑같은 과제를 내면, 이런 식물을 아흔 번쯤 보게 되지. 뭐, 그래도 애썼다."

테오의 어깨를 가볍게 토닥이고 다음 식물로 넘어갔다. 미나가 가져온 비닐 안에 개미 한 마리가 들어있었다.

"이건 뭐지?"

벤 교수가 물었다.

"실 개미예요."

벤 교수는 그제야 흥미로운 눈길을 주었다.

"끊임없이 실을 만들어 내요. 겉보기엔 별것 아닌 것 같아도, 인체에 좋은 약이에요. 워낙 구하기 어렵지만, 이렇게 실 개미를 직접 키우면 실을 뽑아낼 수 있죠."

"실 개미를 구하기 어려운 게 아니야. 제조법이 까다롭기 때문에 일부러 구하는 수고를 하지 않는 거지. 약으로 만들어지기 전의 실 개미는 가치가 크지 않아."

벤 교수의 말에 미나가 시선을 내리깔았다. 칭찬을 받을 줄 알

앉는데 도리어 꾸중을 들은 얼굴이었다.

"창의성은 인정해. 평범한 식물을 가져오기 싫어 곤충을 택했지. 수고했어."

마지막으로 벤 교수가 루카스의 비닐을 집어 들었다.

"이건…"

루카스의 비닐에 든 건 식물도 곤충도 아니었다. 작은 유리 조각이었다. 인상을 찡그리며 비닐을 집어 든 벤 교수의 얼굴에 놀라움이 번졌다. 말을 잇지 못하고 유리 조각을 가만히 들여다보더니 루카스를 똑바로 바라보았다.

"벌써 여기까지… 대단해."

감탄을 뱉은 벤 교수가 입을 크게 벌리며 웃었다. 벤 교수가 왜 웃는지 알지 못한 학생들은 어리둥절했다. 한참을 웃은 후 벤 교수가 눈물을 글썽이며 말했다.

"식물은 아니지만, 능력을 충분히 증명했어. 이번 상은 루카스에게 주지."

그는 차고 있던 손목시계를 벗어 루카스에게 던졌다.

"내가 새소년이던 시절 얻은 거야. 돈 주고도 구할 수 없는 시계지."

루카스가 시계를 한 번에 받아 쥐더니 옅은 미소를 지었다.

"자, 이제 선별 시험 이야기를 하지. 모두 시험을 통과해서 이 자리에 왔을 테니."

벤 교수가 학생들을 둘러보며 눈썹을 치켜올렸다.

"어떻게 시험을 통과했지? 다른 학생들은 모두 독에 중독돼서 환영을 봤는데?"

"푸른 솔잎을 이용했어요."

미나가 가장 먼저 대답했다.

"배낭 안에 들어있던 약초는 에스라 풀이었죠. 함께 들어있던 용액은 해독제였어요. 알맞은 용량으로 섞기 위해…"

"그다음은?"

"토끼가 좋아하는 열매를 준비했어요. 용액을 섞어내 향을 퍼트린 뒤 함정을 만들어 그물로 잡았죠."

"정답이군."

이번에는 벤 교수가 노아를 향해 물었다.

"노아 군은 어떻게 시험을 통과했지?"

"저랑 같이 있었어요."

보니가 대신 대답했다.

"나무에 피어난 푸른 솔잎을 긁어냈어요. 짓이긴 다음 물에 섞어내 눈가에 발랐죠."

보니는 자신 있는 표정으로 말을 이었다.

"학원에서 나눠준 약초도 해독력이 있지만, 푸른 솔잎을 사용하면 부작용 없이 정신을 유지할 수 있어요. 각성효과가 있기 때문에 효과가 좋죠."

2. 푸른 숲

"실용적이군. 어떻게 알았지?"

"부모님께 배웠어요."

벤 교수의 시선이 루카스에게 머물렀다. 루카스는 시계를 손목에 차며 가볍게 대답했다.

"토끼사냥을 했을 뿐이에요."

"루카스, 역시 벨레티안 가문답군."

벤 교수는 흡족한 표정을 지었다. 더 이상 아무런 설명이 필요 없다는 듯한 태도였다.

"무슨 뜻이야?"

리아가 속삭여 물었다.

"벨레티안 가문 사람은 독에 중독되지 않아."

"정말?"

보니의 대답에 리아가 눈을 크게 떴다.

"어렸을 때부터 조금씩 독을 먹인대. 내성이 생기도록."

벤 교수의 시선이 루카스를 떠나지 않았다.

"보석을 마흔한 개나 모았다지? 그렇게 모은 이유가 뭐지?"

"벨레티안 가문이니까요."

루카스의 대답에 벤 교수가 즉각 웃기 시작했다.

"네 사촌 누나가 생각나는군. 작년 선별 시험에서 수석을 차지했지. 그만큼은 아니지만, 아주 훌륭해."

루카스의 표정이 굳었다. 학생들을 향해 몸을 돌리며 벤 교수가 말했다.

"모두 잘했다. 오늘 내가 나눠준 해독약은 맹물이었어. 이미 알아차린 사람도 있을 테지."

그제야 깨달은 노아가 울 것 같은 표정을 지었다.

"숲은 살아있다. 식물도 꽃도 모두 살아있는 유기체지. 말을 하지 않을 뿐 너희와 다르지 않아. 숲을 깊이 들어갈수록 그들은 스스로를 지키기 위해 독을 내뿜는다. 그걸 이겨낼 줄 알아야 해. 해독약에는 한계가 있다."

벤 교수는 목소리를 낮춰 말을 이었다. 한결 비밀스러워진 분위기가 흘렀다.

"식물 마법이 치유 마법이라고들 하지. 물론 틀린 말은 아니야. 하지만 기억해라. 생명을 살리지만 죽이는 데 더욱 탁월한 마법이다."

수업이 끝나고 리아는 생각에 잠긴 얼굴로 교실을 나섰다. 벤 교수의 마지막 말이 마음에 남았다. 생명을 죽이는 데 탁월한, 마법이라고 했다. 그 말이 잔상처럼 남아 머릿속을 맴돌았다.

함께 걷던 보니가 멈춰 선 채로 인상을 찡그렸다. 걱정스러운 목소리로 리아가 물었다.

"괜찮아? 걷기 힘들어 보이는데."

"별거 아니야. 낮은 절벽에서 굴렀거든."

"절벽? 괜찮은 거야?"

리아가 화들짝 놀라 물었다.

보니가 피식 웃고 대꾸했다.

"목숨을 걸고 왔으니 각오 해야지."

그 대답에 리아가 의아한 표정을 지었다.

"목숨을 걸고 왔다고?"

"너도 사인했을 거 아니야? 입학할 때 받은 서류들. 숲에서 발생할 수 있는 모든 사고는 학교가 책임지지 않는다. 개인의 역량으로 조심해야 한다고."

"아…"

리아는 입학 서류를 떠올렸다. 제대로 읽지도 않고 사인했던가. 머릿속에는 오직 시아를 살려야겠다는 생각뿐이었으니까.

"아까 숲 결계에 달린 종들 봤지? 뭐라고 생각해?"

대답하지 못하는 리아를 향해 보니가 그럴 줄 알았다는 듯이 웃었다.

"학생이 한 명씩 죽을 때마다 종을 달아, 추모의 의미로."

죽는다고? 예상치 못한 대답에 충격받은 리아가 입술을 벌렸다.

"매년 호기심을 참지 못하는 학생 한두 명은 꼭 죽어 나가거든. 그만큼 위험한 숲이고. 숲의 끝은 아직 아무도 몰라. 교수들도 끝까진 가본 적이 없다나?"

웃음기 서린 표정이 걷히고 보니는 잠시 침묵했다. 이윽고 다시 입을 떼 물었다.

"너는 왜 온 거야?"

"응?"

"이 학교에 왜 왔냐고. 아무것도 모르면서."

보니의 목소리는 가벼웠지만 날이 서려있었다.

"나는…"

리아는 입술을 떼었다가 붙였다. 머뭇거리는 리아를 본 보니가 희미하게 웃었다.

"아니야. 대답 안 해도 돼."

"너는?"

리아가 되물었다.

"나?"

한 치의 망설임도 없이 보니가 대답했다.

"돈이 되니까."

보니는 리아와 눈을 맞추었다. 일말의 거짓도 섞여있지 않은 눈빛이었다.

그때 리아는 어쩌면 보니에게도 스스로 견뎌내야 했던 시간이 있을지도 모른다는 생각이 들었다. 굳이 말로 꺼내지 않았지만, 눈빛을 보고 알 수 있었다. 지켜내야 하는 것이 있는 사람은 다른 눈을 지녔다.

방으로 돌아온 리아는 책상 앞에 앉았다. 벽에 붙여진 사진을 들여다보다가 서랍 속에서 쓰다 만 편지를 꺼냈다. 펜을 들어 천천히 적어 내려가기 시작했다.

시아에게,

몸은 어떠니? 네가 괜찮아지기를 바라. 분명 곧 나을 거야. 아주 좋은 치료를 받고 있다고 전해 들었으니까. 너에 대한 자세한 경과를 듣지 못하지만, 우리는 연결돼 있으니까, 네게 무슨 일이 생긴다면 나는 분명 알아챌 거야.

이곳에서의 생활은 활기차고 즐거워. 오늘은 숲에 들어갔어. 신비하고 아름다운 식물이 잔뜩 피어있었지. 수업을 마친 후에는 열매도 따 먹었어. 함께 수업 듣는 학생들은 모두 친절해. 물론 아벨의 보육원 아이들만큼은 아니지만. 벌써 아벨의 보육원 아이들이 그리워. 하지만 이겨내야겠지. 나는 여기서 내가 할 수 있는 것을 할 거야. 걱정할 필요는 없어. 이곳에서의 일상은 정말 평화로워. 내가 누릴 수 없었던 많은 것들을 이곳에서 즐기려고 해. 하지만 네가 함께였다면 훨씬 좋았을 거야.

다시 만날 날을 기대하며,
사랑하는 언니가.

3. 사일런트 로스

아마란스 학교 광장에 천막이 설치되었다. 신입생들은 기대감을 안고 클럽들을 둘러보았다. 광장을 가로질러 걷는 리아와 보니에게도 한 학생이 다가와 말을 걸었다.

"안녕! 혹시 아직 클럽 안 들었다면 잎사귀 차를 만들어 보는 건 어때? 숲에서 채집한 다양한 잎으로 향긋한 차를 만들어 마시는 거야. 마셔볼래?"

학생은 따뜻한 차가 담긴 종이컵을 나눠주었다.

"관심 있으면 들어와."

학생이 가리킨 천막 앞에 '잎사귀 차 클럽'이라고 적힌 나무판이 보였다. 천막 전체가 라벤더 꽃과 푸른 잎사귀들로 장식되어 있었다. 마치 정원을 싹둑 오려내어 그대로 붙여놓은 것 같았다.

차를 마신 후 리아와 보니는 호기심 가득한 표정으로 클럽들을 둘러보았다. 각자 다른 매력을 지닌 클럽을 보는 재미가 쏠쏠했다. 숲 열매를 이용한 파이 요리 클럽에서 블루베리가 들어간 파이를 나눠주었다. 한입 깨물어 먹자 진한 블루베리잼이 흘러내렸다. 두 사람은 파이를 단숨에 먹어 치웠다.

"팔아도 될 것 같아."

"정말. 너무 맛있는데?"

상큼한 블루베리 향이 손끝에 남아있었다. 손바닥을 털어내며 보니가 활짝 웃었다.

"나는 연금술 클럽에 들고 싶어."

"연금술 클럽? 거기선 뭘 하는데?"

"식물을 배합해서 금속을 만들어 내. 잘 배우면 돈이 될 거야."

"식물로 금을 만들 수 있어?"

리아가 호기심 어린 표정을 지었다.

명망 높은 학교답게 아마란스에는 다양한 클럽이 존재했다. 학생들은 각자의 취향과 재능에 맞게 클럽을 선택했다. 졸업 후에도 막강한 인맥이 되어주었기 때문에 클럽만을 보고 아마란스에 입학하는 학생도 많았다. 입학 전부터 어느 클럽에 들어갈지 정해놓은 학생도 꽤 되었지만, 인기 많은 클럽은 학생을 가려 받기 때문에 들어가기 쉽지 않았다.

"리아는? 들고 싶은 클럽 있어?"

"나? 나는…"

리아의 시선이 한 천막에 머물렀다. 비단을 오려낸 듯한 흑색 천에서 윤기가 차르르 흘렀다. 천막 위로 세워진 깃발은 여느 천막들보다도 가장 높게 꽂혀있었다. 깃발 가운데 은실로 수놓은 늠름한 말이 눈에 띄었다.

"저기는 어디야?"

"아, 승마 클럽? 우리는 못 들어가. 소수의 가문만 들어갈 수 있거든."

리아를 따라 고개를 돌려본 보니가 대답했다.

"잘난 가문들끼리 노는 거지 뭐. 이미 신입 명단 다 정해놨을 걸?"

보니는 리아의 팔을 반대쪽으로 잡아끌었다.

"우리를 받아주는 곳은 저쪽이야."

보니가 가리킨 쪽에 학생들이 여럿 모여있었다.

"혹시 점 관심 있어? 꽃잎을 활용한 점은 어때? 무료로 봐줄게."

머리에 손수건을 두른 학생이 리아와 보니를 향해 손짓했다.

"공짜예요?"

"그럼, 들어와. 찻잎 점을 봐줄게."

보니와 리아는 학생을 따라 천막 안으로 들어갔다. 녹색 천이 깔린 테이블 위로 고풍스러운 찻잔 다섯 세트가 놓여있었다. 학생은 테이블 앞에 놓인 동그란 의자 두 개를 가리켰다.

"앉아. 내 이름은 루시야. 반가워."

리아는 의자에 앉아 앞에 놓인 찻잔을 물끄러미 바라보았다. 찻잔 안으로 세로줄이 여러 개 그어져 있고, 각 줄마다 다른 문양이 새겨져 있었다.

"찻잔을 하나씩 골라봐."

리아는 십자 무늬가 그려진 장밋빛 찻잔을, 보니는 물결무늬의 흰 찻잔을 골랐다. 루시가 각각의 잔 안에 차를 따라주며 싱긋 웃었다.

"이 차를 마시면, 가까운 운명을 볼 수 있어."

은밀한 목소리와 함께 싱그러운 차가 잔 안에서 찰랑였다.

"차를 마시는 동안, 재밌는 이야기를 해줄게. 너희는 신입생이라 아직 천사의 전설을 모르지?"

"천사의 전설? 그게 뭐예요?"

새로운 이야기에 보니가 눈을 반짝였다.

"망고 정원에 있는 분수 알지?"

"네, 봤어요."

"그 분수대 한가운데 아기 천사가 서있잖아? 동전을 던지면서 천사에게 소원을 비는 거야. 그럼 간절한 소원을 비는 사람에게 한밤중 몰래 찾아간다는 전설이 있어."

루시의 나긋한 목소리가 따뜻한 차와 어우러졌다. 금세 잠에 빠질 것 같은 아늑한 분위기가 천막 안을 흘렀다.

"그리고 작은 지도를 흘리는 거지. 그 지도대로 찾아가면 간절한 소원이 이루어진대. 그게 무엇이든."

리아는 조용히 차를 마셨다. 어느 학교에나 있을법한 소문처럼 들렸지만, 보니는 옆에서 열심히 귀를 기울였다.

"실제로 지도를 받아본 학생도 있댔어."

"누군데요?"

냅킨으로 입가를 닦아내며 보니가 물었다.

"어, 있어… 난 잘 모르지만, 선배 중에. 어쨌든!"

루시는 시선을 내리며 말을 돌렸다.

"차를 다 마셨구나. 그럼 네 것부터 볼까?"

루시가 리아의 찻잔을 집어 들더니 찬찬히 살펴보았다. 잔에 남은 차 가루가 군데군데 문장처럼 남았다. 리아가 보기엔 별 뜻 없어 보였지만, 루시는 신중한 얼굴로 한참 들여다보았다.

"어? 이런 문양은 처음인데."

루시는 고개를 갸웃거리더니 리아를 똑바로 바라보았다.

"너는 선택받았구나. 운명의 주인공이야. 온 세상이 네 주위로 소용돌이를 치며 돌고 있지. 황금빛이 소용돌이를 잠재울 때가 올 거야. 때가 되면 저절로 알게 돼."

알쏭달쏭한 말이었다. 소용돌이에, 황금빛은 또 무슨 뜻일까. 리아는 눈을 가늘게 뜨며 말을 곱씹었다.

"저는요?"

보니가 호기심 어린 눈으로 끼어들었다.

"한번 보자."

루시의 손이 보니의 찻잔을 가져와 어루만졌다. 잔 안을 들여다보더니 놀란 표정을 지었다.

"찻잎이 없는데? 다 마셔버린 거야?"

"목이 말라서 한 번에 마셨어요."

"그럼 어떡해. 명상하는 마음으로 찬찬히 마셔야지. 봐봐."

루시가 찻잔을 들어 안을 보여주었다. 아무런 가루 없이 깨끗한 잔을 본 두 명이 킥킥거리며 웃었다.

"잠시만, 다시 부어줄게."

루시가 찻주전자를 열고는 울상을 지었다.

"미안, 찻잎이 떨어졌나 봐."

"괜찮아요."

"괜찮지 않아. 찻잎이 얼마나 비싼데. 이거 살려면 20젤라는 필요하단 말이야. 밖에 나가 찻잎 점을 보면 사람당 5젤라는 받을 테고…"

그 말을 듣는 리아와 보니는 왠지 사과를 해야 할 것 같은 기분이 들었다. 루시의 한탄은 한참 동안 이어졌다. 결국 리아가 점을 본 값으로 10젤라를 지불하겠다고 말하자 루시는 그제야 방긋 웃었다.

"이상해. 도리어 돈을 뜯긴 기분이야."

천막을 나오며 보니가 중얼거렸다.

"점을 본 거야?"

가까이서 테오의 목소리가 들렸다. 이제 막 천막을 나온 두 사람에게 반갑게 인사를 건넸다.

"점은 보지도 못하고 돈만 냈는걸."

보니가 천막을 흘깃거리며 대답했다. 그 말을 들은 테오가 즉각 웃음을 터트렸다.

"너네 몰랐구나? 신입생 돈 뜯기로 유명한 클럽인데. 저기선 돈을 많이 뜯을수록 높이 쳐준다나?"

"뭐라고?"

리아의 얼굴이 발갛게 달아올랐다.

"얼마 냈는데?"

"10젤라."

"그 정도면 괜찮은 편이네. 아까 노아는 100젤라 냈어."

"100젤라? 걔는 돈이 남아돈다니?"

보니가 씩씩거리며 외쳤다. 마치 본인의 돈을 잃은 것처럼 화난 얼굴이었다.

리아의 얼굴에 당혹감이 서렸다. 한 번도 스스로 순진하다고 생각해 본 적 없는데, 이렇게 눈 뜨고 당할 줄은 몰랐다.

테오가 부드럽게 웃으며 말했다.

"함께 다니자. 내가 지켜줄게."

3. 사일런트 로스

세 사람은 함께 광장을 걸었다. 천막이 꾸며진 방식은 클럽의 성격을 잘 드러냈다. 때때로 세 사람은 전혀 예상치 못한 이름을 마주치기도 했다. 해부학이라고 적힌 문구를 읽은 리아가 인상을 찌푸리더니 테오를 돌아보았다.

"어느 클럽에 들지 정했어?"

"글쎄. 몇몇 클럽에서 초대를 받긴 했는데…"

테오는 고민하는 표정을 짓다가 리아를 보았다.

"너는?"

"나는 안 들어가려고."

리아의 대답에 옆에서 보니가 이해 못 하는 표정을 지었다.

"클럽에 안 든다고? 그런 사람은 전교생 중에 너밖에 없을 거야."

"그냥, 조금 쉬고 싶어서."

리아가 단조롭게 대답했다.

보니는 어깨를 으쓱하더니 더는 말하지 않았다. 멀리 선 천막을 열심히 살피더니 반색을 하며 외쳤다.

"연금술 클럽 저기 있다! 나는 가서 가입 신청할게."

"그래."

보니가 짙은 보라색 천막을 향해 달려갔다. 천 끝에 달린 은종이 바람이 불 때마다 맑게 흔들렸다.

"수업까지 시간이 조금 비네."

둘만 남게 되자, 테오가 넌지시 말했다.

"함께 가고 싶은 곳이 있어."

"어디?"

"따라와."

싱그럽게 웃더니 테오는 앞장서 걸어갔다.

 광장을 벗어난 두 사람은 대강당 뒤편의 한적한 공원으로 향했다. 대강당 뒤로 숨겨진 작은 공원은 학생들에게 잘 알려지지 않은 편이었다. 검고 부드러운 흙이 바닥에 비단처럼 깔려있고, 양옆으로 초록빛 나무들이 우거졌다. 곳곳에 돌로 만든 벤치가 놓여있었는데, 이곳에 앉으면 햇빛을 피해 시원한 바람을 즐길 수 있었다.

 하지만 테오는 공원을 지나쳐 계속 걸었다. 공원의 서쪽으로, 빽빽한 나무들 사이로 걸어 들어가면 학교 관리인조차 좀처럼 가지 않는 길이 나왔다. 길이라 말하기 무색할 정도로 덤불과 잡초로 우거진 땅이었다. 계속 걷다보니 솟아오른 나무들 사이로 건물 하나가 모습을 드러냈다.

 얼마나 오래 사람들의 발길이 끊겼던 걸까? 웅장한 석조 건물 외관은 페리윙클 덩굴로 덮여있었다. 단단한 참나무로 만들어진 문 위로 수놓인 단풍잎 무늬가 눈에 들어왔다. 문을 제외한 모든 외벽은 전부 푸른꽃을 피워낸 덩굴에 덮여있었다.

"여긴 어디야?"

"입학식 날 길을 헤매다 찾았어. 이제는 쓰지 않는 건물인가 봐."

문을 밀어내며 테오가 장난스럽게 웃었다.

"들어와."

거미줄이 눌어붙은 아이보리색 원형 계단이 위로 이어졌다. 두 사람은 함께 계단을 올랐다. 벽면에 걸린 고풍스러운 벽걸이 장식들은 금방이라도 떨어져 내릴 듯 위태로워 보였다. 간간이 뚫린 아치형 창문으로 시원한 바람이 햇살과 함께 섞여 들어왔다.

맨 위층까지 오르자 탁 트인 공간이 나왔다. 한 벽면 전체가 크게 뚫린 전망대였다. 오래된 판서의 흔적이 남은 칠판도 다른 벽에 부착되어 있었다. 딱딱한 나무 의자들이 칠판 앞에 질서 없이 놓여있고, 시든 식물들도 그 옆으로 보였다.

리아는 창문 앞으로 걸어가 밖을 내다보았다. 검은 숲의 전경이 한눈에 들어왔다. 시원한 바람에 머리칼이 살랑 움직였다.

"정말 멋지다. 이런 곳이 있는 줄은 몰랐어."

리아는 바람을 느끼며 말했다.

수백 년은 자란 듯 울창한 흑색의 나무들 위로 햇살이 부드럽게 쏟아져 내렸다. 칠흑의 바다가 세상 끝까지 펼쳐져 있는 것처럼. 그 바다 끝에는 무엇이 있을지 궁금해졌다.

리아는 시선을 내렸다. 화분들이 눈에 들어왔다. 식물 줄기에 난 이파리들이 모두 누렇게 변해있었다.

"죽어가고 있어."

리아를 따라 시선을 돌린 테오가 화분 가까이 다가갔다. 그리고 화분 하나를 집어 창문 앞으로 옮겼다. 햇살을 받자 노랗게 변색된 이파리가 도드라졌다. 리아도 화분을 하나 들어 창가로 옮겨두었다. 그렇게 옮기다 보니 어느새 창가에 화분들이 수두룩했다.

테오가 어디선가 낡은 방석을 구해와 딱딱한 의자 위에 얹었다. 창문 앞에 의자 두 개를 갖다놓은 후 싱긋 웃었다. 두 사람은 시든 화분들 사이에 앉아 밖을 내다보았다. 어느새 노을이 숲을 물들이고 있었다.

화분을 살피던 리아가 입술을 움직여 물었다.

"살아날 수 있을까?"

"글쎄. 물을 주면?"

리아는 탑 안을 둘러보았다. 학교 지도에도 그려져 있지 않은 건물이었다. 어떤 쓰임새로 만들어진 곳일까? 곳곳에 문양과 조각들이 섬세히 새겨져 있던 것으로 보아 분명 중요한 역할을 했을 것 같았다.

리아가 입술을 열어 말했다.

"이곳이 마음에 들어."

그 말에 테오가 리아를 바라보았다. 뺨에 붙은 머리카락이 반짝였다. 눈이 마주치자, 테오는 고개를 살짝 돌렸다.

"네가 좋으면, 나도 좋아."

들릴 듯 말 듯 중얼거리는 테오의 귓가가 붉었다.

리아는 대답하지 않은 채 눈을 깜빡였다. 뺨이 달아오르는 것이 느껴졌다. 할 말을 생각하는데, 테오가 먼저 입을 열었다.

"지금 가족은 어떤 분들이야?"

"아…"

리아는 멀리 향하던 시선을 내리며 대답했다.

"좋은 분들이셔."

"가끔 생각했거든. 만약 그때 네가 내 동생이 되었다면 어땠을까, 하고."

테오가 말을 신중히 고른다는 느낌이 전해졌다. 리아는 잠자코 들었다.

"그런데, 지금은 이렇게 만나서 더 좋은 것 같아."

테오가 미소를 짓더니 주머니에서 무언가를 꺼냈다. 작고 투명한 원석이었다. 불그스름한 원석은 각도에 따라 체리 빛과 복숭앗빛을 넘나들며 반짝였다. 원석에 연결된 은줄이 길게 흘러내렸다.

"네게 주고 싶어."

"이걸, 나한테?"

놀란 리아가 눈을 동그랗게 떴다.

"집안에 내려오는 거야. 지니고 있으면 몸을 지켜준대."

테오가 한 손으로 원석을 쓸었다.

"여기 들어올 때 부모님이 가져가라고 하셨어. 예전에는 어머니를 지켜준 적이 있었던 것 같아."

"그렇게 소중한 걸 내가 받을 수는 없어."

리아가 고개를 저었지만, 시선은 여전히 원석에 박혀있었다. 별빛을 곱게 갈아 넣은 듯한 은은한 표면. 물결처럼 부드럽게 시선을 끌어당기는 신비로운 마력. 마치 마음을 강력하게 빨아들이는 힘이라도 깃들어 있는 것 같았다.

테오가 한차례 목을 가다듬더니 말했다.

"그날, 무대 위에서 노래를 부르는 너를 본 날. 천사가 내려온 것 같았어."

회상에 잠긴 눈빛으로 테오가 이야기를 풀어냈다.

"그렇게 아름다운 노래는 처음 들었어. 그때 다짐했어. 너를 지켜주기로."

테오는 리아의 손에 원석을 쥐여주었다. 맞닿은 손에서 온기가 흘렀다.

"이제 다시는 너를 놓치고 싶지 않아."

리아는 얼굴을 붉히며 시선을 내렸다. 머리로는 돌려줘야 한다고 생각했지만, 원석에 저절로 마음이 갔다. 고민하던 리아는 원석을 손으로 꼭 쥐었다가, 천천히 풀었다. 태양의 숨결을 담은 듯 고결한 빛이 돌 안에 머물렀다. 이렇게 귀중한 선물을 받아도 될까?

잠시 후, 리아가 천천히 입술을 열어 노래를 작게 흥얼거렸다. 테오의 눈빛이 흔들렸다. 예전에 들어본 음이었다. 처음으로 마음을 빼앗긴 멜로디가 장밋빛 입술에서 조그맣게 흘러나오고 있었다.

테오는 리아에게서 시선을 떼지 못했다. 시간이 느리게 흐르는 것 같았다. 리아의 입술, 뺨, 눈동자가 황금빛을 받아 반짝였다.

테오의 가는 손가락이 원석을 쥔 리아의 손에 닿았다. 두 사람의 손이 포개졌다. 따뜻하고, 부드러웠다.

"아름다워. 정말로."

다정한 목소리가 귓가에 속삭였다.

무의식적으로 왼쪽 어깨를 매만지던 리아는, 자신의 행동을 깨닫고 움찔거렸다. 따스한 시선이 리아를 바라보고 있었다. 늠름하고 잘생긴 이 소년은 리아가 아벨의 보육원에서 어떤 일들을 겪었는지 알지 못할 것이다. 그때, 시아를 두고 혼자 입양되지 않기 위해 감내해야 했던 일들을 끝까지 모르겠지.

그 순간, 리아는 테오와 자신 사이에 보이지 않는 벽이 생긴 것 같은 기분을 받았다. 투명하고 깨끗한 유리 벽, 그 너머로 아무도 갈 수 없다.

＊ ＊ ＊

　유리 식물원에 들어선 리아의 두 눈이 휘둥그레졌다. 고전 신화 속 정원에 들어선 것처럼 눈부신 자연이 눈앞에 펼쳐졌다.

　리아는 회색빛이 감도는 돌길을 따라 걸었다. 양옆으로 처음 보는 외양의 꽃들이 피어있었다. 하얗고, 붉고, 푸른 꽃들. 뭐라 표현할지 감도 잡히지 않는 다양한 층위의 색을 품은 꽃들이었다.

　하나의 작품을 완성하듯 식물들은 서로 어우러졌다. 식물원이 하나의 퍼즐이라면, 수천 개의 작은 조각들은 꽃과 나무들이었다. 어떻게 이렇게 잘 관리될 수 있는 걸까? 리아는 진심으로 궁금했다. 함께 걷는 테오도 곁에서 감탄을 뱉어냈다.

　"굉장해."

　푸른 잔디가 발밑에 부드럽게 밟혔다. 유리 돔 위로 새겨진 모자이크 장식이 눈에 들어왔다. 꽃과 나무를 표현한 문양이었다. 식물원 중앙에는 호수가 있다고 했다. 시원한 바람이 호수로 흐르고 있었다.

　식물 유전학 수업이 진행되는 강의실은 식물원 내부의 강의실 중 가장 넓었다. 강의실 전체가 통유리로 만들어졌기 때문에 푸릇한 식물들이 유리창 너머로 보였다. 마치 정원 한가운데에서 수업을 받는 느낌을 주었다.

강의실에 들어서자 학생들의 목소리가 소란스럽게 들렸다. 넓은 강의실에 좌석들이 계단식으로 놓여있었다.

먼저 와 앉아있던 보니가 두 사람을 보고 손을 흔들었다.

"어디 갔었어? 얼마나 찾았는지 알아?"

"잠깐 걸었어."

미안하다는 표정을 지으며 리아가 보니 앞자리에 앉았다. 보니와 함께 있던 노아가 눈을 반짝이며 물었다.

"마침 잘 왔어. 교장 선생님 나이를 맞히고 있었거든? 우리 중 누가 정답인 것 같아?"

"몇 살이라고 생각하는데?"

"200살."

진지한 노아의 대답에 리아와 테오는 동시에 웃음을 터뜨렸다. 하지만 노아는 심각한 표정을 풀지 않았다.

"분명 마법으로 노화를 늦췄을 거야."

리아는 앞쪽을 바라보았다. 학생들 사이로 혼자 앉아있는 미나가 보였다.

"같이 앉자고 했는데, 앞자리가 좋대."

미나 쪽을 흘끔거리며 노아가 속삭였다.

몇몇 학생들이 흘끔거리며 리아 쪽을 바라보았다. 시선을 느낀 리아가 학생들을 쳐다보자, 그들의 시선이 어디를 향하는지 알 수 있었다.

테오였다. 테오는 의식하지 않았지만, 그에게 말을 걸고 싶어 하는 학생들이 주변을 맴돌았다. 용기를 낸 학생 한 명이 다가오자 테오는 그제야 시선을 주었다. 주변 학생들이 호기심 어린 표정으로 그들의 대화에 귀 기울였다.

"안녕? 나는 제레미야."

"나는 테오도르야."

갑작스러운 인사에도 테오는 미소를 지으며 대답했다.

"알아. 홀로웰 가문에 대해서는 어렸을 때부터 들었는걸. 왕국 설립 가문과 함께 학교를 다니게 되어 영광이야."

테오는 대꾸 없이 고개를 끄덕였다. 그러자 제레미는 더욱 용기를 내어 물었다.

"혹시 클럽은 정했어?"

테오가 대답할 시간도 주지 않은 채 제레미가 곧바로 말했다.

"당연히 정해져 있겠지? 그래도 혹시 시간 되면 우리 클럽에도 들러줄래? 왕국 역사를 공부하는 클럽인데, 와준다면 기쁠 거야. 기대하는 학생들도 많고…"

제레미는 앉아있던 자리를 흘긋거리며 말했다. 테오는 제레미의 시선을 따라 보았다. 지켜보던 학생들이 테오와 눈이 마주치자 눈웃음을 지었다. 테오도 미소로 화답했다.

"클럽은 아직 안 정했어. 그럴게. 초대해 줘서 고마워."

테오의 대답에 제레미는 기대에 찬 표정을 짓더니 짧은 인사를 남기고 자리로 돌아갔다.

"익숙해져야겠네. 이런 일은 자주 있을 테니."

지켜보던 보니가 말했다. 테오는 고개를 기울이더니 물었다.

"그럴까?"

"당연하지! 무려 왕국 설립 가문인데. 그게 싫으면 루카스처럼 찬바람을 쌩쌩 흘려보내도 돼. 루카스한테는 아무도 말을 못 붙이잖아?"

노아가 해맑게 끼어들어 말했다.

테오는 몸을 돌려 뒤쪽을 바라보았다. 루카스가 혼자 삐딱하게 앉아있었다. 그에게 말을 걸고 싶어 하는 학생들이 주변에서 흘끔거렸지만, 쉽사리 다가가지 못했다. 테오가 피식 웃더니 중얼거렸다.

"그래, 저게 나을 수도 있겠다."

소란스럽던 목소리가 약속이라도 한 듯 한 번에 조용해졌다. 무거워진 공기를 느끼며 리아가 앞을 바라보았다. 교장이 강의실 안으로 들어오고 있었다. 조교가 두꺼운 종이 뭉치를 들고 낑낑거리며 따라 들어왔다.

걸음걸이에 맞추어 연둣빛 드레스가 매끄럽게 흔들렸다. 가지런히 빗어 넘긴 흰 머리카락 위로 꽂은 새의 날개 모양 핀이 유독 눈에 띄었다.

단상 위에 선 교장이 시선을 들어 학생들을 지긋이 바라보았다.

주름진 얼굴과 고집스러워 보이는 눈매가 단단한 인상을 주었다.

"유전학 수업에 온 걸 환영해요. 모두 입학식 날 저를 보았을 테죠. 하지만 모르는 사람도 있을 수 있으니 간단히 소개를 하도록 할게요."

조교가 맨 앞에 앉은 학생들에게 종이를 나눠주었다. 학생들은 한 명씩 종이를 넘겨받았다. 교장의 약력이 종이 위로 빽빽이 적혀있었다.

"거 봐. 내 말이 맞지?"

종이를 받아 든 노아가 속삭였다.

"200살이 아니면 이 약력이 어떻게 가능하겠어?"

100명 가까이 되는 학생이 모인 강의실은 고요했고, 교장의 목소리만이 울려 퍼졌다. 낮고 단단한 목소리는 하얗게 센 머리만큼이나 우아한 느낌을 주었다. 교장은 턱을 들며 설명을 이어 나갔다.

"마법이 발달하며, 인류는 유전자 변형을 일으키는 마법 공식을 개발해 냈습니다. 유전학과 마법이 만난 것이죠. 마법을 활용한 유전자 변이는 더욱 강력한 효능을 보여줬습니다. 아래에는 식물의 표본 유전자 공식이 적혀있습니다. 여기에 약물을 조합하여 유전자에 변이를 일으킵니다."

교장이 학생들을 한번 훑은 후 다시 화면을 바라보았다.

"유전자에 대한 직접적인 개입으로 식물의 크기나 형태, 맛까지 모두 바꿀 수 있습니다. 다음 식물을 볼까요?"

교장이 화면을 넘기자 보라색과 붉은색이 조화롭게 섞인 열매 사진이 떴다. 단단하면서도 약간 울퉁불퉁해 보이는 표면을 가진 열매였다. 옅게 박힌 검은 점들은 열매의 농도를 알려주었다.

"카노라고 불리는 열매입니다. 본래 이 열매는 노란색이었습니다. 하지만 유전자 변이를 통해 색을 바꿨죠. 색을 변형하는 데 사용된 공식은 다음과 같습니다."

교장이 화면을 넘긴 후 공식을 읽었다. 교장의 입술에서 흘러나오는 공식은 상당히 복잡했다. 기초 수리 능력을 훨씬 뛰어넘는 수준에 리아가 당황했다.

"여기서 조금이라도 틀리면 전혀 다른 결과가 나옵니다. 매우 섬세하고 어려운 작업이죠."

학생들을 향해 한 발자국 다가서며, 교장이 질문을 던졌다.

"색을 변형하기 위해 총 몇 가지 약물이 쓰였을까요?"

손을 든 몇몇 학생들이 보였다. 교장이 지목하자, 미나가 일어서서 대답했다.

"여섯 가지입니다."

"어째서죠?"

"중간에 쓰인 파르스 공식은 두 가지 약물을 혼합해야 나올 수 있습니다."

"정답입니다."

교장은 만족스러운 얼굴로 고개를 끄덕였다.

"그렇다면, 여기서 붉은색을 추가하고 싶다면 공식을 어떻게 바꾸면 될까요?"

잠시 후 몇몇 학생들이 손을 들었다. 교장이 지목하자, 이번에는 다른 학생이 일어나 대답했다.

"듣던 대로 빡세네. 절반도 통과 못 한다는 소문이 진짜였어."

울상을 짓던 노아가 사탕을 꺼내 까먹었다.

"너도 줄까?"

"아니, 괜찮아."

리아가 고개를 저었다.

수업은 식물학에 관한 기초 공부를 하고 왔다는 전제하에 진행되었다. 식물학을 처음 접하는 리아에게는 버거운 내용이었다. 리아는 흘끗 주변을 보았다. 수업에 열중한 테오와 보니의 모습이 보였다. 노아는 입안에 든 사탕을 혀로 굴리며 멍하니 화면을 들여다보았다.

수업이 한창 진행될 무렵 교장의 시선이 뒤쪽을 향했다.

"첫 수업부터 조는 건가요?"

강의실 맨 끝, 잘 보이지 않는 자리였다. 태연히 자고 있던 루카스는 옆 학생이 툭툭 건드리자 그제야 고개를 들었다. 시선이 자신을 향하는 것을 느꼈는지 기지개를 켜려다 멈추고 교장을 바라보았다.

"일어나 공식을 푸세요, 루카스 군."

루카스가 자리에서 일어나 화면을 쳐다보았다. 이제 막 문장을 다 읽었으리라 싶을 때쯤 빠르게 입술을 움직여 공식을 뱉어냈다. 암산으로 하기엔 지나치게 빠른 속도였다.

학생들의 감탄이 터져 나왔다. 은밀한 동경이 묻어난 표정이 여럿에게서 보였지만, 교장의 얼굴은 변하지 않았다. 눈썹을 조금 올리더니 혼잣말처럼 중얼거렸다.

"앞으로 또 자면 내쫓을 겁니다."

루카스가 조용히 자리에 앉았다. 생각에 잠긴 듯 말을 아끼던 교장이 화면을 넘겼다.

"다음 화면으로 넘어가죠."

리아는 고개를 내밀어 끝에 앉은 루카스를 보았다. 루카스는 더 이상 자지 않았지만, 따분한 표정을 숨기지도 않았다.

교장의 질문에 학생들은 정답과 오답을 오가며 대답했다. 학생들이 틀릴 경우 교장은 약간의 힌트를 주기도 했다. 학생들의 전체적인 수준에 만족한 교장이 물었다.

"질문 있나요?"

손을 든 학생을 향해 고개를 끄덕이자, 학생은 자리에서 일어나 당돌하게 물었다.

"인간에게 해로운 독이 있는 식물을 왜 그대로 두는 거예요?

애초에 독을 모두 제거하도록 유전자를 조작하면 되잖아요."

"새로운 특성을 집어넣는 것은 쉽지만, 이미 가진 유전자를 제거하는 것은 어렵죠. 또, 단순히 제거함으로써 끝나는 것이 아닙니다. 생태계에 미칠 영향까지 모두 고려를 해야 하죠. 독성은 때로 강한 치유력을 보이기도 합니다. 독과 약은 동전의 양면과 같습니다. 사용하는 자의 의지에 따라 사용법이 달라집니다. 여러분에게 위험한 독도 제게는 좋은 치료제가 될 수 있습니다. 이것이 여러분이 학업에 더욱 정진해야 하는 이유이기도 합니다."

교장은 여유롭게 대답했다.

"여러분의 실력에 따라 갖게 되는 힘도 달라집니다. 입학 당시에는 비슷한 위치에 있겠지만, 졸업 후 여러분은 실력에 따라 다양한 진로로 나뉠 것입니다. 왕국 전속 약제사가 되고 싶은 사람도 있을 테고, 연구의 길을 걷고자 하는 사람도 있을 테죠. 모두 엄청난 학업량과 높은 능력을 요구합니다. 아무나 쓸 수 없는 왕관이죠."

이번에는 뒤쪽에 앉은 학생이 손을 들었다.

"동물이나 사람에게도 적용될 수 있나요?"

"무슨 뜻이죠?"

"산짐승 같은 동물이요. 혹은 사람에게도. 유전자 조작으로 눈동자 색을 변하게 한다든지⋯ 가능할 것 같아서요."

"심장이 있는 생명체는 실험 금지 대상입니다."

교장의 목소리는 단호했다. 얼굴에 미소를 띠고 있었지만, 서늘함이 느껴지는 웃음이었다.

"식물에 적용되는 공식과 동물, 인간에게 적용되는 공식은 차원이 다릅니다. 훨씬 높은 밀도의 공식을 요구하죠. 현재까지 알려진 바로는 불가능합니다. 지금까지 성공한 사례도 없었죠."

질문을 한 학생이 고개를 끄덕였다. 연단에 등을 기댄 교장은 생각에 잠긴 표정이었다. 입술을 작게 열어 혼잣말처럼 중얼거렸다.

"하지만… 혹시 모르죠."

혼자만의 세계에 들어간 사람처럼 교장은 허공을 응시하며 중얼거렸다.

"만에 하나 말입니다. 그런 실험을 성공한다면… 새로운 역사를 만들어 낼 수도 있겠죠."

그 말에 학생들이 동요했다. 본래의 눈빛으로 돌아온 교장이 나지막이 덧붙였다.

"물론, 그런 실험이 옳다는 것은 아닙니다."

교장은 양손을 맞잡으며 물었다.

"또 질문 있나요?"

리아가 손을 들고 일어섰다.

"유전자 변이를 통해 새로운 약을 개발할 수 있나요?"

"물론입니다. 특별히 연구하는 부분이기도 하고요. 이번 학기 동안 여러분은 각자 자신만의 공식으로 식물을 배합할 것입니다. 가장 창의적이고 완성도 높은 결과물을 내는 학생에게는…"

교장이 코끝을 찡긋한 뒤 말을 이었다.

"식물원에 자신의 식물을 심을 수 있는 권한이 주어집니다."

학생들이 웅성거리는 소리가 들렸다. 아마란스의 식물원에 직접 만들어 낸 식물을 남기는 것은 큰 명예였다. 기대에 부푼 학생들의 상기된 목소리가 활기를 띠었다.

보니의 얼굴에도 기대감이 엿보였다. 노아는 눈을 반짝이며 새로 꺼낸 사탕을 입안에 넣었다. 테오는 학생들의 반응을 느끼며 리아를 보았다. 리아는 혼자만의 생각에 잠겨있을 뿐 별다른 반응을 보이지 않았다.

"오늘 수업은 여기까지 하죠. 이제 조교가 식물원 안내를 해줄 거예요. 잘 따르도록 하세요."

벗어두었던 안경을 코에 걸친 교장은 조교에게 눈짓을 준 후 강의실을 빠져나갔다.

조교가 걸어 나와 단상 위에 섰다. 출석을 부르자 학생들이 차례대로 대답했다. 마지막 이름을 부른 후, 조교가 목을 가다듬고 빠르게 말했다.

"모두 저를 따라오세요."

조교는 종이 더미를 가슴 앞에 쥐고 강의실을 걸어 나갔다.

학생들이 조교를 뒤따랐다. 리아도 무리 속에 섞여 강의실을 나섰다.

조교는 중앙통로를 따라 걸었다. 통로 양옆으로 하얀 꽃들이 수놓아져 있었다. 식물원 중앙에 위치한 호수 앞에서 멈춰 선 조교가 학생들을 돌아보았다.

"가장 중요한 규칙 먼저 알려주죠. 식물원 내 호수는 매우 섬세하게 관리되고 있습니다. 식물원 전체의 온도와 습도, 영양 공급을 유지하는 역할을 해요. 만약 호수에 들어가는 학생이 있다면, 그 즉시 퇴학처리 됩니다."

학생들이 고개를 끄덕였다. 워낙 식물원에 관한 규칙이 엄격하기로 유명하기 때문에 입학 전부터 진작 들어서 알고 있었다. 호수에 발을 헛디뎌 빠졌다가 5분 만에 나왔음에도 퇴학처리 되었다는 선배의 이야기는 유명했다. 호수에 빠져 죽은 학생이 있었다는 소문도 함께 돌았기 때문에, 누구도 호수 가까이 가서 일을 벌이고 싶어 하지 않았다.

리아는 호수를 물끄러미 들여다보았다. 조명을 받은 호수는 황금빛을 머금은 채 잔잔히 흘렀다. 간간이 흩날리는 물방울들이 바람에 실린 채 돌아다니며 시원한 향기를 퍼트렸다.

학생들은 식물원을 구경하느라 정신이 팔려있었다. 리아도 유리 돔 안을 자유롭게 살펴보았다. 인어의 비늘처럼 반짝이는 잎을 지닌 연보라색 꽃, 유난히 길고 커다란 나팔 모양의 꽃, 작고 검붉은 열매가 여러 개 달린 짙은 녹색의 식물… 다양한 식물들이 시선을 잡아끌었다.

그때, 한 식물이 리아의 시야에 들어왔다. 보랏빛 이파리가 커다랗고 뾰족한 식물은 리아의 키보다 훨씬 컸기에 올려다보아야 했다. 이파리 끝에 맺힌 붉은빛이 피를 머금은 것 같았다.

리아의 몸이 찌릿했다. 이 식물을 본 적이 있었다. 꽃술에서 깊고 진한 가루가 날아와 닿았다. 어지럼증을 느낀 리아가 눈을 천천히 깜빡였다.

시야가 서서히 흐려지더니, 보랏빛 식물만이 명징하게 보였다. 노란 점들이 꽃잎 위를 요란히 움직이고 있었다. 그 점들이 일어나 덮쳐오는 듯 온 세상이 일렁였다. 마치 우주 가운데 리아와 식물, 단둘만 존재하는 것처럼.

작고 긴밀한 점들이 식물 이파리에서 떨어져 나와 리아의 살갗에 달라붙었다. 강력한 한기가 돌았다. 휘감고 올라오는 작은 벌레들이 피부 속으로 파고 들어가는 기분이 들었다. 차가운 금속 바늘이 몸을 혹독하게 찔러대는 것처럼. 그것들을 떨쳐내기 위해 힘을 주었지만, 몸은 움직이지 않았다.

속이 울렁거리며 구역질이 나올 것 같았다. 숨이 제대로 쉬어지지 않았다. 보랏빛 식물이 눈앞에서 찬찬히 찢기고, 조각나고, 뒤섞였다. 보랏빛과 핏빛이 섞여 녹아 흐르고, 징그러운 액체가 발밑을 서서히 적셨다. 양손에 힘을 주었지만 손가락 하나 움직일 수 없었다. 리아는 눈을 질끈 감았다.

"뭐 해?"

누군가 리아의 어깨를 건드렸다. 그 순간 리아의 몸이 풀렸다. 앞에 선 사람이 휘청이는 리아의 몸을 잡아주었다.

루카스가 의아한 눈초리로 리아를 바라보고 있었다. 숨을 몰아 내쉬며 리아는 겨우 중심을 잡고 섰다. 아직도 바닥이 일렁이는 것만 같았다.

"아… 그냥."

리아는 목덜미에 손을 가져다 대며 대답했다. 진득한 벌레들이 휘감은 감촉은 쉽게 가시지 않았다.

"괜찮은 거야? 아까부터 계속 이러고 있었잖아."

"응, 괜찮아. 정말로."

리아는 고개를 떨구어 바닥을 바라보았다. 핏빛 액체가 금방이라도 다시 밀려와 덮칠 것만 같았다. 리아의 시선을 따라간 루카스가 나지막이 물었다.

"사일런트 로스에 관심 있어?"

"사일런트 로스?"

"이 식물의 이름이야."

루카스가 은빛 명패를 눈짓으로 가리켰다. 리아는 입술을 움직여 명패에 적힌 글자를 읽었다.

"사일런트 로스. 멜로디 엘레노어."

엘레노어? 생각하던 리아가 고개를 갸웃거렸다. 엘레노어라는 성을 가진 사람을 알고 있었다. 리아의 표정을 읽어낸 루카스가 옆에서 설명을 덧붙여 주었다.

"교장 선생님의 딸이야."

"그렇구나. 몰랐어."

리아는 사일런트 로스에서 좀처럼 시선을 떼지 못했다. 교장 선생님의 딸이 이걸 만들어 낸 걸까?

"교장 선생님 딸도 아마란스를 다닌 거야?"

"그랬지. 무척 촉망받는 학생이었대."

어느새 가까이 다가온 조교가 대신 대답해 주었다. 주위를 의식하듯 작은 목소리로 덧붙였다.

"이제는 세상에 없지만. 죽었거든."

충격을 받은 리아의 입술이 벌어졌다. 사연을 이미 아는 루카스는 표정 변화 없이 조교의 말을 들었다.

"20년도 더 됐을 거야. 터널에서 큰 폭발이 있었는데, 그때… 하지만 사일런트 로스는 꿋꿋이 자라고 있어. 매년 꽃이 피고 지기를 반복하지. 생명력이 정말 강하지?"

안타까움과 애정이 반씩 섞인 눈길로 사일런트 로스를 바라보던 조교가 가볍게 한숨을 내쉬고 걸어갔다.

리아는 가만히 서서 사일런트 로스를 바라보았다. 조교의 말처럼, 영원히 계속 자라날 것 같은 인상을 주는 꽃이었다.

루카스도 리아 곁에 서서 사일런트 로스를 바라보았다. 별말을 하지 않았지만, 그 역시 무언가를 생각하는 표정이었다.

두 사람은 나란히 서서 각자의 생각에 잠겼다.

꽤 오랫동안, 사일런트 로스의 쌉싸름한 향이 두 사람의 옷깃에 밸 때까지.

4. 유리 식물원

 주말을 맞이해 클럽마다 첫 미팅이 진행되었다. 기대감에 부푼 신입생들 덕분에 학교는 더욱 활기찬 분위기를 띠었다. 홀로 클럽에 가입하지 않은 리아는 여유롭게 일어나 망고 정원에 앉아있었다. 환히 비치는 햇살이 분수대로 바스러져 내렸다.

 아기천사 분수대 앞에 몇몇 학생들이 모여있었다. 그중에 불만스러운 목소리가 섞여 들렸다.

 "이걸 저희가 주워요?"

 "원래 신입들이 줍는 거야. 여기에 담아 와."

 신입생에게 비닐을 건네는 사람은 전날 타로점을 봐준 루시였다. 책에 집중하기 위해 고개를 숙였지만, 자꾸만 그들의 대화가 끼어들었다.

 "도대체 누가 이렇게 동전을 던진 거야?"

투덜거리며 학생들이 치마를 걷고 분수대 안으로 들어갔다. 비닐 안에 동전을 주워 넣는 학생들의 모습이 처량해 보였다. 물살이 튀기고 햇살이 무거웠다. 조용해질 리 없다는 생각에 리아가 자리에서 일어났다.

결국 찾아간 곳은 테오가 알려준 비밀장소였다. 버려진 탑, 리아는 그렇게 이름 지었다. 버려진 탑답게 화분에 심긴 식물마다 죽어가는 곳이니까.

두꺼운 문을 밀어내고 계단을 올랐다. 탑 전망대로 올라가니 낯선 여자가 보였다. 고개를 숙이고 식물을 살피던 여자가 뒤돌아 리아를 보았다. 서로의 시선이 잠시 만났다.

어깨 너머까지 내려오는 은발의 생머리가 햇살을 받아 반짝였다. 고전적인 그림에 나올 것 같은 가는 선의 얼굴이 달처럼 창백했다. 아름답고, 청아했다. 성숙한 동시에 소녀 같은 외모였다.

"신입생인가 보네."

다시 식물로 시선을 돌리며 여자가 중얼거렸다. 리아는 넋을 잃고 상대를 바라보았다. 멍하니 서있는 리아를 향해 여자가 친절하게 웃더니 분홍빛 입술을 열어 말을 흘려보냈다.

"안녕."

"…안녕하세요."

리아는 얼떨결에 고개를 끄덕였다.

"내 아이들에게 물을 준 사람이 누굴까 궁금했는데, 너구나."

"아…"

햇빛 드는 창가로 옮겨놓은 식물들은 원래의 자리로 돌아가 있었다. 가는 여자의 손가락이 시든 이파리를 매만졌다.

"함부로 만져서 죄송해요. 죽어가는 것 같아서…"

식물에서 시선을 떼지 않은 채 여자가 말했다.

"내 탓이야. 매번 잠그기 귀찮아서 문을 열고 다녔거든."

무단침입한 사람이 된 것 같은 기분에 리아는 얼굴을 붉혔다.

여자는 바닥에 놓인 물뿌리개를 들어 화분에 물을 주었다. 물을 뿌릴 때마다 치이익, 타들어 가는 소리가 들리며 화분 위로 작은 연기가 피어올랐다.

"그게 뭐예요?"

"독."

리아의 얼굴에 의아함이 번졌다.

"식물에게 독을 주는 거예요?"

"연구 중이거든. 죽어가는 식물이 어떤 비명을 지르는지. 생명은 죽음 앞에서 정직해지니까."

"식물이 비명을 질러요?"

여자는 빙긋 웃을 뿐 대답하지 않았다.

"식물이… 소리를 낸다고 생각해 본 적 없는데."

"꼭 소리만이 비명은 아니야."

여자는 나른한 목소리로 대답했다.

"직접 보게 되면 너도 느낄 거야. 죽음 앞에서 생생히 부르짖는 생명의 몸부림이 얼마나 고귀한지."

이해되지 않았지만, 리아는 고개를 끄덕였다.

"클럽 활동은 안 해?"

"네, 저는 클럽에 안 들어서요."

리아가 되물었다.

"선배는요?"

"나? 나는 가고 싶을 때만 가."

여자는 고개를 돌려 리아를 보았다. 리아에게 가까이 다가간 여자가 유심히 바라보더니 바람 같은 목소리로 말했다.

"벗어."

"네?"

"옷에 잎벌레 묻었어."

화들짝 놀란 리아가 자신의 옷을 살펴보았지만 아무 벌레도 보이지 않았다. 다만 아까보다 간지러워진 것 같았다. 목을 긁는 리아를 향해 여자가 말했다.

"그대로 입고 있다가는 내일 온몸이 부르틀 거야. 후회하고 싶지 않으면 이걸로 갈아입어."

여자가 버건디색 카디건을 던져주었다. 양손으로 얼떨결에 옷을 잡아 받은 리아는 애매하게 서있다가, 여자가 시선을 거두자 뒤돌아 윗옷을 벗었다.

여자의 눈동자가 리아의 등에 잠시 머물렀다. 옷을 갈아입고 뒤돌아보는 리아를 향해 여자가 말했다.

"부탁 하나만 해도 될까? 가끔 여기 와줄래?"

무슨 말인지 몰라 눈을 깜빡이는 리아를 향해 여자가 부드럽게 웃었다.

"식물이 조금이라도 살아나면 이걸 뿌려줘."

녹슨 분무기는 여자가 흔들 때마다 물소리를 냈다.

"이게 뭔데요?"

"여러 식물을 배합해 만든 독이야. 지난 한 달간 뿌렸는데도 결국 살아나."

치익, 분무기 소리와 함께 가는 액체가 튀어나와 식물을 적셨다.

"나는 불규칙적으로 오기 때문에 자꾸 식물이 살아나려고 해. 그 의지를 네가 꺾어줬으면 좋겠어."

리아는 섣불리 대답하지 못했다. 여자가 놀리는 건가 싶었지만, 그럴 사람처럼 보이지 않았다. 식물을 죽이기 위해 키우는 건 처음 들어보는데도, 이상하게 마음이 움직였다.

"여기 또 와도 돼요?"

"이걸 네게 맡길게."

여자가 손을 내밀어 작은 금속을 주었다. 구릿빛 열쇠였다.

"비밀 좋아하니?"

은밀한 목소리가 물었다.

"내 비밀을 지켜주면 나도 네 비밀을 지켜줄게, 리아 아벨."

리아는 순간 열쇠를 손에서 놓칠 뻔했다. 여자는 리아 디실버가 아니라 리아 아벨이라고 불렀다. 아벨의 보육원 출신인 것을 어떻게 알았을까?

혼란스러운 표정을 짓는 리아를 바라보며 여자가 하얗게 웃었다.

"걱정 마. 나는 비밀을 잘 지켜."

* * *

팔각형 테이블 여덟 개가 연구실 중앙으로부터 방사형으로 펼쳐졌다. 테이블마다 연구에 필요한 물품들이 깔끔하게 정리되어 있었다. 건조된 허브와 말린 꽃잎, 모양이 다른 비커들과 알코올램프 등 완벽히 구비된 환경은 학생들이 연구에만 전념할 수 있도록 한 학교의 배려였다.

책장으로 완전히 덮인 벽면과 높이 솟아오른 아치형 구조의 천장은 연구실에 웅장한 느낌을 더했다. 마법 원형 구조물이 연구실 중앙에 매달려 있었는데, 기온에 민감한 연구가 많은 만큼 기온에 따라 색이 변했다.

연구실에 지루하게 앉아있는 플로라는 특히 타인에게 관심이 많았다. 더듬이가 몸밖에 달린 것처럼 외부에서 일어나는 일들을 예민하게 관찰하고 받아들였다. 그렇게 수집한 소식은 그녀의 입을 통해 많은 학생들에게 전해졌다. 덕분에 입학한 지 얼마 안 된 플로라에게는 벌써 정보통이라는 별명이 붙었다. 은밀하고 재미난 소문은 항상 그녀를 거쳤기 때문에 플로라 주변에는 늘 학생들이 많았다.

그녀가 주로 활동하는 무대는 망고 정원이었지만, 오늘은 실험실에 앉아 따분히 책을 읽고 있었다. 플로라 옆에 앉은 수잔이 미간을 찌푸리며 열심히 용액이 든 병을 흔들었다.

"뭐 재밌는 일 없을까?"

플로라는 책을 덮으며 나른히 하품을 했다.

"글쎄."

3학년들의 연구실은 졸업 준비 때문에 학생들로 붐볐지만, 1학년 연구실에는 학생들이 거의 없었다. 유일하게 연구실에 매일 출석하는 학생이 한 명 있었지만, 홀로 구석에 앉아 실험에만 열중할 뿐이었다. 아무에게도 방해받고 싶어 하지 않는 기색이 역력했기 때문에 학생들이 쉽사리 다가갈 수 없었다.

따분히 앉아있는 플로라에게 막 연구실 문을 열고 들어온 학생이 유달리 반갑게 느껴졌다. 플로라는 고개를 들고 쾌활하게 외쳤다.

"안녕!"

보니는 목소리를 향해 몸을 돌렸다. 앞쪽 테이블에 앉아있는 두 사람을 발견하고 가볍게 인사를 받았다. 오다가며 안면을 튼 사이였다. 플로라는 수업이 다른 학생들에게도 붙임성 있게 말을 걸었고, 보니도 그중 한사람이었다.

"무슨 연구 하고 있었어?"

"꽃의 화학반응을 살피고 있었어. 너는?"

보니가 다가와 플로라 옆자리에 앉았다. 플로라는 책상 위에 놓인 비커를 손가락으로 툭 건드렸다. 비커 안에는 말린 마르네 꽃잎이 들어있었다. 30분에 한 번씩 용액을 꽃잎에 떨어뜨리며 반응을 관찰하고 있었다. 꽤나 따분한 과제였다.

"나는 푸른 숲 수업 과제하러 왔어."

보니는 들고 온 책을 펼쳐냈다.

"푸른 숲? 너도 푸른 숲 수업 들어?"

플로라는 눈을 동그랗게 떴다. 수잔도 들고 있던 비커에서 시선을 떼 보니를 바라보았다. 헤이즐넛 색 머리카락을 곱게 땋아 내린 수잔의 뺨이 발그레했다.

"그럼 루카스 벨레티안이랑 테오도르 홀로웰도 같이 수업 듣겠네?"

바라보는 눈빛에 부러움이 물씬 섞여있었다. 보니는 고개를 끄덕였다. 이야깃거리를 건지는 낚시꾼처럼 두 사람이 눈을 반짝이며 캐묻기 시작했다.

"또 누구 있지? 푸른 숲 수업에."

"그레이펠 가문도 있다던데?"

푸른 숲 수업을 듣는 학생들에 대해서는 모두가 익히 알고 있었다. 워낙 화제의 인물들이기 때문에 학생들이 모였다 하면 꼭 짧게라도 언급되었다. 왕국 설립 가문 혈통이 두 명이나 있는 데다 한 명은 그레이펠 영지의 상속자였다. 세 사람이 한 학년에 모였다는 점에서 이목을 끌었다.

"맞아. 노아 그레이펠."

보니의 대답에 수잔은 손뼉을 치며 생각난 표정을 지었다.

"맞아, 이제 기억난다. 이름이 노아였어. 부럽다. 나는 그레이펠에 한번 가보는 게 소원인데."

"엄청 아름답대. 다녀온 사람마다 영원한 낙원이라던데?"

플로라가 선망하는 눈망울로 말을 얹었다.

인생에 한 번쯤은 가야 한다고 모두가 입을 모아 칭송할 정도로 명망 높은 휴양지였지만, 높은 물가와 비싼 숙박 비용 때문에 쉽게 갈 수 있는 곳은 아니었다. 그럼에도 그레이펠 지역 호텔들은 1년 전부터 예약이 마감되었다. 그레이펠 가문은 호텔뿐만 아니라 식당, 교통, 박물관, 특산품 상점 등 도시산업 전체를 운영했다.

그레이펠 풍경이 그려진 엽서와 카드는 왕국 전역에서 인기가 많았다. 에메랄드빛 잔디가 깔린 언덕과 도란도란 펼쳐진 붉은

지붕의 집들. 청명한 하늘 아래 은빛과 라벤더 빛을 띤 꽃들. 기념품 가게에서 그레이펠 풍경 사진을 쉽게 찾을 수 있었기 때문에 그레이펠을 방문하지 않은 사람들도 도시의 경치를 알고 있었다.

"너는 어디 가문이야?"

문득 수잔의 궁금증은 그들과 함께 수업을 듣는 보니에게까지 미쳤다. 필시 못지않은 가문이지 않을까 하는 기대감이 여실히 드러났다.

"나는 실바론에서 왔어."

"실바론? 거기가 어디지?"

수잔은 악의 없이 중얼거렸지만 보니의 마음에 깊이 박혔다. 보니는 애써 웃으려 노력했다.

"왕국 북쪽에 있어."

"아, 그렇구나."

기대에 못 미친 대답에 수잔은 싱겁게 반응했다.

보니는 속으로 쓰라림을 삼켰다. 스스로 좋은 가문 출신이 아니라는 걸 알면서도 언급될 때마다 기분이 상했다.

좋은 환경에서 자란 아이들은 보니에게 부러움의 대상이었다. 아무리 노력해도 절대 그들처럼은 될 수 없을 것 같았다.

보니는 입술을 오므리더니 생각에 잠겼다. 잠시 후 활짝 웃으며 화두를 던졌다.

"우리 학교에 특별전형으로 들어온 학생도 있는 거 알아?"

"특별 전형?"

플로라가 눈썹을 올리며 의아한 표정을 지었다. 턱을 괴고 있던 수잔도 흥미가 당기는지 눈을 크게 떴다.

"우리 학교에 특별전형이 있었어?"

"벤 교수님이 특별히 뽑아오셨대."

"누군데?"

보니는 한쪽 입꼬리를 올리며 가볍게 대답했다.

"그 애의 이름은 리아야. 함께 푸른 숲 수업을 듣고 있어."

"아, 누군지 알아."

플로라는 미간을 찌푸렸다. 종종 마주칠 때 말을 걸어보았지만, 딱히 플로라가 던지는 이야기들에 관심을 가지지 않는 눈치였다. 대개 학생들은 플로라가 재밌는 이야기를 할 때면 눈을 반짝이며 모여들었다. 리아는 그런 부류의 사람이 아니었다. 그러니 친해질 일은 없겠거니 싶었다. 그런데, 그 애가 특별 입학이라고?

"어때? 직접 보니까 달라?"

수잔이 속삭여 물었다.

"아직 첫 수업밖에 하지 않았어."

보니는 시선을 내리깐 채 대답했다. 잠시 후 고개를 들고 미소를 머금었다. 한층 높아진 목소리로 말했다.

"분명 재능이 뛰어날 거야. 그런 환경에서도 특별히 뽑혀 올 정도니까."

눈치가 빠른 플로라는 보니의 말에서 미묘함을 감지하고 곧바로 질문했다.

"그런 환경이라니?"

"아벨의 보육원 출신이거든."

플로라와 수잔의 얼굴에 놀라움이 번졌다.

"그게 정말이야?"

충격을 받은 수잔의 입술이 벌어졌다.

"내가 듣기로는… 어디였더라? 아베린 출신이라던데."

리아가 짧게 언급한 출신지는 벌써 퍼져나간 모양이었다. 플로라는 한번 들은 명칭을 정확하게 기억하는 재주가 있었다.

보니는 당황한 웃음을 지었다.

"아, 괜히 말했나 봐. 숨기고 싶어 하는데."

보니의 말에 수잔은 더욱 흥분했다.

"그럼, 거짓말을 한 거야?"

보니는 대답 대신 난감한 표정을 지었다.

"아벨의 보육원 출신이라니. 거기까지 간 거면… 진짜 끝 아니야?"

플로라는 고개를 절레절레 흔들었다. 아벨의 보육원에 관해서는 익히 들어 알고 있었다. 보육원들의 무덤이라 불리는 그곳에서 자란 사람은 제구실을 할 수 없을 정도로 망가진다고 했다. 그런 곳 출신이 특별전형으로 아마란스에 입학하다니. 푸른 숲 수업을 듣는 특권까지 누리면서. 벤 교수님은 노망이 난 걸까?

보니는 목소리를 한층 낮추어 말했다.

"벤 교수님이 아끼셔서 그런지, 좀 특혜를 받는 것 같아."

"특혜라면?"

"좀 이상해서. 푸른 숲 수업에 들어온 것도 그렇고…"

보니는 목소리를 흘렸다.

"설마 벤 교수님이 일부러 반에 넣어주신 거야?"

수잔은 미간에 힘을 주었다. 보니는 대답 대신 시선을 내렸다.

"사실 이걸 말해도 되는지 모르겠어. 비밀로 해줄래?"

"그럴게."

"선별 시험 때 잠시 리아랑 같이 다녔거든. 그때 리아가… 이미 보석을 갖고 있는 것 같았어."

"정말?"

보니는 고개를 끄덕였다. 플로라는 울화통이 터진 목소리로 외쳤다.

"학교에 말해야 하는 거 아니야? 불공평하잖아!"

"소용없을 거야. 증거도 없는 데다 벤 교수님의 특별한 총애를 받는걸."

보니의 대답에 플로라는 이를 악물었다. 수잔도 침통해했지만, 플로라보다는 냉정하게 상황을 판단했다.

"벤 교수님께 밉보였다가는 괜히 우리만 더 곤란해질 수 있어."

수잔까지 말리자 플로라는 더욱 분하다는 표정을 지으며 테이블을 주먹으로 내리쳤다.

"그렇지만… 말이 안 되잖아. 그런 애가 들어와 학교 물을 흐리는 건 용납할 수 없어!"

갑자기 유리 깨지는 소리가 날카롭게 울렸다. 한참 대화에 빠져있던 세 사람은 고개를 들어 소리가 난 쪽을 바라보았다. 연구실 구석에 혼자 조용히 앉아있던 존재를 그제야 인지했다. 책상 앞에 딱 달라붙어 연구에만 몰두하던 미나였다.

미나는 바닥에 떨어진 유리 조각들을 맨손으로 주워 책상 위에 올려놓았다. 세 사람은 쉽게 말을 붙이지 못한 채 어정쩡하게 눈빛을 교환했다.

다 들릴 정도로 크게 한숨을 쉰 뒤 미나가 작업하던 비커들을 정리했다. 신속하고 노련한 손짓이었다. 미나는 비커들에서 눈을 떼지 않은 채 말했다. 꽤 떨어져 있었지만 세 사람이 미나의 기분을 읽어낼 수 있을 정도로 분명하게 전달되었다.

"시끄러워."

"…응?"

플로라가 당황해 되물었다. 보니는 잘못 들었나 싶어 눈을 가늘게 뜨고 미나를 보았다. 달그락거리며 비커를 정리하는 소리가 들리더니 다시 한번 목소리가 선명히 말했다.

"시끄럽다고."

황당한 얼굴로 보니가 대꾸했다.

"우린 별로 크게 안 떠들었는데. 네가 너무 예민한 거 아니야?"

미나는 비커 정리를 멈추었다. 깔끔해진 책상 위로 종이들을 탁탁 쳐서 정리하더니 고개를 돌려 세 사람을 그제야 바라보았다. 싸늘하고 냉담한 눈빛이었다.

"확실해?"

"뭐가?"

"리아가 선별 시험 때 부정을 저질렀다고 한 네 말, 책임질 수 있어?"

"그, 그건…"

보니는 당황한 감정을 숨기려 애쓰며 대답했다.

"확신한 적은 없어. 그럴 수도 있겠다고 생각한 것뿐이야."

미나는 별다른 말 없이 등을 돌려 문을 향해 걸어갔다. 이윽고 그들 가까이 지나칠 때 멈춰서 보니와 눈을 맞추었다.

미나가 입술을 열어 작은 목소리로 말했다.

"많이 부럽나 보구나."

"…뭐?"

대답하지 않은 채 미나는 문을 통과해 연구실을 나갔다. 보니는 미나가 나간 방향을 말없이 바라보았다.

"쟤는 좀 음침한 것 같아. 맨날 혼자 연구실에 박혀있어."

미나가 앉아있던 자리를 흘기며 플로라가 중얼거렸다.

보니의 귀에는 아무것도 들리지 않았다. 미나가 남긴 마지막 말이 비수처럼 마음에 박혔다. 부러워한다고? 내가?

보니의 얼굴이 달아올랐다. 열등감이라는 감정을 아무도 알지 못하게 꼼꼼히 싸맸는데, 한순간에 관통당한 기분이었다. 미나와 눈이 마주쳤을 때 보니는 알아차렸다. 이미 자신이 읽혀버렸다는 걸.

플로라와 수잔은 미나가 남긴 말의 의중을 전혀 파악하지 못한 채 말을 주고받을 뿐이었다. 그들의 화제는 이제 리아를 거쳐 미나에게로 넘어갔다.

"쟤도 푸른 숲 수업 듣는 애잖아?"

"맨날 연구실에 박혀 뭐 하는 거야? 친구도 없나 봐."

보니는 미나가 나간 자리에서 느리게 시선을 떼 두 사람을 바라보았다. 얼굴에 간신히 미소를 되찾고는 말했다.

"끼리끼리 논다잖아. 쟤도 부모가 없다지? 같은 보육원 출신인지도 몰라."

보니는 심란한 마음으로 기숙사 건물에 들어섰다. 아직도 얼굴이 화끈거렸다. 주먹을 쥔 채 열기를 식히려 애썼지만, 좀처럼 나아지지 않았다.

보니가 찾아간 곳은 리아의 방이었다. 보니의 방과 리아의 방은 같은 층이었지만, 끝과 끝으로 떨어져 있었다. 1인용 방은 기숙사를 통틀어 몇 개 없을뿐더러 나뉘어 위치했기 때문에 미나의 방은 한층 높은 3층에 있었다. 그 사실이 보니에게 안도감을 주었다. 적어도 기숙사에서 마주칠 일은 별로 없을 테니까.

보니는 녹색 문을 뚫어져라 쳐다보았다. 201이라고 적힌 숫자를 노려보다가 주먹으로 문을 두드렸다. 문 안에서 반응은 없었다. 보니는 다시 한번 문을 두드렸다. 이번에는 조금 더 힘을 주어서. 여전히 반응은 없었다.

고개를 갸웃거리며 보니는 천천히 창가에 몸을 기댔다. 어디에 간 걸까? 함께 연구실에 가자고 말하려고 찾아왔을 때도 리아는 방에 없었다. 클럽에도 들지 않았으면서. 연구실에도 없고. 딱히 갈만한 곳이 있던가? 곰곰이 생각하며 무심코 창밖으로 시선을 돌렸다.

망고 정원을 걸어가는 리아의 모습이 보였다. 보니는 눈썹에 힘을 주어 리아를 관찰했다. 평소와 다른 옷차림, 아니 정확히 말하면 다른 사람의 카디건을 걸치고 있었다. 리아의 옷이 아니라는 건 한눈에 알 수 있었다. 학년마다 다른 색의 카디건을 입는 아마란스에서, 버건디색 카디건은 상급생을 뜻했다.

누구에게 받은 걸까? 보니는 속으로 골똘히 생각했다. 알아내고 싶었다. 리아에 관한 것들은 전부 다.

그때, 보니의 표정이 꿈틀거렸다. 입술을 열어 탄식을 뱉어냈다.

리아와 조금 떨어진 거리에서 걸어오는 루카스가 보였다. 두 사람이 서로를 의식할 정도로 가까운 거리는 아니었지만, 2층 창가에 서있는 보니에겐 두 사람이 잘 보였다. 리아와 마주치진 않겠구나, 안도한 순간이었다. 화단 하나를 사이에 두고 떨어져 있는데도, 루카스가 시선을 돌려 리아를 바라보았다.

리아는 아무것도 모른 채 가던 길을 걸어가고 있었지만, 루카스는 멈춰 선 채 리아에게 시선을 두고 있었다. 난간을 쥔 보니의 두 손에 힘이 들어갔다.

루카스가 다시 발걸음을 뗀 건, 리아가 망고 정원을 빠져나가고 한참 후였다. 그는 고개를 돌려 원래 걷던 방향으로 걸어갔다.

어째서? 보니의 눈가가 붉어지더니 이내 눈물이 맺혔다. 루카스가 왜 리아에게 관심을 가지는 걸까?

그의 시선이 리아를 향하는 걸 가장 먼저 알아차린 사람은 보니였다. 보니는 알 수 있었다. 언제나 그를 지켜봤으니까.

리아를 생각하면 기분이 절망적으로 변했다. 왜 내가 갖지 못한 것을 당연히 누리는 걸까? 출신이 좋은 것도 아닌데. 애써 노력하지도 않으면서.

도대체 무엇 때문에 벤 교수도 루카스도 모두 리아를 주목하는 걸까? 가진 거라고는 아무것도 없는 애인데. 그 실체를 직접 밝혀내고 싶었다.

*　*　*

 리아는 화들짝 놀라며 눈을 떴다. 아직 창밖은 캄캄했다. 이렇게 깨면 다시 자기는 글렀다. 물끄러미 창밖을 내다보던 리아는 한숨을 내쉬며 몸을 일으켰다. 불을 켜고 책상 앞에 앉아 귤빛 편지지를 꺼냈다. 악몽을 꾼 날에는 편지를 썼다. 그렇게라도 하지 않으면 마음이 진정되지 않았다.

 펜을 잡았지만 쉽사리 써 내려가지 못했다. 리아는 손끝으로 목덜미를 만져보았다. 생생하게 꾼 악몽이 자꾸만 어른거렸다. 저절로 꿈속의 장면이 머릿속에 펼쳐졌다.

 꿈속에서, 사일런트 로스는 맹렬히 뻗어 나와 리아의 목을 조였다. 꿈이 맞기는 한 걸까? 사실은, 실제로 있었던 일인데 기억을 못 하는 건 아닐까?

 서랍을 열어 원석을 꺼낸 후 거울 앞으로 걸어갔다. 원석을 손안에 쥐자 흐르는 힘이 느껴지는 듯했다. 고개를 숙여 목 위로 은줄을 걸어냈다. 거울에 비친 원석이 목 아래에서 희미한 빛을 발했다. 어머니를 지켜준 적이 있다던 테오의 말이 떠올랐다. 이 원석이 자신도 지켜줄 수 있을까? 꿈속에서 본 사일런트 로스와 같은 악몽에서 구해줄 수 있을까?

손을 들어 눈가를 비볐다. 아직 잠이 덜 깨서인지 정신이 몽롱했다. 고개를 돌리자 어두운 방 안에서 가느다란 빛 한 가닥이 반짝거렸다. 책장 안에서 붉은빛이 스멀스멀 새어 나오고 있었다. 리아는 자리에서 일어나 빛 가까이 다가갔다.

리아의 시선이 책장에 걸린 버건디색 카디건에 닿았다. 버려진 탑에서 상급생에게 건네받은 얇은 카디건, 그 끝에 매달린 한 가닥 실에서 붉은빛이 너울거리며 새어 나왔다.

붉게 빛나는 실을 리아가 멍하니 바라보았다. 카디건 끝에 매달린 실이 움직이더니 천천히 허공을 헤엄쳐 나가기 시작했다.

꿈인 걸까? 아니면 환상을 보고 있는 걸까? 리아는 조용히 카디건을 들었다. 그러자 카디건 끝의 실이 나풀거리며 한 방향을 향해 나아갔다. 붉은 실은 문을 향했다. 잠시 생각하던 리아가, 카디건을 입고 램프를 챙겨 방을 나섰다.

기숙사를 나와 정원을 가로질러 걷는 내내 꿈속처럼 아득한 기분이었다. 손을 뻗으면 잡힐 듯 아른거리는 붉은 실이 한 방향을 향해 꾸준히 뻗어나갔다.

유리 식물원 앞에 도착한 리아가 램프를 고쳐 들었다. 붉게 빛나는 실 가닥이 식물원 안쪽을 향해 뻗어나가고 있었다. 램프를 내려놓은 후 유리문 가까이 얼굴을 갖다 댔다. 고요한 식물원 내부는 잘 보이지 않았다. 손이 저절로 뻗어나가 문을 당겼다. 마치 보이지 않는 힘에 이끌리듯 망설임 없는 동작이었다. 문은 굳게 잠겨있었다. 손에 힘주어 문을 앞뒤로 흔들었지만, 소용없었다.

리아는 잠시 이마에 손을 대었다가 뗐다. 약간의 어지럼증이 느껴졌다. 흐릿한 시선으로 주변을 둘러보았다. 바닥에 놓인 작은 돌들이 충돌하며 세상이 흔들리는 것 같았다. 여전히 꿈과 현실의 경계에 서있는 듯한 위태로운 기분이 들었다. 눈에 힘을 주며 또렷이 보려고 애썼다. 붉고 빛나는 실 가닥이 식물원 내부를 향해 나아가고 있었다. 유리문에 부딪힌 실 가닥은 힘없이 튕겼다가 다시 피어오르기를 반복했다.

리아의 시선이 어두운 바닥을 더듬었다. 가는 나뭇가지 몇 개를 발견한 리아가 그것들을 주워 하나씩 열쇠 구멍에 끼워 넣었다. 문이 열릴 리 없다고 생각하면서도 손놀림을 멈추지 않았다.

한참을 씨름하던 리아가 이윽고 낙담한 얼굴로 고개를 떨구었다. 부러져 떨어진 나뭇가지들이 땅 위로 아스라이 쌓여있었다. 순간 휘청이다가 겨우 유리문에 기대선 후 고개를 저었다. 울고 싶은 심정으로 무심코 주머니에 손을 넣는데 단단한 금속이 잡혔다. 꺼내보니 구릿빛 열쇠였다. 그제야 리아는 여자에게 받은 열쇠를 기억해 냈다.

아무런 기대감 없이 열쇠를 구멍에 끼워 넣었다. 열쇠가 약하게 공명하더니 철컥, 미세한 소리가 들렸다. 꽂아낸 열쇠를 힘주어 움직이자 빙그르르 돌아가더니 잠금이 풀리는 소리가 묵직하게 들렸다.

 유리문을 조심스럽게 밀어내자 가볍게 열렸다. 얼떨떨한 표정으로 열린 문을 바라보던 리아가 식물원 안으로 들어갔다.

 램프의 빛 세기는 발등 앞만 겨우 비춰주는 정도였기 때문에 방향을 알기 힘들었다. 어둠 속에서 리아는 붉은 실을 따라 묵묵히 걸었다. 식물들에서 뿜어져 나오는 향기에 코가 얼얼했다. 한밤의 식물들은 낮과는 다른 향기를 뿜어냈다. 더욱 은밀하고 야생적인 향이었다.

 흘러가던 붉은 실이 거대한 식물 앞에서 멈추었다. 램프를 치켜들며 리아가 식물을 올려다보았다. 씁쓸한 웃음기가 얼굴 위로 오롯이 떠올랐다.

 한참 후 리아가 입술을 열어 말했다.

 "너를 알아. 악몽 속에서 너를 봤어. 입학식 날, 기절했을 때에도."

 내가 미친 걸까? 리아는 잠잠히 귀를 기울였다. 아무런 소리도 들리지 않았다.

 떨어지는 시선이 붉은 실에 머물렀다. 나풀거리는 실을 손으로 톡 건드리자 잘게 조각나며 땅으로 떨어졌다. 마치 할 일을 다해 수명이 끝난 듯이.

 차분한 눈동자를 굴리며 리아가 물었다.

 "너는 뭐야?"

대답은 들리지 않았다. 식물에 달린 커다란 잎사귀는 리아의 얼굴보다도 컸다. 그 잎에 새겨진 붉은 점들을 바라보던 리아가 혼잣말처럼 중얼거렸다.

"왜 자꾸 내게 나타나?"

그때, 가벼운 발소리가 가까이서 들렸다. 신경을 곤두세우며 리아는 주변을 살펴보았다. 사람이라고 하기엔 산뜻하고, 바람이라고 하기에는 묵직한 소리였다. 짐승이라도 있는 걸까? 고개를 갸웃거리며 리아는 소리가 들려온 쪽으로 램프를 올려 들었다.

사일런트 로스의 뒤쪽으로 발자국이 나있었다. 짓눌린 풀 위로 흙이 살짝 드러났다. 크고 둥근 모양의 발자국은 사람이 아닌 짐승의 것이었다. 발자국 주변의 풀들은 바람에 스친 것처럼 한쪽으로 쏠려있었다.

의아한 얼굴로 리아가 발자국 앞에 쭈그리고 앉았다.

"불가능해."

식물원 안에 짐승이 살 리는 없었다. 완벽한 관리 아래 통제되기로 유명한 학교의 자랑이 아니던가?

발자국을 따라 걸어가자 얼마 지나지 않아 풀 위에서 뚝 끊겼다. 하늘로 솟기라도 한 걸까? 감쪽같이 사라진 발자국 대신 흙더미 속에서 무언가 반짝였다. 무릎을 꿇고 앉아 손으로 흙을 쓸어냈다. 곧 손가락 밑으로 딱딱한 물체가 잡혔다. 조심스럽게 파내어 흙을 털어내자 서서히 모습이 드러났다. 보자기에 싸인 두꺼운 책이었다. 겉면에 묻은 흙이 딱딱하게 굳어있는 걸로 보아 꽤 오랫동안 파묻혀 있었던 듯했다.

리아는 보자기 매듭을 풀어냈다. 종이가 갈변할 정도로 오래된 노트 안에 누군가 열심히 적은 흔적이 남아있었다. 처음 보는 언어였다. 문양 같기도 하고, 그림 같기도 했다. 리아는 램프를 고쳐 들어 노트 안을 환히 비추었다.

툭.

미간을 찌푸리며 열중하는 리아를 무언가 건드렸다. 한참 집중하던 리아가 고개를 들었다.

"응?"

눈앞에 벌어진 상황을 본 리아가 그 자리에 돌처럼 굳어버렸다.

두껍고 단단한 줄기가 땅 위를 기어가고 있었다. 리아는 눈동자를 굴려 움직이는 줄기를 내려다보았다. 뱀처럼 자유롭고 거침없는 움직임이 풀 위로 흐르며 소리를 만들어 냈다.

식물이… 움직여?

직접 보고도 믿기지 않았다. 어떻게?

식물원 안에서 자행되는 마법의 일부인 걸까? 하지만… 들어본 적 없었다.

침착하려고 애썼지만, 기시감이 느껴졌다. 꿈속에서 본 상황과 점점 일치해지고 있었다. 사일런트 로스에 피어난 이파리들이 움직이며 가루를 하얗게 흩뿌렸다. 리아는 주먹을 꽉 쥐어 가슴팍에 갖다 댔다. 가슴에서 통증이 아려왔다.

땅 위를 움직이던 줄기가 리아의 발목을 휘감았다. 차갑고 소름 끼치는 감촉에 놀란 리아가 발을 힘주어 잡아당겼다. 탄탄하고 옹골진 줄기는 발목을 쉽사리 놓지 않았다. 당황한 리아가 손에서 램프를 놓쳤다.

"윽!"

식물은 더욱 단단히 리아의 발목을 쥐었다. 리아는 벗어나기 위해 발버둥을 쳤다.

"이거 놔!"

손으로 줄기를 할퀴었지만, 손톱 끝에 진물만 남았다.

땅 위에서 나뭇가지를 발견한 리아가 주워 들었다. 식물을 향해 날카로운 쪽을 쑤셔 박았다.

식물이 몸부림을 치며 리아를 풀어주었다. 자유의 몸이 된 리아가 떨어진 노트를 주워 들고는 식물을 쳐다보았다. 식물은 다시금 리아를 향해 줄기를 뻗어냈다.

리아가 빠르게 달렸다.

식물원을 벗어난 후에야 뒤를 돌아보았다. 식물원을 보는 리아의 얼굴이 사색이 되더니 파르르 떨렸다. 믿기지 않는 듯 고개를 좌우로 흔들었다.

"말도 안 돼."

유리 식물원 안으로 화염이 너울거리며 번지고 있었다. 뜨거운 열기가 피어오르며 검은 연기를 만들어 냈다. 식물원 안의 푸른 생명들이 타들어 가기 시작했다. 파랗고 부드러운 줄기들이 맥없이 불길에 휩싸였다.

"불이야!"

멀리서 누군가 외쳤다.

거대한 폭발과 함께 귀를 찢는 듯한 소리가 울렸다. 모든 것이 충격으로 흔들렸다. 검은 연기가 자욱하게 솟구쳐 하늘로 피어올랐다. 유리 파편들이 연기 속에서 부서져 내렸다.

지켜보던 리아가 뒷걸음질 쳤다. 타는 냄새가 공기 중에 섞여 와 코를 강하게 찔렀다. 리아는 따가운 눈가를 손으로 비볐다. 붉게 충혈된 눈에서 눈물이 떨어졌다. 격렬한 불길이 유리 궁전을 투명하게 집어삼켰다. 영원히 사그라지지 않을 것 같았다.

리아는 오랫동안 그 모습에서 눈을 떼지 못했다. 솟아오르는 불길이 마치 비명을 지르는 것 같았다. 푸른 식물들을 태우고 죽은 연기를 먹으며, 까만 밤을 전부 덮어버릴 것 같았다.

5. 터널 끝의 실험실

 무거운 공기를 들이마시며 리아는 앞에 앉은 교수를 바라보았다. 창문을 통과한 햇살이 교수의 등에 내리쬐었다. 생각을 읽을 수 없는 표정을 움직여 한숨을 내쉬었다. 리아를 한참 세워둔 벤 교수는 손에 든 책을 다 읽은 후에야 시선을 들었다.
 "부르셨어요?"
 긴장한 목소리로 리아가 물었다.
 "앉지."
 쓰고 있던 안경을 내려놓으며 벤 교수가 소파를 가리켰다. 앉는 부분이 누렇게 바랜 갈색 소파는 잡다한 물건을 수집하는 벤 교수의 방과 어울렸다. 리아는 해진 소파의 끄트머리에 앉아 교수를 마주 보았다. 한동안 리아를 들여다보던 벤 교수가 신중한 얼굴로 말을 꺼냈다.

"어젯밤, 네가 식물원에 들어가는 걸 본 사람이 있어."

리아는 양손을 꽉 쥐었다. 빠르게 뛰는 심장을 좀처럼 가라앉힐 수 없었다. 벤 교수의 시선을 피하지 않도록 노력했지만, 떨리는 눈동자를 숨길 수는 없었다.

"문이 잠겨있었을 텐데, 어떻게 들어갔지?"

"그건…"

버려진 탑에서 마주친 선배 이야기를 해야 할까? 리아는 입술을 달싹거리다가 닫았다.

"나를 믿지 못하는군."

벤 교수의 입가에 엷은 미소가 떠올랐지만, 친절한 표정은 아니었다. 말 한마디 없이 그는 상대에게 압박을 가할 수 있었다. 리아는 시선을 낮춰 바닥을 바라보았다.

"네가 불을 지른 건가?"

"…제가 아니에요."

대답하는 목소리에 힘이 들어갔다. 튀어나온 소파 천을 손끝으로 몇 번이고 매만졌다. 교수는 말없이 리아를 바라볼 뿐이었다. 날카로운 고요를 견딜 수 없게 되었을 때쯤, 리아가 더듬거리며 입술을 열었다.

"식물이… 움직였어요."

벤 교수가 헛웃음을 지었다. 전혀 설득되지 않은 표정이었다. 리아는 조급하게 말을 이었다.

"정말이에요. 믿기 어려우시겠지만…"

"윤리위원회 가서도 그렇게 말할 건가?"

대답하지 못한 채 리아는 입술만 달싹였다.

"곧 윤리위원회가 열릴 거야. 내가 먼저 말해주는 걸 다행으로 여겨. 거기서는 너를 벼르고 있으니까, 할 말을 잘 준비해서 가야 할 거야."

벼르고 있다고? 리아는 멍한 표정으로 교수의 말을 들었다.

"잘하면 퇴학이고, 상황이 더 나빠진다면 네게 보상을 요구할 수도 있지. 식물원의 가치는 가히 천문학적이야. 네가 불을 낸 장본인이라면, 변호사를 구하는 것을 추천해."

"변호사요?"

"그래."

리아는 상황의 심각성을 인지했다. 유리 식물원, 화재… 모든 것들이 머릿속에서 뒤엉켜 흘러내리는 것만 같았다. 식물원의 가치가 천문학적이라는 말은 사실일 것이다.

벤 교수의 서늘한 눈빛이 리아를 향하고 있었다. 리아는 당장 연구실을 뛰쳐나가고 싶은 충동을 느꼈다.

"내게 솔직하지 않은 사람을 도와줄 수는 없어. 나는 너를 학생으로 데려왔지만, 우리 사이에는 모종의 거래가 있었지. 내가 이런 것까지 감당해야 하나?"

그의 말에 눈앞이 캄캄해지는 것 같았다. 한참 후 리아가 물었다.

"제가 어떻게 하면 돼요?"

대답 없는 벤 교수를 리아가 똑바로 바라보았다.

"알려주세요, 교수님."

벤 교수는 소파에 등을 기대며 숨을 크게 내쉬었다. 소파가 삐걱거리며 낡은 소리를 만들어 냈다. 감정이라고는 전혀 찾아볼 수 없는 얼굴로 천천히 말을 뱉었다.

"방법이 아예 없는 건 아니지."

벤 교수의 눈썹이 살짝 휘어지며 올라갔다.

"범인을 찾아내."

"네?"

리아는 이해하지 못한 표정을 지었다.

"너 말고도 그날 밤, 식물원에 들어간 사람이 있어야 해. 그 사람을 구해 와. 그다음은 내가 해결해 주지."

벤 교수의 말은 묘하게 들렸다. 마치 죄를 대신 뒤집어쓸 희생양을 데려오라는 듯한 말투에 리아는 할 말을 망설였다.

"내가 뽑아온 학생이 물의를 일으키는 건 이제 그만 보고 싶어. 네가 똑똑하다면 내 말을 이해할 수 있겠지. 나는 너를 도울 거야. 그러니 너도 노력을 보여줘."

벤 교수의 축축한 눈이 사냥감을 발견한 맹수처럼 번쩍였다. 리아는 쉽게 대답하지 못했다. 그가 뱉은 문장이 무얼 의미하는지 알아들을 수 있었다. 선별 시험 때처럼, 스스로를 증명해야 했다. 그에게 버림받지 않도록.

리아는 고개를 무겁게 끄덕였다. 만족스러운 얼굴로 교수가 맹수의 눈빛을 거두었다.

* * *

식물원의 화재 소식은 금세 학교 안으로 퍼져나갔다. 학교의 상징과도 같은 장소가 타버렸으니 충격을 받은 학생들은 눈물을 보이기도 했다. 식물원에서 듣는 수업은 모두 본관으로 변경되었다.

망고 정원이 평소보다 시끄러운 이유도 그 때문이었다. 삼삼오오 모인 학생들은 각자 들은 소문을 열심히 날랐다.

"일부러 불을 질렀대."

"신입생 중 한 명이라던데?"

불을 지른 학생이 누구인지는 학생들의 최대 관심사였다. 살이 붙은 소문 중에는 황당한 이야기도 섞여있었다. 실연당한 학생이 홧김에 불을 질렀다는 소문까지 퍼진 후에는 소문의 출처가 누구인지 아무도 신경을 쓰지 않는 눈치였다.

리아는 도서관 창가에 서서 밖을 내다보고 있었다. 유난히 창백해 보이는 얼굴로 손에는 두꺼운 책을 들고 있었다. 식물원에서 발견한 노트에 적힌 언어를 해석하기 위한 책이었다.

테오가 다가왔지만, 근심에 잠긴 리아는 기척조차 느끼지 못했다.

"괜찮아?"

"아… 응."

그제야 테오를 알아본 리아가 고개를 끄덕였다. 수업을 마친 테오는 도서관에 들른 참이었다. 안색이 안 좋은 리아를 살피며 그가 걱정스럽게 물었다.

"어디 아파?"

"그냥, 머리가 좀 어지러워."

힘없는 대답에 테오는 리아의 이마에 손을 얹었다.

"열은 안 나는데."

리아는 고개를 저으며 그의 손을 내렸다.

"괜찮아. 쉬면 돼."

"방에 데려다줄게."

두 사람은 함께 도서관 복도를 걸었다. 계단을 걸어 내려가는데 학생들이 리아를 흘끔거렸다. 은밀한 시선들이 리아를 두고 주고받는 것이 느껴졌다. 분위기를 감지한 리아의 얼굴이 굳었다.

이상한 낌새를 느낀 테오는 리아를 안쪽으로 걷게 했다.

도서관 게시판 앞에 학생들이 모여 서있었다. 뒤에 오는 사람을 확인한 학생들이 양옆으로 흩어졌다. 학생들이 모여있던 게

시판에 흰 종이가 붙어있었다. 리아와 테오도 게시판 앞으로 다가가 섰다. 종이를 읽은 리아의 몸이 휘청였다.

[공문]

아래 학생은 식물원 화재 건으로 윤리위원회에 출석할 것을 통보합니다.

1학년 리아 디실버

리아는 천천히 뒷걸음질을 치며 손등을 입술에 대었다. 속이 울렁거렸다. 벤 교수의 연구실에서 나온 지 두 시간은 되었을까? 이렇게 빨리 공문이 내려올 줄은 몰랐다.

"괜찮아?"

테오가 다가와 리아를 부축했다. 그도 공문 내용을 읽었지만, 다른 학생들 앞에서 언급하는 대신 리아의 팔을 잡아줄 뿐이었다. 학생들이 서성이며 두 사람을 지켜보고 있었다. 식물원 화재 사건에 연관되었다는 사실도 놀라웠지만, 테오와 친해 보인다는 사실이 더욱 그들을 불편하게 만들었다. 왕국 설립 가문인 테오와 푸른 숲 수업을 같이 듣는 것도 모자라 눈에 띄게 친절까지 받다니. 테오와 친해지고 싶어 하는 다른 학생들의 기회를 마치 리아가 빼앗아 가버린 것 같았다.

리아는 눈꺼풀을 내렸다. 벤 교수와 시아의 얼굴이 동시에 떠올랐다. 노련하고 불온한 벤 교수의 눈빛과 작은 햇살처럼 밝은 시아의 어린 얼굴. 리아의 두 다리가 후들거렸다.

"미안. 먼저 갈게."

리아는 다급히 돌아섰다.

"리아…"

테오가 불렀지만, 리아는 도망치듯 도서관을 나갔다.

그 모습을 본 주변 학생들은 더욱 짜증이 치밀어 올랐지만, 여전히 테오에게 다가가지 못한 채 맴돌 뿐이었다.

리아가 간 길을 바라보던 테오는 말없이 고개를 돌렸다. 그와 눈이 마주치기를 기다리던 학생들이 기회를 잡고 웃으며 인사를 건넸다. 테오는 한 명도 빠짐없이 모두 미소로 인사를 받아준 후, 생각에 잠긴 얼굴로 복도를 걸어갔다.

기숙사 방으로 돌아온 리아는 문을 잠갔다. 벽에 등을 기댄 후 미끄러지듯 주저앉았다. 빠르게 뛰는 심장이 좀처럼 가라앉지 않았다.

이제 어떻게 하지? 리아는 방금 도서관에서 빌려온 책을 내려다보았다. 번역에 관한 책이었다. 식물원에서 발견한 노트는 왜 그곳에 묻혀있던 걸까? 혹시 노트의 주인도 뭔가를 보고 식물원에 간 걸까? 노트를 해석하면, 무얼 발견할 수 있지 않을까?

한참을 앉아있던 리아가 시선을 들었다.

까치발을 해도 닿을까 싶은 높이의 선반을 응시하다가 몸을 움직였다. 의자를 꺼내 밟고 올라가 선반 위에 숨겨놓은 노트를 꺼냈다.

손바닥으로 표지를 쓸어내자, 먼지와 흙가루가 동시에 떠올랐다가 내려앉았다.

리아는 노트 첫 페이지를 펼쳐냈다. 알 수 없는 언어로 적힌 노트는 읽어낼 수 없었다. 곳곳에 식물 그림도 함께 그려져 있었다.

펼쳐진 노트를 리아가 뚫어져라 바라보았다. 너무 오래 보느라 눈이 뻑뻑해지고 눈물이 고일 지경이었지만 시선을 떼지 않았다. 시간이 흐르자, 처음에는 그림같이 보이던 문자들 사이로 일관된 규칙이 보이기 시작했다.

아벨의 보육원에서 공개수업을 할 때마다 리아는 언제나 발표를 떠맡았다. 언어능력이 뛰어났기 때문에 선생님은 매번 리아에게 어려운 외국어를 읽도록 했고, 후원자들은 감탄하며 지켜보았다.

배우지 않은 언어를 혼자 해석하는 것은 처음이었다. 도서관에서 빌려온 책을 함께 펼쳐놓은 뒤 문자를 하나씩 맞춰나가기 시작했다. 문자의 규칙을 발견하니 서투르게나마 해석을 할 수 있었다.

겨우 첫 페이지를 해석했을 뿐인데 시간이 꽤 지나있었다. 해석한 내용은 시 같기도 하고 노래 같기도 했다. 어느 장소를 가리키는 은유적 표현처럼 느껴졌다.

리아는 해석한 종이를 조심스럽게 찢어낸 후 반듯이 접어 주머니 안에 넣었다.

저무는 노을이 들어와 방 안을 주황빛으로 물들였다. 리아는 의자를 밟고 올라가 노트를 도로 선반 위에 올려놓았다.

방문을 열고 기숙사를 나서려는데 문 앞에 리본이 달린 작은 종이봉투가 놓여있었다. 봉투를 열자 비닐에 포장된 동그란 사탕과 작은 쪽지가 나왔다.

'마음이 진정되는 사탕이야. 도움이 필요하면 언제든 네게 갈게. - 테오.'

투명 비닐에 싸인 커다란 알사탕은 진한 녹색을 띠었다. 코를 갖다 대니 약초 냄새가 났다.

리아는 미소를 지으며 사탕을 주머니에 넣었다. 만약 테오와 가족이 되었다면 어땠을까? 이런 친절을 받으며 살 수 있었다면, 삶이 조금은 달라졌을까. 혼자만의 시간을 방해하는 대신 테오는 사탕을 두고 가는 편을 택했다. 그의 세심한 배려가 고마웠다. 이런 친절은 보육원에서 받아온 것과 많이 달랐다.

리아는 기숙사 건물을 나와 걸었다. 최대한 사람들과 마주치지 않도록 애쓰며 종이에 적힌 곳을 찾아가려고 했다. 학교의 어느 장소를 말해주는 듯한 표현은 찾아내기 쉽지 않았다. 난해한 문제를 푸는 기분으로 한참을 고민하며 학교 뒤뜰을 서성거렸다.

녹슨 사슴 동상 앞에 서있는 리아에게 어느 목소리가 닿았다.

"용감하네, 잘 돌아다니고."

화들짝 놀란 리아가 주변을 둘러보았다. 아직 보이지 않는 상대는 여유롭게 말을 이었다.

"보통은 최대한 눈에 띄지 않으려 할 텐데 말이야. 전교생이 주목하는 사건의 주인공이잖아?"

리아가 움찔거렸다.

"누구야?"

캄캄한 어둠 속에서 형체가 걸어 나왔다. 가장 먼저 눈에 띈 것은 숨길 수 없을 정도로 아름다운 은발의 머리칼이었다. 그 아래로 위치한 푸른 눈이 싱긋 웃었다.

루카스를 알아본 리아가 안도의 한숨을 내쉬었다.

"왜 불을 질렀어?"

"…난 아니야."

"그럼, 누가 그랬는데?"

루카스는 눈썹을 올리며 되물었다.

"범인이 있을 거 아니야."

머뭇거리던 리아는 작은 목소리로 대답했다.

"…찾아내야지."

루카스의 얼굴에 엷은 미소가 떠올랐다.

가까이 다가온 루카스가 리아에게서 종이를 가져갔다. 뒤늦게 리아가 손을 뻗었지만 소용없었다. 빠르게 종이를 읽어 내려간 루카스가 놀랍다는 표정을 지었다.

"혼자 해석한 거야? 대단한데?"

"돌려줘!"

루카스는 리아를 여유롭게 피하며 종이를 다른 손으로 옮겨 잡았다.

"근데 틀렸어."

바람 같은 목소리가 말했다.

"이 문장에 나온 조사는 '에서'가 아니라 '향해'야. 즉 반대를 뜻하지."

루카스의 손가락이 담장 반대편을 가리켰다. 리아는 루카스를 빤히 바라보았다.

"이 언어를 알아?"

"어렸을 때 배웠거든. 따라와."

루카스가 호기롭게 먼저 걸어가더니 뒤를 돌아보았다. 가만히 서있는 리아를 향해 싱긋 웃었다.

"안 와?"

* * *

루카스는 카페 건물 뒤쪽으로 걸어갔다. 공원마저 지나면 버려진 탑을 가는 방향이었다. 하지만 그는 더 남쪽으로 가는 대신 위를 향했다. 나무가 듬성듬성 난 언덕은 학생들이 잘 가지 않는 길이었다.

두 사람이 걷는 길에는 가로등이 거의 없었다. 깊숙이 들어갈수록 사람의 행적이 닿지 않는 곳처럼 보였다. 그나마 나무 사이를 파고 들어오는 달빛이 걸어가는 길을 희미하게 비추어 주었다.

나무들 사이를 걸어가며 루카스는 원어를 능숙하게 소리 내어 읽어냈다. 그 모습을 지켜보던 리아가 물었다.

"별로 안 쓰는 언어 같던데, 어디서 배웠어?"

"기본적으로 대여섯 개 언어는 배워둬, 우리 가문은."

별거 아니라는 표정을 지으며 그가 대꾸했다.

루카스는 학교 담장을 따라 걸어갔다. 앞서 걷던 루카스가 나직이 물었다.

"실비아를 어떻게 알아?"

"실비아?"

"네게 겉옷 준 사람 말이야."

"아."

이름이 실비아였구나. 그러고 보니 이제껏 이름조차 알지 못했다.

"버려진 탑에서 만났어. 식물에 독을 뿌려달라는 부탁을 받았을 뿐이야."

"독?"

"연구를 한다고 그랬거든. 식물이 죽어갈 때 비명을 지른다고 했어."

그 말에 루카스는 키득거리며 웃다가 물었다.

"그 말에 동의해?"

리아는 불타는 식물원을 떠올렸다. 활활 타오르는 강렬한 불빛 너머 울렁이는 형체가 생생했다. 리아는 침울해진 목소리로 대답했다.

"잘 모르겠어."

푸른 담쟁이덩굴이 벽 위로 거침없이 자라나 있었다. 그 덩굴을 올려다보며 리아가 질문했다.

"너도 실비아 선배를 만난 적 있어?"

"만난 적 있냐고?"

뜻밖의 질문을 들은 듯 루카스가 눈을 크게 떴다. 표정을 읽으려는 것처럼 곁눈질을 하다가 픽 웃으며 대답했다.

"글쎄."

담쟁이덩굴을 따라 걷던 루카스가 넌지시 물었다.

"실비아가 다른 말은 안 했어?"

리아는 실비아를 떠올렸다. 서늘한 웃음과 푸른 리본을 두른 그녀는 느리게 흐르는 시간 속 홀로 존재하는 여왕 같았다.

"오고 싶으면 언제든 와도 좋다고 했어. 열쇠를 맡기면서."

루카스는 어느새 담장 벽에 등지고 리아를 바라보고 있었다. 흔들리는 은빛 머리칼에 섬세한 달빛이 깃든 것 같았다. 손에 쥔 종이를 팔랑이며 루카스가 말했다.

"여기 적힌 장소가 어딘지 알아. 너를 데려다줄 수 있지만, 조건이 있어."

"뭔데?"

"실비아에게 말하지 않는다고 약속해. 그럼 데려가 줄게."

어렵지 않은 조건이었다. 리아가 고개를 끄덕이자 루카스는 허리를 숙여 바닥까지 덮은 담쟁이덩굴을 들어냈다. 그러자 덩굴 아래로 숨겨져 있던 철문이 모습을 드러냈다. 루카스가 철문을 열자, 시커먼 계단이 아래로 보였다.

루카스가 먼저 계단을 걸어 내려갔다. 리아도 루카스를 따라 내려갔다. 어둠 속에서 가파른 계단을 조심히 내려가야 했다.

계단은 지하 터널로 이어져 있었다. 눅눅한 공기가 가득 찬 터널 벽에 이끼와 먼지가 가득했다. 터널 벽에 걸린 램프들은 거의 작동하지 않았다. 흐릿하게나마 빛을 발하는 램프 하나를 찾아낸 루카스가 벽에서 떼어냈다.

"이런 공간이 있는 줄은 몰랐어."

리아는 터널을 조심스럽게 둘러보았다.

"이제는 쓰지 않는다고 했어. 오래전에는 암실로 사용했대."

램프를 들고 두 사람은 터널 안을 걸었다. 발소리가 터널 안을 메아리쳤다.

터널의 끝까지 걸어가자, 막다른 곳에 컨테이너 하나가 우두커니 놓여있었다. 문은 단단한 철문으로 만들어져 있고, 열쇠가 문고리에 그대로 꽂혀있었다. 루카스가 열쇠를 돌려 문을 열었다.

컨테이너 내부 스위치를 찾아 불을 켰지만, 전등이 몇 번 깜빡이더니 아예 나가버렸다. 들고 온 램프에 의지한 채 두 사람은 컨테이너 안을 둘러보았다.

꽤 그럴듯한 연구실 같았다. 한쪽 벽면에 긴 테이블이 놓여있고, 실험용 비커들이 그 위로 가득했다. 층층이 쌓인 먼짓덩어리와 거미줄이 곳곳에 허물처럼 늘여져 있었다.

"여긴 어딜까?"

리아가 속삭여 물었다.

"멜로디 엘레노어의 실험실이야."

"멜로디 엘레노어? 교장의 딸?"

"맞아. 세기의 천재라고 불리던."

리아는 생각하는 표정을 지었다.

"멜로디 엘레노어는 죽기 전까지 여기서 비밀 실험을 했을 거야."

루카스는 덤덤히 말을 이었다.

"암암리에 내려오는 소문이 있어. 사실 멜로디는 실험을 성공했다고. 금기시된 인간과 식물의 결합, 새로운 종족을 만들어 냈다고 말이야. 멜로디는 죽었고 소문은 와해되었지만, 아직도 믿는 사람들이 있어. 만약 멜로디의 연구를 발견한다면, 그 연구를 이어갈 수 있다면 그녀의 위대한 업적을 손에 넣을 수 있게 될 거라고 말이야."

리아는 미간에 힘을 주었다. 인간과 식물의 결합으로 탄생한 새로운 종족이라니. 마치 인간의 능력을 넘어선 신의 영역처럼 느껴졌다.

"실비아는 그걸 원했어. 그래서 네게 열쇠를 주었지. 네가 식물원을 찾아가도록 설계했어."

그 말은 약간 이상하게 들렸다. 리아가 고개를 저었다.

"식물원에 간 건, 내 의지였어."

"과연 그럴까? 네게 준 옷 말이야. 무슨 향이 묻어있었는지 알아?"

루카스의 입술이 부드럽게 움직이며 말했다.

"테라 글라스."

이해 못 하는 리아를 위해 루카스가 설명을 덧붙였다.

"야행성 식물이지. 보통은 밤에 사람을 깨워내서 조종해. 꿈을 꾸도록 만들고, 자신을 찾아오도록 환영을 보여주는 희귀식물이야."

루카스의 푸른 눈이 어둠 속에서 깜빡였다.

"그날, 네게서 그 식물의 향을 맡았어. 보통 사람이라면 모르고 지나치겠지만, 나는 알아."

리아는 혼란스러운 얼굴로 이마를 짚었다.

"그럼, 내가 본 붉은빛이… 의도된 환영이었다는 거야? 꿈에서 덜 깬 줄 알았는데."

"맞아."

생각을 곱씹던 리아는 루카스를 똑바로 바라보았다. 그는 시선을 받아주었다.

"…왜 하필 나야?"

"넌, 벤 교수가 고른 사람이니까."

"그게 왜?"

"정말 모르는구나."

루카스가 잠시 뜸 들이다가 물었.

"벤 교수를 믿어?"

리아는 입속의 말을 뱉었다.

"나는 아무도 안 믿어."

루카스가 희미하게 웃으며 대꾸했다.

"그래, 그 마음을 잃지 마."

그때, 철문이 닫히는 소리가 크게 들렸다. 갑작스러운 소리에 리아가 몸을 돌려 문 쪽을 보았다.

루카스가 걸어가 문고리를 돌렸지만, 문은 열리지 않았다. 한참 문과 씨름하던 루카스가 헛웃음을 짓더니 고개를 저었다.

"잠겼어."

"잠겼다고?"

리아도 다가가 문고리를 흔들어 보았지만 소용없었다. 두꺼운 철문은 견고히 자리를 지킬 뿐이었다.

"어떻게 된 거야? 갑자기 잠길 수 있어?"

당황한 리아가 루카스를 돌아보았다. 생각에 잠겨있던 루카스가 고개를 들고 물었다.

"너, 혹시 따라다니는 사람 있어?"

"따라다니는 사람? 나한테?"

리아는 이해 가지 않는 얼굴로 되물었다.

"나를 왜 따라다녀?"

루카스는 잠잠히 문을 바라보았다. 누군가 일부러 문을 밖에서 잠근 것이다. 실비아일 리는 없었다. 이렇게 어설픈 건 그녀의 방식이 아니었다.

"안쪽에도 나가는 장치가 있을 수 있어. 찾아보자."

두 사람은 떨어져 실험실을 살폈다. 벽이나 가구에 특별한 장치가 있는지 일일이 손으로 만져보았다. 실험실에는 넓은 책상과 의자 세 개, 커다란 자명종 시계, 유리 벽장과 거미줄 쳐진 잡다한 실험 도구들이 즐비했다.

초조해진 리아가 애써 밝게 말했다.

"우리가 없어진 걸 알고 찾으러 오는 사람이 있지 않을까? 특히 너는…"

 가문이 좋잖아, 라는 말을 뱉지 못한 채 루카스의 눈치를 보았다.

 "글쎄. 내가 없어진 걸 좋아할 사람들이라면 많지."

 루카스가 찬웃음을 지었다. 리아는 그의 옆얼굴을 쳐다보았다. 냉랭한 얼굴이 숨을 몰아 내쉬었다. 그러고 보니 조금 전보다 유독 힘겨워 보였다. 리아가 그에게 다가갔다.

 "괜찮아?"

 대답은 없었다. 가까이 다가선 리아가 루카스의 얼굴을 살피더니 팔을 잡았다. 루카스가 힘없이 리아를 돌아보았다.

 "땀이 너무 많이 나잖아."

 해쓱한 얼굴에 땀이 흥건했다. 리아는 그의 이마에 손바닥을 대어보았다. 뜨거웠다.

 "이리 와."

 루카스를 부축해 땅에 앉혔다. 그리고 의자에 걸쳐져 있던 담요를 가져와 몸을 덮어주었다. 다시 일어서려는 리아의 손목을 루카스가 잡았다. 움찔거리며 돌아보는 리아를 향해 루카스가 천천히 입을 열었다.

 "좁은 곳에 오래 있으면…"

 깜빡이던 램프 빛이 완전히 나갔다.

 "숨쉬기 어려워?"

사방이 캄캄해졌다. 어둠 속에서, 리아가 루카스의 눈가를 손바닥으로 덮어주었다.

"눈을 감고 숫자를 세봐. 일부터 천까지."

"천까지는 너무 많은데."

"나를 믿어."

루카스는 금세 조용해졌다. 속으로 숫자를 세는 듯했다.

가는 숨소리가 들렸다. 그의 숨소리에 맞춰 리아도 숨을 내쉬었다. 온기가 통하는 기분이 들었다. 낯선 곳에 함께 있다는 사실이 새삼스럽게 다가왔다. 두 사람은 가까이 앉아있었다.

한참 후, 루카스가 입을 열었다.

"어렸을 때, 사촌 누나에게 할아버지가 선물을 주셨어. 할아버지의 영토에 있는 커다란 화원을 통째로 주셨지. 나는 그곳에 가겠다고 떼를 썼어. 그러자 할아버지는 화원을 나누어 절반씩 가지라고 하셨어."

말을 하면서 루카스는 캄캄한 허공을 응시했다.

"다음 날, 사촌 누나는 내게 꽃을 선물해 줬어. 꽃향을 맡은 그날 밤, 꿈속에서 깜빡이는 빛을 보았어. 잠에서 깨어난 나는 붉고 가는 실을 따라 흘린 듯이 어디론가 향했지. 내가 향한 곳은 버려진 장롱 속이었어. 그 안에서 뭘 보았는지 알아?"

보일 리가 없다는 걸 알면서도 리아는 고개를 저었다.

"내가 아끼던 강아지가 죽어가고 있었어. 옷장 안에 갇힌 채

나는 강아지가 죽어가는 모습을 무력하게 지켜봤지. 아직 온기가 서린 피비린내가 옷장 안을 가득 메웠어. 아무리 악을 쓰고 문을 두드려 보아도 문은 열리지 않았어. 그때 옷장 문틈 사이로 서있는 그녀가 보였어."

리아는 조용히 다음 말을 기다렸다.

"실비아, 그녀는 내 고통을 말없이 지켜보고 있었어. 다음번에는 개로 끝나지 않을 거라고, 그러니 얌전히 있으라는 명확한 경고였지."

리아는 몸에 전율을 느꼈다. 위로하고 싶었지만, 차마 말을 꺼내지 못한 채 가만히 듣고 있었다.

"다음 날 오후가 되어서야 옷장을 나올 수 있었어. 그 후로 갇힌 공간을 견딜 수 없게 되었지. 숨이 쉬어지지 않아. 꽉 닫힌 옷장 속 공기와 끈적이는 피비린내, 나를 지켜보던 눈동자가 다시금 몰려오는 듯해."

루카스가 고개를 떨구더니 말을 이었다.

"그때 이걸 알았더라면⋯ 천까지 숫자를 세는 거라고 가르쳐주는 사람이 있었더라면, 어쩌면 나았을지도 모르겠네."

"실비아 선배와 네가 사촌지간인지 몰랐어."

"큰아버지 딸이야. 가족이지만 원수보다도 못한 사이지. 서로 못 잡아먹어 안달이니까, 큰아버지와 아버지는. 실비아와 내 사이도 그렇고."

루카스의 얼굴에 잠시나마 희미한 미소가 떠올랐다. 옛 기억을 떠올리는 표정이었다.

 "하지만 실비아도 처음부터 그렇지는 않았어. 아주 어릴 때는 실비아와 놀았던 기억도 흐릿하게 있어. 곰 인형을 좋아하던 실비아는 방 안에 인형을 가득 쌓아뒀지. 내가 방을 찾아가면 손에 곰 인형을 쥐여주기도 했어."

 리아는 루카스의 말을 잠자코 들었다. 전과 달리 목소리에 살짝 어린 온기가 느껴졌다.

 "실비아가 나보다 훨씬 뛰어난 건 사실이었어. 어릴 적부터 두각을 드러낸 실비아는 집안 어른들의 기대를 많이 받았지. 부담이 가중되면서부터 실비아는 나를 밀어냈어. 혼자 소리를 지르거나 우는 모습을 본 적도 있어."

 루카스가 쓸쓸히 시선을 내렸다. 암흑 속에서 바닥을 하염없이 내려다보았다.

 뭐라 위로의 말을 전할까 고민하던 리아는 침묵을 지켰다. 한참 후에야 입을 떼었다.

 "나는, 개를 죽인 적 있어."

 그 말에 루카스가 고개를 들었다.

 "개가 죽을 거라는 걸 알면서도 약을 먹였어. 친구들을 지키기 위해서."

 리아는 손등을 매만졌다. 독이 든 약초를 빻던 순간의 절실함을 기억해 내자 마음이 괴로워졌다.

"적어도 다시는 친구들이 그 개에게 공격을 받지 않을 거라고 믿었어. 하지만 틀렸지. 다음 날, 그 개가 있던 자리는 또 다른 개로 메꿔졌어. 더 크고, 무서운 놈으로."

루카스는 조용히 말을 들어주었다.

"그때 생각했어. 개를 죽이는 건 아무런 도움이 되지 않는구나. 그럼 내가 할 수 있는 건 무엇일까, 하고. 이렇게 숫자를 세며 버티는 수밖에 없는 걸까?"

조용히 듣고 있던 루카스가 한참 생각하더니 입술을 열었다.

"버티다 보면, 기회가 올까?"

그 말에 리아는 골똘히 생각했다. 버티면, 시아가 나아질 수 있을까? 내가 버티면. 조금만 더 견디면… 머릿속에 아벨의 보육원에서의 시간이 빠르게 스쳤다. 시아의 앙상한 몸과 채찍을 견뎌낸 아이들, 굶고 배고팠던 시간. 직접 죽인 울프독.

잠시 후 더 단단해진 목소리가 곁에서 들렸다.

"나는 끝까지 버텨낼 거야."

리아가 고개를 들어 루카스의 얼굴을 찾았다. 비록 보이지 않지만 그의 얼굴이 있으리라 짐작되는 곳에서 시선이 멈추었다. 서로의 시선이 닿았다, 라는 생각이 들었다.

"실비아를 이길 거야. 그래서 할아버지의 인정도 받을 거고. 가문의 후계자는 내가 되겠어."

리아는 루카스와 손끝이 닿은 것을 느꼈다. 보이지 않지만 조금 전보다 거리가 가까워진 듯했다.

대단한 가문이기 때문에 전혀 다를 거라고 생각했다. 하지만 그도 비슷했던 걸까?

"…나도."

리아는 작게 중얼거렸다. 스스로에게만 들릴 듯 고요한 목소리였다.

어둠 속에서 한동안 아무런 말도 오가지 않았다. 두 사람은 각자 침묵 속에 파묻혔다. 고요를 깬 건 예상 밖의 소리였다. 꼬르륵거리는 소리에 리아가 고개를 들었다. 어둠 속에서 목소리가 작게 들렸다.

"… 배고픈가 봐."

마치 다른 사람 일인 양 말하는 루카스의 태도에 웃음이 나왔다.

리아가 주머니에서 사탕을 꺼내 루카스의 손끝에 얹어주었다.

"이게 뭐야?"

"사탕이야. 먹으면 마음이 진정된대. 좀 나아질지도 몰라."

"사탕?"

루카스가 비닐을 풀어 입안에 사탕을 집어넣었다. 딱딱하고 매끄러운 단면이 혀끝에 달라붙으며 화한 향을 내뿜었다.

"윈드윕 버섯이 들어갔잖아. 비쌀 텐데. 어디서 났어?"

사탕을 입안에 굴리며 루카스가 물었다.

"친구가 줬어."

윈드윕 버섯은 쉽게 구할 수 없는 재료일뿐더러 값도 비쌌다. 그런 버섯으로 사탕을 만들다니. 꽤 호화스러운 디저트였다.

사탕이 부드럽게 녹아 사라지고 남은 버섯 조각이 입안에 맴돌았다. 루카스는 미간을 찌푸리며 버섯 조각을 씹었다. 텁텁하고 질긴 식감 때문에 꽤 오래 씹어야 했다. 하지만 버섯의 효과는 뛰어나서 곧 마음이 편안해졌다.

버섯 조각을 삼킨 후 루카스가 어둠 속에서 일어섰다.

"나가는 방법을 알 것 같아."

"정말?"

후, 루카스가 입술로 바람을 불자 작은 불씨 하나가 허공 위로 둥실 떠올랐다. 반딧불이처럼 작은 불씨는 주변을 둥그렇게 밝혀주었다. 리아는 그제야 루카스의 얼굴을 알아볼 수 있었다.

"이게 뭐야?"

"간단한 불 마법이야."

불 마법? 리아는 눈을 크게 떴다. 식물 마법과 불 마법은 대척되기 때문에 둘을 동시에 배우는 경우는 거의 없었다.

루카스가 조용히 덧붙였다.

"내가 불 마법을 쓴다는 건 비밀로 해줘."

리아가 고개를 끄덕였다. 루카스는 무언가를 가리키며 말했다.

"저걸 이용하자."

그의 시선 끝에 자명종 시계가 서있었다.

불빛이 날아가 시계를 비추었다. 먼지가 수북이 쌓인 자명종 시계는 천장 끝까지 뻗어있었다. 폭이 꽤 넓고 키가 컸지만 먼지에 가려져 그다지 눈에 띄지 않았다.

루카스가 손바닥으로 시계를 쓸자 먼지가 하얗게 떨어졌다. 곁에 선 리아가 콜록이며 재채기를 뱉어냈다.

시계의 기둥에 홈이 나있었다. 루카스는 시계를 세세히 살펴보더니 초침과 분침, 시침을 손으로 움직여 맞추었다. 타다닥 태엽이 감기는 소리와 함께 레일이 움직이는 소리가 시계 안에서 들렸다.

"뭘 한 거야?"

"멜로디 엘레노어라면 어떻게 했을까 생각해 봤어."

루카스의 푸른 눈이 시계를 찬찬히 살펴보았다.

"교장 선생님이 그러셨지. 식물을 만들 때 중요한 세 가지는 물 주기와 온도, 싹이 돋기까지의 시간이라고."

리아는 수업을 기억해 내려 애썼지만, 거의 기억나지 않았다. 신중히 숫자를 고르며 루카스가 말을 이었다.

"34, 16, 21. 사일런트 로스에 해당되는 숫자야."

철컥, 잠금 장치가 풀리는 소리가 안쪽에서 들렸다. 루카스가 시계의 옆면 홈에 손가락을 넣고 잡아당겼다. 몸통이 스르르 미끄러지듯 열렸다. 시계 속을 들여다본 리아는 뜻밖의 물체를 발견했다.

세로로 긴 직사각형 모양의 거울이 시계 안에 고고히 서있었다. 루카스가 리아에게 손을 내밀었다.

"좌표가 근처로 찍혀있을 거야. 나갈까?"

리아가 그의 손을 잡았다. 루카스와 함께 거울 속으로 발을 뻗자 밝은 빛이 내리쬐더니 온 세상이 새하얗게 변했다. 맑은 구슬 소리와 함께 부드러운 바람이 스쳤다. 땅이 흔들리더니 잠시 후 멈추었다. 곧 리아는 무언가를 통과해 나왔다는 사실을 인지했다.

두 사람이 빠져나온 곳은 검은 숲속이었다. 탁한 거울 하나가 나무에 기댄 채 놓여있었다. 거울을 나오고도 손을 잡고 있다는 사실을 깨달은 리아가 어색하게 손을 풀었다. 거울에 쌓여있던 담쟁이덩굴이 거울을 통과할 때 몸 곳곳에 달라붙었다. 두 사람은 손으로 덩굴을 털어냈다.

"노트를 내게 넘겨. 퇴학 조치는 면하게 해줄게."

밤공기가 내려와 루카스의 얼굴 위로 무늬를 만들어 냈다. 그 모습을 바라보던 리아가 입술을 움직여 대답했다.

"좋아. 하지만, 퇴학 조치를 면하게 해주는 게 먼저야."

루카스의 얼굴에 희미한 미소가 번졌다. 바람이 불어와 은빛 머리카락을 간지럽혔다.

6. 천사의 전설

 긴장한 티를 내지 않으려 애쓰며 리아는 커다란 원형 테이블을 바라보았다. 늙은 고목으로 만들어진 테이블 표면 위로 오래된 나이테가 엷게 새겨져 있었다. 중요한 안건이 있을 때마다 교수들은 세월이 깃든 고목 테이블 앞에 앉아 의견을 나누었다.

 교장과 벤 교수를 포함한 교수 여러 명과 학생회 임원들이 이 고풍스러운 테이블 앞에 빙 둘러앉아 있었다. 테이블 위에 놓인 등불에서 뿜어져 나오는 차갑고 푸른 빛이 회의실 안을 비추었다.

 테이블을 둘러앉은 사람 중에는 실비아도 있었다. 하나로 땋은 은발이 물결처럼 내려와 어깨 너머로 찰랑였다. 리아와 실비아의 시선이 허공에서 만났다. 실비아는 눈동자가 흔들리며 옅게 웃었다.

두 사람의 시선을 눈치챈 교장이 물었다.

"아는 사이인가?"

"아뇨, 처음 봐요."

실비아는 평온한 표정으로 대답했다.

"윤리위원회를 시작하겠습니다. 안건은 식물원 화재입니다."

안경을 쓴 중년의 교수가 회의를 시작했다. 회색 머리카락을 빳빳이 빗어 넘긴 교수는 목소리가 가늘고 뾰족했다.

"화재가 일어난 시각, 리아 디실버 학생이 식물원에 출입한 것을 목격한 사람이 있습니다."

리아는 양손을 꽉 맞잡았다. 등에서 땀이 나는 것 같았다. 서늘한 벤 교수의 표정이 평소와 사뭇 다르게 느껴졌다.

"리아 양, 그 시간에 식물원은 왜 간 거죠?"

질문에 답하듯 리아의 시선이 저절로 실비아를 향했다. 실비아는 순진무구한 얼굴로 상황을 지켜보고 있었다. 마치 아무런 연관이 없다는 듯한 태도에 리아는 할 말을 잃었다.

"그건…"

시선을 내려 바닥을 바라보았다. 흑색의 점이 얼룩처럼 찍힌 대리석 바닥이 보였다. 식물에 난 무늬처럼 불규칙한 점들을 내려다보던 리아가 입술을 움직여 말했다.

"식물을 보고 싶었어요."

시선을 조심스럽게 든 리아는 벤 교수의 표정을 살폈다. 벤 교수는 차가운 눈으로 상황을 관망할 뿐이었다. 조급해진 리아가 말을 덧붙였다.

"그뿐이에요. 다른 의도는… 없었어요."

신중히 대답하려 노력했기 때문에 말이 느려졌다.

"식물원 열쇠는 어떻게 구했죠?"

"…받았어요."

리아는 실비아를 흘깃거리며 대답했다.

"누구에게 받았나요?"

리아는 대답하지 못한 채 머뭇거렸다. 실비아는 리아의 시선을 피하지 않은 채 똑바로 마주 보았다. 리아의 눈빛에 억울한 감정이 스쳤다.

교장이 눈짓을 하자 비서가 다가와 상자를 건네주었다. 교장은 상자 속에서 까맣게 그을린 램프를 꺼내 테이블 위에 올려놓았다. 신입생의 방마다 하나씩 주어지는 램프였다. 앞 유리가 깨지고 철이 검게 그을린 램프를 본 리아가 작게 탄식을 뱉었다.

"식물원 화재 현장에 이 램프가 떨어져 있었어요. 리아 양 것인가요?"

리아는 혼란스러운 표정을 지었다. 그날, 식물원에 램프를 가져간 것은 사실이었다. 하지만…

"다시 한번 묻겠어요. 리아 양 물건인가요?"

맞다고 대답한다면, 화재의 피해를 전부 보상해야 할지도 모른다. 쉽사리 입술이 열리지 않았다. 아니라고 말할 수 있을까? 울고 싶은 감정을 참아내며 리아는 가까스로 턱을 들었다. 푸른 조명을 받은 얼굴들이 리아를 보고 있었다. 압박감이 들었다.

화재는 식물원에서 나온 후에 시작되었다. 그러니 자신이 범인일 리는 없다고 생각했다. 하지만… 지금 상황에서는 램프의 주인이 범인으로 몰릴 게 뻔했다. 초조해진 리아는 주먹을 꽉 쥐었다.

그때, 노크 소리가 들리더니 문이 벌컥 열렸다. 리아는 뒤돌아 이제 막 회의실에 들어온 사람을 보았다. 루카스가 리아 옆으로 걸어와 선 후 고개를 숙여 교수들에게 예를 갖추었다.

"무슨 일이죠, 루카스 군?"

교장의 질문에 루카스는 당당히 대답했다.

"드릴 말씀이 있어서 왔습니다. 그날 같은 시간, 식물원에 출입한 다른 사람을 목격했다는 제보를 받았습니다."

실비아의 시선이 루카스로 옮겨졌다. 그 시선을 마주 보는 루카스의 입꼬리가 미세하게 올라갔다.

"그게 누구죠?"

"실비아 로잔 벨레티안입니다."

실비아의 표정이 움직였다. 놀란 표정은 아니었다. 입가에 조소를 머금은 그녀는 섣불리 반응하는 대신 상황을 지켜볼 뿐이었다.

"어디서 들었죠?"

"동급생에게 들었습니다. 신원은 밝힐 수 없지만."

리아는 갑자기 나타난 루카스가 당황스러운 동시에 반가웠다. 루카스는 리아를 향해 고개를 작게 끄덕였다. 교장이 눈을 가늘게 뜨며 두 사람을 주시했다.

"실비아 양?"

교수의 묵직한 호명에 실비아가 시선을 들었다. 공기처럼 가벼운, 딴 세계에서 빠져나온 목소리로 대꾸했다.

"신원도 밝히지 않는 학생의 증언이 타당한가요?"

루카스가 냉소를 지으며 대답했다.

"리아를 목격했다고 주장한 학생도 익명일 텐데요."

리아가 깨달은 표정을 지었다. 미처 생각하지 못했다. 나를 신고한 사람은 누구였을까? 왜 누군지 궁금해하지 않았지?

"아, 그 학생은 내가 보장하지. 내게 직접 와서 이야기를 했어."

벤 교수가 끼어들었다.

"하지만 누군지 밝힐 수는 없는 거죠?"

루카스는 물러서지 않았다. 벤 교수가 미간에 힘을 주며 대꾸했다.

"지금 의심하는 건가? 내가 보증하는데도?"

"제 말은, 정황뿐인 상황에서 한 사람에게 책임을 묻는 건 바람직하지 않다는 말이에요. 더구나 다른 증언도 나온 지금 상황에서는…"

"그 증언은 누가 책임질 수 있지?"

벤 교수가 날카롭게 질문했다. 루카스는 눈썹을 올리며 가벼운 미소를 지었다. 마치 당연히 나올 질문이라고 예상한 것처럼. 루카스의 시선 끝에 안경 교수가 앉아있었다.

루카스의 눈빛을 받은 안경 교수가 대화에 끼어들었다.

"저도 제보받은 게 있어요."

안경 교수의 목소리에 실비아의 얼굴이 굳었다. 교수 쪽은 쳐다보지 않았지만, 어떤 말이 나올지 이미 아는 얼굴이었다. 양손을 펼쳐내며 안경 교수가 목소리를 높였다.

"실비아 학생이 그날 밤, 식물원에 출입한 걸 목격했다고 말이에요."

실비아의 입술이 살짝 떨리더니 쓴 미소를 머금었다. 원한다면 맞설 수 있었지만, 그러지 않았다. 안경 교수에게 싸늘한 시선을 던질 뿐이었다. 그녀를 의식한 안경 교수는 헛기침을 하더니 몸을 돌려 앉았다.

루카스의 시선이 책상 위에 놓인 허름한 램프에 머물렀다. 리아를 향해 몸을 돌리며 그가 말했다.

"참, 램프 빌려줘서 고마워. 다시 가져다줄게."

리아가 무슨 말인지 모르겠다는 표정을 짓자, 루카스는 천연덕스럽게 말을 이었다.

"내 램프가 고장 나는 바람에 네 걸 빌렸잖아. 덕분에 밤길을 잘 찾을 수 있었어."

"아… 응."

그제야 깨달은 리아가 어설프게 고개를 끄덕였다.

"이 램프가 리아 양 것이 아닌가요?"

여전히 의심스러운 눈초리로 교장이 물었다.

"네, 제 램프가 아니에요."

생각에 잠긴 교장이 손가락 끝으로 테이블을 두드렸다. 갑자기 나타난 루카스의 증언이 의심스러웠지만, 안경 교수가 나서서 두둔해 줄 게 뻔했다. 이미 루카스 쪽에 포섭된 자였다. 루카스의 학교생활을 이롭게 돕는 대신 그의 가문에서 부와 미래를 약속받았을 터였다.

리아는 회의실을 흐르는 권력의 기류를 느꼈다. 대놓고 드러내진 않았지만, 실비아와 루카스를 중심으로 편이 나뉘었다. 벤 교수는 실비아의 의견에 회의 내내 힘을 실었고, 안경 교수는 루카스와 미리 말을 맞춰둔 상태였다. 교장은 의중을 알 수 없는 얼굴로 힘의 균형을 저울질하고 있었다. 결국 진실과는 상관없이 권력의 우위에 따라 결과가 나올 것이다.

교장의 손끝에서 울리던 소음이 멈추고, 턱을 들어 교수들을 바라보았다. 동의를 구하는 얼굴로 인자하게 웃었다.

"아무래도 좀 더 조사가 필요할 것 같네요. 이 부분에 관해 조사팀을 꾸려 속히 알아보도록 하죠. 추후에 다시 이야기를 나누는 게 좋겠어요."

교수들이 고개를 끄덕였다. 교장은 단호한 표정으로 리아를 바라보았다.

"리아 디실버는 결과가 나올 때까지 활동 정지다. 기다리도록."

"네."

실비아가 가장 먼저 자리에서 일어섰다. 루카스와 리아를 흘긋 바라보더니 휙 뒤돌아 회의실을 걸어 나갔다. 먼저 나가는 교수들과 학생회 임원들에게 리아가 고개 숙여 인사했다. 루카스가 눈빛을 보내며 속삭였다.

"잘했어."

리아는 조용히 고개를 끄덕였다.

"나 좀 보지."

루카스를 따라 회의실을 나가려는 리아를 벤 교수가 은밀하게 불러 세웠다.

리아는 벤 교수와 단둘이 회의실에 남았다. 벤 교수는 벽을 가득 채운 넓은 책장에 시선을 두었다. 책을 가득 채운 책장의 모서리에 정교한 문양이 새겨져 있었다.

리아가 말을 꺼냈다.

"그날 밤, 저 말고 식물원에 들어간 다른 사람을 찾아오라고 하셨어요."

"그랬지."

"저는 그 사람을 찾아왔고요."

"실비아 말인가?"

"네."

벤 교수가 긴 한숨을 내쉬며 눈을 질끈 감았다. 조명을 받아 푸르스름한 그의 얼굴은 평소에 잘 짓지 않는 표정이었다.

"네가 무슨 일에 끼어든지 모르는군. 너는 벨레티안 가문의 후계자 싸움에 얽힌 거야."

다시 눈을 뜬 교수의 눈빛이 한층 침잠돼 보였다. 교수의 시선을 따라 리아도 책장을 올려다보았다. 낡고 두꺼운 책들의 무게가 무언의 압박처럼 느껴졌다.

리아는 한참 만에 대답했다.

"제게 식물원 열쇠를 준 사람은 실비아 선배예요."

벤 교수가 등을 돌려 리아를 마주 보았다. 그의 표정을 읽어낸 리아가 당혹감을 비추었다.

"알고 계셨던 거예요?"

한 꺼풀 내려앉은 눈빛이 리아를 조용히 바라보았다.

"그런데 아무 말도 하지 않으셨죠. 실비아 선배를 위해서인가요?"

벤 교수의 눈썹이 곡선을 그리며 올라갔다. 손바닥으로 턱을 쓸며 그가 대꾸했다.

"벨레티안 가문은 함부로 건드리는 게 아니야. 실비아는 차기 가문을 이끌 가능성이 높지."

울컥 억울한 감정이 들었다. 벨레티안 가문이 얼마나 대단하든 상관없었다.

"저를 목격했다고 제보한 사람이 실비아 선배인가요?"

벤 교수는 안타깝다는 표정으로 바라보았다.

"알려주세요, 교수님."

"아니야."

리아는 교수의 표정을 읽기 위해 노력했다. 잠시 후 그가 다시 입을 열었다.

"나를 믿지 못하는군."

부정하지 않은 채 리아가 시선을 떨구었다.

"화재를 누가 냈는지는 중요하지 않아. 식물원에 화재가 났고, 책임질 사람이 필요해. 내가 말했을 텐데."

"네, 말씀하셨죠. 하지만 한 가지 더 말씀하셨어야죠. 벨레티안처럼 힘 있는 가문은 안 된다고."

리아가 말을 쏟아냈다.

"그럼, 누가 적당할까요? 아무리 생각해 봐도 제가 가장 적합할 것 같은데요. 저는 가문도 부모도 없잖아요. 혹시 그래서 저를 데려오신 건가요?"

두 시선이 만났다. 이보다 투명할 수 없을 것 같았다. 리아의 눈에 물기가 맺혔다. 입술을 깨물며 고개를 떨구는 리아를 향해 벤 교수가 나직이 물었다.

"나를 원망하나?"

대답은 들리지 않았다.

벤 교수는 리아를 지나쳐 걸어가 문을 열었다. 방을 나서기 전, 그는 뒤돌아 묵직한 말을 남겼다.

"한 가지 충고를 하지. 벨레티안 가문을 믿지 않는 게 좋을 거야."

* * *

기숙사 방 앞에 서있던 테오는 기다리던 사람을 발견하고 환히 웃었다. 테오를 알아본 리아도 근심 어린 표정을 바꾸며 걸어왔다.

"위원회 잘 끝났어?"

"응. 기다린 거야?"

"걱정돼서."

애써 얼굴 위로 미소를 만들어 냈지만, 테오는 리아의 기분을 알아챘다.

"잘될 거야. 너무 신경 쓰지 마."

"고마워… 정말로."

붉어진 눈으로 리아가 대꾸했다. 테오의 목소리를 들으면 마음이 안정되었다.

방문을 열던 리아가 방 안을 보고는 그대로 굳었다. 뒤이어 방 안을 확인한 테오의 얼굴도 빠르게 경직되었다.

"이게 뭐야? 누가 이렇게…"

방 안은 한눈에 보아도 누군가 헤집고 간 흔적이 역력했다. 잘 정리되어 있어야 할 책상 위는 엉망이 되어있었고, 노트와 책들이 바닥에 흩어져 있었다. 반쯤 열린 옷장과 구석에 무덤처럼 쌓인 옷들. 깨진 화분으로 엉망이 되어버린 바닥. 마치 누군가 서둘러 무언가를 찾으려 한 듯 보였다.

어안이 벙벙해진 상태로 문 앞에 서있던 리아가 달려가 의자를 끌어다 밟고 올라섰다. 높은 선반 위로 손을 한참 더듬어 보더니 사색이 되어 소리쳤다.

"없어졌어!"

"없어졌다니? 뭐가?"

머리를 감싸 쥐며 리아가 침대에 털썩 걸터앉았다.

"뭐가 없어진 거야?"

헝클어진 방 안을 살피며 테오가 재차 물었다.

"…아니야."

리아는 착잡히 대답했다. 테오는 더 이상 묻지 않은 채 방 안을 신중히 둘러보았다.

리아는 생각에 잠겼다. 누가 가져갔을까? 실비아는 조금 전까지 윤리위원회에 함께 있었는데. 다른 사람을 시킨 걸까? 루카스의 말처럼 멜로디 엘레노어의 연구를 손에 넣기 위해서?

주머니에 손을 넣자 반으로 접힌 종이가 만져졌다. 실험실로 향하는 길이 적힌 노트의 첫 장은 아직 리아에게 있었다.

리아는 종이를 쥐고 일어섰다.

두 사람이 터널 입구에 도착했을 때, 예상과 다른 상황이 눈앞에 펼쳐졌다. 터널 일부가 헐린 채 인부들이 작업하고 있었다. 거친 자갈과 조각난 벽돌들이 땅 위로 흩어져 있고, 무거운 공사 장비들이 터널 안으로 들어가고 있었다.

당황한 리아가 터널 앞에 서서 안을 들여다보았다.

"저리 비켜. 위험해."

터널 외곽을 작업하던 인부 한 명이 말했다.

"여기는 왜 이러는 거예요?"

"공사 중이야."

"갑자기요?"

납득 가지 못한 얼굴로 리아가 되물었지만, 인부는 안전모를 눌러쓰고 터널 안으로 들어가 버렸다.

리아는 멍하니 공사 현장을 지켜보았다. 터널을 공사한다고?

하필 지금? 마치 누군가 일부러 터널로의 접근을 막는 것처럼.

리아는 멜로디 엘레노어의 연구실에 갇힌 날을 기억해 냈다. 그날도 누군가 의도적으로 밖에서 문을 잠갔다. 누구였을까. 오늘 노트를 훔쳐 간 범인과 같은 사람일까?

함께 온 테오는 리아의 마음이 복잡하다는 사실을 알아차렸다. 리아의 안색을 살피며 조심스럽게 물었다.

"괜찮으면 같이 앉아있을래?"

"…응."

두 사람은 함께 망고 정원 쪽으로 향했다. 벤치에 나란히 앉아 분수대에 쏟아지는 물을 바라보았다. 리아는 혼자만의 생각에 잠겨있었다. 리아의 기분을 눈치챈 테오는 섣불리 먼저 말을 꺼내지 않았다.

시간이 꽤 흐른 후에야 테오가 입을 떼었다.

"우선 기숙사 사감에게 말씀드리자. 방에 도둑이 들었다고. 아까 없어진 게 있다고 했잖아."

"아…"

리아는 선뜻 대답하지 않았다. 흐르는 물을 내려다보다가 고개를 저었다.

"아니야. 안 그래도 될 것 같아."

"하지만…"

"정말 괜찮아. 없어진 것도 생각해 보니까 별거 아니야."

"안전을 위해서라도 말해야 해. 네가 위험해질 수 있어."

리아는 입술을 굳게 닫은 채 대꾸하지 않았다. 신고를 하면 무엇을 잃어버렸는지 밝혀야 했다. 일을 크게 만들고 싶지 않았다. 자세한 내막을 알지 못하는 테오는 답답함을 느꼈지만, 별말 하지 않았다.

잔잔한 물결이 분수대 안을 평화롭게 흘렀지만, 두 사람은 각자 마음이 불편한 상태로 입을 꾹 닫고 있을 뿐이었다.

기다리던 테오가 먼저 침묵을 깼다. 가벼운 농담 같은 말이었다.

"천사의 전설 들어봤어?"

"지도를 방문 앞에 두고 간다는 전설 말이야?"

테오는 대답 대신 주머니에서 동전을 꺼내 리아에게 건네주었다. 리아는 잔잔히 웃었다. 궁금한 게 많을 텐데도 묻지 않는 그에게 고마웠다.

리아가 손가락을 튕겨내 분수대로 동전을 던졌다. 동전은 금세 물속으로 들어가 스르르 모습을 감추었다. 테오가 환히 웃었다. 맑게 비추는 햇살 같은 얼굴이었다.

테오와 함께 있으면 마음이 편안해지는 이유가 이 때문일까? 그의 미소에는 얼어붙은 공기를 녹이는 마법이 깃들어 있는 것 같았다. 그와 함께 있다 보면 심란했던 마음도 녹아 흐르는 듯했다.

리아는 문득 그가 방문 앞에 두고 간 사탕을 떠올렸다. 이마를 짚으며 기억났다는 표정을 지었다.

"사탕 고마워. 비싼 것 같던데."

테오는 별거 아니라는 얼굴로 고개를 저었다.

"먹어봤어?"

"아… 응. 맛있더라."

리아는 작아진 목소리로 대답했다. 차마 루카스에게 사탕을 주었다고 말할 수 없었다. 테오는 고개를 끄덕이더니 다시 입을 열었다.

"내게 기댔으면 좋겠어."

리아는 테오를 빤히 바라보았다. 왜 이렇게 잘해주는 걸까? 정말 가족이라도 되어줄 것처럼. 이 마음을 받아도 될까. 계속 기대하게 되면 어떡하지. 타인에게 희망을 품을수록 결국 다치게 될 뿐이다. 보육원에서 배운 세상의 이치였다.

그 마음을 읽어낸 것처럼 테오가 입술을 움직여 말했다.

"나는 믿어도 돼."

리아는 잠잠히 고개를 끄덕였다. 벨레티안 가문은 믿지 않는 편이 좋을 거라던 벤 교수의 말이 생각났다. 테오는 다를까. 고민하던 리아가 조금 떨리는 목소리로 물었다.

"왜 다른 애를 입양하지 않았어?"

"응?"

"내 입양이 취소됐을 때 말이야. 보육원에 다른 애들도 많았잖아."

"꼭 너여야만 했어."

테오의 눈이 잔잔히 빛났다.

"아직도 기억해. 축제 날의 너를. 리본이 달린 하얀 원피스에 분홍색 스카프를 두르고 있었지."

리아는 곧바로 기억해 냈다. 가장 아끼는 원피스에 어느 후원자가 선물해 준 스카프를 했다. 특별한 날에만 꺼내 입은 원피스와 스카프였다. 테오가 그렇게 작은 부분까지 기억하고 있다는 사실이 놀라웠다.

"그때 네가 부른 노래에서 힘이 느껴졌어. 다른 사람들은 모를 수 있겠지만… 나는 알아. 그건 다른 차원이었어."

"그냥 노래일 뿐이야."

부끄러워진 리아가 신발코로 땅을 콕 찌르며 대답했다.

테오는 고개를 저었다.

"아니야, 너는…"

테오가 작게 웃으며 리아를 바라보았다. 그의 눈 안에 리아가 붉게 비쳤다.

"특별해."

리아는 별다른 대답을 하지 않았다. 다만 귀까지 발개진 얼굴로 어깨를 으쓱할 뿐이었다.

저녁 바람이 불었다. 찬 이슬을 머금은 시원한 바람이 간지러웠다. 솟아난 천사의 날개 아래로 물이 하얗게 떨어져 내렸다. 노을이 새겨진 물 안에 다홍빛 별들이 촘촘히 박혔다.

* * *

다음 날 리아는 복잡한 마음으로 책상 앞에 앉아있었다. 정학 상태에서는 도서관 출입조차 불가능했다. 그러니 윤리위원회 결과가 나올 때까지 기다리는 수밖에 없었다.

책상 앞 벽에 시아의 사진이 붙어있었다. 그 사진을 바라보던 리아가 무의식적으로 손톱 밑을 물어뜯었다. 피가 배어 나온 후에야 깨닫고 휴지로 손톱 끝을 꾹 눌렀다. 시간이 흐를수록 마음이 초조해졌다. 퇴학을 당하게 되는 걸까? 그럼, 시아는 어떻게 되지? 함께 보육원으로 보내진다면, 시아는…

거기까지 생각한 리아가 고개를 세차게 저었다. 절대 그렇게 둘 수는 없었다. 그러니 지금 할 수 있는 일을 해야 했다.

방문을 열고 나서는데 작은 주머니 하나가 문고리에 걸려있었다. 녹색 끈으로 매듭지어진 허름한 주머니였다. 또 테오가 두고 간 걸까? 궁금증을 갖고 열어보니 둥근 나침판 하나가 나왔다.

일반 나침판과는 사뭇 달랐다. 방위를 알려주는 표시 하나 적혀있지 않은 대신 유일한 금침이 사뿐히 흔들렸다.

이게 뭐지? 나침판을 도로 주머니에 넣으려다가 문득 어제의 일을 기억해 냈다. 테오에게 받은 동전을 분수대 안으로 던져 넣었다. 천사의 전설 이야기가 떠올랐다. 분수대에 동전을 던지면, 이른 새벽 천사가 찾아와 지도를 흘린다고 했다. 이게 그 지도인 걸까? 금침은 희미하지만 꾸준히 한 방향을 가리켰다. 그 침이 향하는 곳으로 저절로 시선이 옮겨졌다.

'지도를 따라가면, 간절한 소원이 이루어진대.'

나침판을 살피던 리아는 한숨과 웃음을 동시에 터트렸다. 말도 안 된다는 생각이 들면서도 호기심이 생겼다. 속는 셈 치고 나침판을 따라가 볼까. 혹시 모르잖아. 천사가 흘린 지도는 아닐지 몰라도 작은 도움이라도 된다면…

칠이 벗겨진 구릿빛 나침판을 손 위로 펼쳐내자 황금 침이 살짝 흔들렸다.

잠시 후, 눈앞에 나타난 건물을 올려다보는 얼굴에 복잡 미묘한 표정이 어렸다. 흔들리는 눈동자가 처참한 식물원의 모습을 직시했다. 검은 재로 뒤덮인 식물원은 마치 다른 세계에 와있는 듯했다.

화재 사건이 일어난 후 가까이 와보는 건 처음이었다. 리아는 그제야 화재의 심각성을 실감했다. 식물이 강렬히 타오르고 남은 자리는 볼품없었다. 죽음, 재, 고통 같은 단어들이 머릿속에 떠올랐다. 지독한 화염, 춤추는 불꽃, 빛바랜 연기가 사라지고 죽음만이 남았다.

출입이 통제돼 바리케이드가 쳐져있었지만, 의외로 문은 열려있었다. 오히려 지켜낼 식물이 없기에 더욱 무신경할지도 몰랐다.

주변을 둘러본 후 경비원이 없음을 확인한 리아가 식물원 안으로 들어갔다.

화염에 힘없이 무너져 내린 식물들이 눈에 들어왔다. 푸른 줄기가 간혹 남아있기도 했지만, 생명력이 느껴지지 않았다. 조각난 이파리들이 까맣게 떨어져 있었다.

검은 재로 남은 자리를 내려다보는 리아의 표정이 어두웠다. 이걸 다 복구하려면 얼마나 걸릴까? 영원히 지지 않을 듯 푸르던 식물원이 이리 망가지다니. 가슴이 답답해졌다.

리아의 시선을 끌어당긴 것은 호수였다. 검게 변해버린 식물원이었지만 호수만은 에메랄드빛을 유유히 뽐냈다. 홀리듯 리아는 호수를 내려다보았다.

그때, 나침판이 갑자기 뜨거워지더니 미세하게 진동했다. 뜨거워진 온도는 손바닥을 달구었다. 리아는 나침판을 들여다보았다. 단순한 열기를 넘어 꿈틀대는 생동감이 또렷이 전해졌다.

마치 리아를 부르는 것처럼.

진동하는 나침판은 호수 안을 가리키고 있었다. 밀려오는 물살이 부딪혀 되돌아 가며 하얀 무늬를 만들어 냈다.

리아는 물 안에 비친 얼굴을 내려다보았다. 매끈한 시선이 리아를 똑바로 향하고 있었다.

결심한 표정으로 나침판을 닫아 주머니 속에 넣었다. 천천히, 신발을 벗어 땅 위에 가지런히 두었다. 숨을 크게 들이마신 후 망설임 없이 다음 행동으로 옮겼다.

리아는 물속으로 들어갔다.

* * *

파랑이 몸 안으로 들어왔다. 부드럽고 반짝이는 작은 빛들이 주변을 에워쌌다. 감고 있던 눈을 뜨며 리아가 위를 올려다보았다. 아른거리는 빛줄기가 물 위로 내렸다. 그 빛을 향해 손을 뻗었다.

"하."

수면 위로 얼굴을 내밀며 참았던 숨을 뱉어냈다. 차갑고 생경한 공기가 피부 위로 달라붙었다. 얼굴 위로 덕지덕지 붙은 머리칼을 쓸어 넘기며 주변을 둘러보았다.

"여기가… 어디야?"

리아의 얼굴 위로 의아함이 번졌다.

식물원이 아니었다. 눈앞에 붉은 나무들이 펼쳐졌다. 흔들리는 눈동자로 리아가 주변을 살펴보았다. 마치 새빨간 물감 한 통을 전부 부어낸 것처럼 강렬한 붉은빛이 숲을 물들였다.

리아는 물속에서 걸어 나왔다. 흔들리는 물방울들이 땅 위로 떨어졌다. 몸이 차갑게 마르며 기침이 나왔다. 대지 위로 올라선 리아가 밤하늘을 올려다보았다. 칠흑 같은 하늘에 흰 달이 부서진 돌처럼 박혀있었다. 숲에 내리는 유일한 빛이자 온기였다. 리아는 양팔을 부여잡으며 으스스한 기운을 느꼈다.

매끈한 발 아래 촉촉한 풀이 밟혔다. 리아는 숨을 크게 들이마셨다. 검은 숲이나 푸른 숲에서 맡았던 공기와는 달랐다. 생경하고 차가운, 야생의 바람이었다. 사람 손을 타지 않은 풀과 나무들의 냄새가 물씬 번져왔다.

여긴 어디지?

고개를 갸웃거리던 리아가 주머니에서 나침판을 꺼냈다. 금침은 더 이상 움직이지 않았다. 나침판을 툭툭 건드려 보다가 도로 주머니 속에 넣고 숲을 보았다. 붉은기 서린 나무들이 빽빽이 숲을 이룬 곳… 막연히 숲을 응시하던 리아의 머릿속에 한 단어가 떠올랐다.

붉은 숲…

리아의 얼굴 위로 여러 감정이 피어났다. 놀란 동시에 당황스럽고, 불안했다. 믿기지 않는 얼굴로 나무 가까이 다가갔다. 기둥에 새겨진 껍질을 손톱으로 긁어내자 나무의 결을 따라 세로로 벗겨졌다. 속에 드러난 하얀 살에 물기가 어리더니 핏빛 물이 고였다. 리아는 인상을 찡그렸다. 마치 핏물이 나무 안에 고여있는 듯했다.

숲에는 무엇이 있을까? 악명 높은 붉은 숲에 관한 소문은 익히 들었지만, 너무 자극적이기 때문에 도리어 거짓말처럼 느껴졌다. 지금 리아가 선 땅은 해롭기보다는… 적막했다.

리아는 쪼그리고 앉아 양손으로 풀을 꺾어 쥐고 일어섰다. 손을 펼치자 여린 풀이 바람에 날려 힘없이 날아갔다.

이곳인 걸까? 엄마, 아빠가 목숨을 잃은 곳이. 여우가 봉인된… 그 숲이.

망설이는 와중에 소문이 다시금 머릿속에 떠올랐다.

'지도를 따라가면 간절한 소원이 이루어진대.'

숲은 차디찬 밤바람을 흘려보냈다. 이파리들이 너울이며 부딪치는 소리가 들렸다. 리아에게 소원은 단 하나뿐이었다. 그 소원이 이루어질 수 있다면…

숲을 바라보던 리아가 발걸음을 떼었다.

7. 붉은 숲

리아는 홀로 숲을 걸었다. 적막이 흐르는 숲은 살아 숨 쉬는 거대한 핏덩어리 같았다. 수백 년은 자란 나무들의 뿌리가 땅 위로 뒤틀린 채 드러났다. 뿌리에 엉켜 붙은 검푸른 이끼가 달빛을 받아 희미하게 빛났다. 간간이 보이는 꽃들 위로 정체를 알 수 없는 물이 피처럼 고여있었다.

스르르.

등 뒤에서 무언가 기어가는 소리가 들렸다. 긴장한 리아가 조심스럽게 돌아보았다.

저 식물이 이렇게 가까이 있었나? 고개를 갸웃거리는데, 발목에 차가운 감촉이 느껴졌다.

"꺅!"

외마디 비명이 터져 나왔다. 두꺼운 줄기가 발목을 거세게 잡아당겼다. 반격할 시간조차 없었다. 리아는 한쪽 발이 묶인 채로 질질 끌려갔다.

있는 힘을 다해 발버둥을 쳤지만, 줄기는 나머지 발마저 묶어 버렸다. 다급히 바닥을 더듬어 흙 속에서 날카로운 나뭇가지를 찾아냈다. 손에 쥐고 여러 번 타격하자, 줄기가 힘을 풀어냈다. 리아는 주저앉은 채로 뒷걸음질을 쳤다.

식물이 움직인다! 사일런트 로스 때처럼. 리아는 주변을 둘러보았다. 손바닥에서 통증이 느껴졌다.

뒤쪽에서 또다시 소리가 들렸다. 리아는 겁에 질린 얼굴로 자리에서 일어섰다. 나무를 칭칭 감고 있던 줄기 하나가 스르르 움직이며 나무 뒤로 사라졌다. 그러고 보니 주변에 핀 꽃들의 위치도 사뭇 달라진 것 같았다.

호수 속으로 들어가는 게 아니었어.

붉은 숲을 혼자 걷다니 얼마나 무모한 생각이었던 걸까. 리아는 걸어온 길을 바라보았다. 나팔 무늬를 지닌 커다란 꽃이 화한 향을 퍼트리며 줄기를 오므려 냈다. 줄기 안으로 빨려 들어간 돌멩이가 으스러지더니 가루가 되어 땅에 내려앉았다. 그 모습을 지켜보던 리아는 몇 걸음 뒤로 물러섰다.

되돌아가기로 결심한 리아가 왔던 길로 발을 뗐다. 한참을 걸어가다가 문득 멈추어 섰다. 이미 오래전 호수가 나와야 했지만, 호수는커녕 같은 풍경만 반복되는 것 같았다. 위치가 조금씩 변하는 식물들 때문에 길을 찾기 어려웠다. 리아는 눈에 힘을 주고 나무들을 노려보았다. 스산한 바람이 휘날리며 붉은 잎사귀들을 떨어뜨렸다.

그때, 바닥에 어두운 그림자가 드리웠다. 불길함을 느끼며 리아는 천천히 몸을 돌렸다. 채 돌아서기도 전에 미끈거리는 감촉이 허리를 휘감았다.

몸이 공중으로 붕 떠올랐다. 비명을 내지를 새도 없었다. 입술을 벌린 채 리아는 눈앞의 식물을 쳐다보았다. 꽃잎 가장자리가 가시로 덮인 거대한 꽃이 아귀를 벌려냈다. 두툼하고 매끈한 줄기는 몸을 거꾸로 들어 올렸다. 얼굴에 피가 몰리고 속이 울렁거렸다.

손에 쥔 나뭇가지로 줄기를 찔러댔다. 단단한 줄기에 닿은 나뭇가지는 맥없이 부러졌다. 다시 줍기 위해 오른손을 뻗는 와중에 싸늘한 감촉이 목을 에워쌌다.

"으윽…"

고통스러운 신음을 내뱉으며 양손으로 목을 감쌌다. 숨통을 조인 줄기는 쉬이 풀리지 않았다. 안간힘을 쓰던 양손이 땅을 향해 떨어졌다. 꽃술에 박힌 가시들이 스멀스멀 다가오고 있었다.

그 순간, 바람을 가르는 둔탁한 소리가 들렸다.

탁!

목을 조르던 줄기가 한순간에 풀렸다. 리아의 몸이 땅으로 곤두박질쳤다. 막혔던 숨을 몰아 내쉬며, 구역질을 해댔다. 기침과 함께 목 안에서 핏덩어리가 섞여 나왔다. 겨우 정신을 차리고 고개를 드는데 누군가 서서 리아를 굽어보고 있었다. 하얀 달빛 아래 상대의 얼굴이 여실히 드러났다.

흰머리가 가득한 노파였다. 훤히 입을 벌리고 웃는 노파의 치아가 새까맣게 썩어있었다. 눈을 초승달 모양으로 올리자 주름이 무너져 내리며 웃는 모양을 만들어 냈다. 흰자가 보이지 않는 검은 눈이 희번덕한 빛을 냈다.

어리둥절한 얼굴로 리아는 노파를 바라보았다. 누구지? 왜 나를 구해준 걸까?

"…"

노파는 손에 든 지팡이로 기어가는 꽃의 머리를 강하게 내리쳤다. 꽃 아귀가 닫히더니 스르르 뒤로 물러갔다. 몇 번 더 꽃 머리와 줄기를 지팡이로 찍어 누르자, 식물 줄기는 바닥을 기어 사라졌다. 리아는 어안이 벙벙해진 채로 식물이 사라진 자리를 바라보았다.

노파를 향해 고맙다고 말하고 싶었지만, 쉽사리 입이 떨어지지 않았다. 이질적인 기운이 노파에 깃들어 있었다. 마치 현실의 사람이 아니라, 살짝 어긋난 세계에서 찢겨져 나온 사람 같았다. 리아가 주저하는 사이 가까이 다가온 노파가 주름진 손을 리아의 뺨에 갖다 댔다. 갑작스러운 접촉에 리아는 눈을 크게 떴다.

생선의 차가운 비늘이 뺨에 닿은 기분이 들었다.

"… 누구세요?"

입술을 벌려 겨우 말을 뱉어냈다. 노파는 대답하지 않은 채 구부러진 몸을 들썩이며 기침을 내갈겼다.

노파가 뒤돌아 걷기 시작한 후에야 리아는 자리에서 일어섰다. 조금 걸어간 노파가 뒤를 돌아보더니 따라오라는 손짓을 했다. 머뭇거리던 리아가 조심스럽게 발을 뗐다. 가까이 올 때까지 기다려 준 노파는 도로 앞장서 걷기 시작했다.

리아는 복잡한 마음으로 노파를 따라 걸었다. 누군지 모르는 사람을 무작정 따라가도 되는 걸까? 하지만 자신을 구해준 사람이었다. 게다가 지금은 숲에서 방향도 제대로 찾을 수 없었다. 붉은 숲을 혼자 걷다가 방금 전과 같은 위험한 상황을 맞닥뜨리게 될지도 몰랐다. 그러니 노파를 따라가는 편이 더 안전할지도 모른다.

처음에는 목적 없이 걷는 것처럼 느껴졌지만, 서서히 나무들이 사라지고 수풀이 우거진 공간이 나왔다. 노파가 지팡이를 들어 덩굴을 걷어내더니 사이에 난 좁은 길을 걸어갔다. 리아도 노파를 따라 덩굴 틈을 걸어갔다. 덩굴에 돋아난 가시들이 팔을 할퀴고 상처를 만들어 냈다.

덩굴을 통과하자 텅 빈 땅에 낡은 오두막이 나왔다. 노파는 울타리를 열더니 다시 한번 손짓을 했다. 리아가 조심스럽게 따라

들어가자, 노파는 울타리를 닫았다.

 울타리 안으로 꽤 그럴듯한 정원이 모습을 드러냈다. 잡초가 대충 정리된 풀밭 위로 푸른 제비꽃이 피어있었다. 정원 한편에 삽, 망치, 칼과 같은 도구들이 흐트러져 있고, 그 옆으로는 풀을 엮어 만든 인형들이 엉킨 채 널브러져 보였다.

 툭. 툭. 툭.

 가벼운 소리가 들렸다. 무심코 고개를 돌린 리아의 얼굴이 귀신이라도 본 것처럼 창백해졌다.

 풀을 엮어내 만든 인형 하나가 걸어오고 있었다. 아무런 표정도 그려있지 않은, 풀 뭉텅이처럼 보일법한 단조로운 형태의 인형이었다. 리아의 무릎 정도밖에 오지 않는 크기의 인형은 다리를 하나씩 벌려내 걸었다. 노파는 혀를 차더니 인형을 집어 들어 구석으로 던져버렸다. 찢어진 인형의 다리가 허공을 향해 반복해서 움직이며 소리를 냈다.

 툭. 툭. 툭.

 벌컥 문을 열고 노파가 오두막 안으로 들어갔다. 동작을 반복하는 인형을 물끄러미 바라보던 리아도 도망치듯 따라 들어갔다.

 오두막 안으로 들어서자, 짙은 약초 냄새와 오래된 나무 특유의 향이 코를 찔렀다. 벽은 짙은 갈색 나무판자로 이루어져 있고, 곳곳에 말린 약초가 걸려있었다. 다발로 묶인 허브들이 천장에서 매달려 흔들렸다. 대부분 바스러질 듯 말라있었다.

중앙에는 커다란 목제 테이블이 놓여있고, 그 위로 노파의 손때 묻은 물건들이 가득했다. 허름한 책과 종이 뭉치들, 깨진 유리병, 일그러진 컵, 실타래와 낡은 천 조각들, 부패한 약물이 고인 비커… 노파는 번들거리는 손으로 책상 위의 램프를 켰다. 주황 불빛이 오두막 내부를 형형히 비추었다.

리아는 따뜻한 열기가 일렁이는 곳을 바라보았다. 한쪽 벽에 자리 잡은 작은 철제 화로에서 불길이 나른히 뿜어져 나왔다. 화로 위로 놓인 구리 냄비가 끓고 있었다. 약하게 깜빡이는 불길 아래로 검은 재가 떨어진 자국이 보였다.

노파는 화로 가까이 다가가 국자로 냄비 안을 저었다. 거세게 끓는 냄비에서 역한 냄새가 퍼져 나왔다.

리아는 어정쩡하게 서있었다. 나무 의자 두 개와 헌 천을 여러 번 깃댄 흔들의자가 보였지만, 자리를 잡고 앉을 정도로 오래 머물고 싶지 않았다.

어색하게 서있던 리아는 바닥을 뒹구는 종이 몇 장을 주워 들었다. 희미해진 글씨가 남아있었다. 알아보기 힘들 정도로 악필이었지만, 맨 아래 적힌 이름만은 읽어낼 수 있었다.

멜로디 엘레노어.

리아의 눈썹이 반달 모양으로 올라갔다. 멜로디 엘레노어는 사일런트 로스를 식물원에 심어낸 영광스러운 이름이었다. 그 이름이 왜 여기에 적혀있는 걸까?

리아는 다시 한번 오두막 안을 천천히 둘러보았다. 맞은편 벽에 붙어있는 커다란 작업대가 그제야 눈에 들어왔다. 녹색 천이 작업대 위를 길게 덮고 있어서 처음부터 눈에 띄지는 않았다. 그런데 이상했다. 천 아래 볼록 튀어나온 모습이 꼭 사람의 형상 같았다. 섬뜩한 기분이 들었다.

저 안에 누워있는 것은 사람일까? 이미 죽은 걸까? 이곳에서… 그렇게 된 걸까?

느낌이 좋지 않았다. 어서 이곳을 나가야겠다는 생각이 강하게 들었다.

노파가 눈치채지 못하도록 천천히 문 쪽으로 걸음을 옮기는데, 노파가 갑자기 고개를 들어 리아와 눈을 맞추었다. 얼어붙은 듯 리아는 그 자리에 멈춰 섰다. 노파가 빠르게 걸어와 리아의 손목을 턱 잡았다. 화들짝 놀라 손을 빼려고 했지만, 노파의 완력은 강건했다. 리아를 흔들의자에 억지로 앉힌 후 냄비에서 끓여낸 진득한 죽을 그릇에 담아 가져왔다.

리아는 울 것 같은 얼굴로 그릇을 받았다. 흰 머리카락 몇 개가 죽 밖으로 삐죽 나와있었다. 가까이서 맡으니 더욱 견디기 힘든 냄새였다.

가까이 다가온 노파의 얼굴이 램프의 주황빛을 받아 생선 껍질처럼 반짝였다. 굵게 파인 주름은 휘어질 때마다 가늘고 긴 지네처럼 움직였다. 그 얼굴을 들여다보던 리아가 물었다.

"여기는 어디예요?"

노파는 쉿소리를 내며 웃었다.

"왜 저를 여기에…"

리아는 말을 잇지 못했다. 노파가 숟가락 가득 죽을 떠서 입안에 넣었기 때문이었다. 구역질을 하며 리아는 입안의 내용물을 뱉어냈다. 노파가 다시 한번 숟가락을 들이밀었다.

"싫, 싫어요!"

리아의 손목을 잡은 노파의 손에 힘이 실렸다. 리아는 억지로 다음 숟가락을 받아 삼켰다.

"으…"

뜨겁고 물컹거리는 물질이 목구멍을 타고 넘어가자 속에서 역한 반응이 일어났다. 리아는 헛구역질을 해댔다. 그때 노파가 미끈한 손으로 리아의 입을 막았다. 토해낸 죽이 콧속과 입안으로 들어왔다. 흐느끼는 리아의 얼굴을 단단히 붙잡고 노파가 다음 숟가락을 떠먹였다.

리아는 울먹이며 죽을 받아먹었다. 몸 안에서 독한 액체가 들끓는 것 같았다. 뜨거운 열기가 한번 지나가자, 거짓말처럼 속이 안정되었다. 노파가 손을 풀자 리아는 그제야 고개를 숙이고 구역질을 했다. 투명한 녹색 액체가 침과 함께 턱을 타고 흘러내렸다.

리아는 원망스러운 눈빛으로 노파를 바라보았다. 노파는 그릇

안에 남은 죽을 손으로 집어 리아의 손바닥에 발라주었다.

"아!"

손바닥이 타들어 가는 고통에 리아는 신음을 뱉어냈다. 눈물을 잔뜩 흘린 후에야 리아는 자신의 손바닥을 내려다보았다.

리아의 얼굴에 의아함이 번졌다. 까진 살갗에 하얗게 새살이 돋아나 있었다.

리아의 몸 군데군데 죽을 발라준 후, 노파가 빈 그릇을 들고 걸어갔다. 자신의 몸을 살펴본 리아는 믿기 힘든 표정을 지었다.

몸에 난 상처들이 깨끗하게 회복되어 있었다. 걷기 불편하던 발목도 나은 듯했다. 죽을 삼킬 때는 고역이었지만, 시간이 지나니 몸에 기운이 돋아나는 것 같았다.

노파가 목제 테이블로 걸어가 서랍을 열고 물건들을 뒤적였다. 리아는 노파의 등에 대고 말했다.

"이제 아프지 않아요."

서랍 안을 휘젓던 손놀림이 멈추더니 고동색 청진기가 주름진 손에 딸려 나왔다. 리아는 가만히 앉아 노파를 지켜보았다. 아직 노파를 믿을 수 있을지 확신이 서지 않았다.

노파는 걸어와 두툼한 손으로 리아의 얼굴을 감싸 쥐었다. 깊이를 알 수 없는 검은 눈이 묘한 거리감을 주었다. 청진기를 귀에 꽂은 후 리아의 뺨에 금속 물체를 대었다.

턱, 입술, 코, 귀를 따라 선을 그려내듯 미끄러진 청진기는 마지막으로 이마에 머물렀다. 노파의 행동을 이해할 수 없는 리아는 다물고 있던 입술을 떼었다.

"여기는 어디예요?"

아랑곳하지 않고 노파는 손목, 발목, 가슴에 차례로 청진기를 대었다. 차가운 금속 물체가 살갗에 낯선 촉감을 주었다.

마침내 진찰을 끝낸 노파가 까만 이를 드러내며 활짝 웃었다.

리아는 꺼림직한 기분을 쉽사리 떨쳐낼 수 없었다. 시선을 내려 바닥을 내려다보았다. 피딱지가 붙은 머리카락 뭉텅이가 바닥을 돌아다녔다. 노파의 머리카락은 흰색인데, 저 검은 머리칼은 누구의 것일까. 바닥에 묻은 핏자국이 수년은 지나 보였다.

"이제… 가봐야 할 것 같아요."

리아는 조심스럽게 노파의 표정을 살폈다. 양옆으로 벌어지며 웃던 노파의 입술이 모아졌다. 매서운 검은 눈이 리아를 쏘아보았다. 왼손으로 리아의 턱을 잡아낸 것은 순간이었다. 이어 빠르게 리아의 목덜미를 내리찍었다.

"아!"

목뒤가 매섭게 아려왔다. 리아는 손을 뻗어 목뒤를 더듬었다. 피부가 봉긋하게 부풀어 오르더니 따가워졌다.

주변 풍경이 어지럽게 일렁였다. 흐릿한 노파의 형체가 여러 겹으로 나뉘어져 보였다. 리아는 초점 없는 눈을 힘없이 깜빡였다. 몸의 힘이 서서히 빠져나갔다.

약에 취해가는 리아를 노파가 흐뭇하게 바라보았다. 늙은 손에는 날카로운 주사기가 들려있었다.

겨우 버티던 눈꺼풀이 무겁게 감겼다. 곧, 완전한 암흑이 찾아왔다.

깨어났을 때, 기분 나쁜 소리가 귓가를 긁었다.

스윽. 스윽.

칼을 가는 소리가 낮게 울렸다.

손발이 묶인 채 누워있다는 사실을 깨달은 리아의 얼굴이 사색이 되었다. 인상을 찡그릴 정도로 힘을 주어 양팔을 흔들었지만, 단단한 밧줄은 풀리지 않았다. 피가 통하지 않는 손목이 하얗게 저렸다.

"으윽…"

입안에서 거친 천의 질감이 느껴졌다. 소리를 내려고 해도 희미한 신음만 새어 나올 뿐이었다.

이제 어떡하지? 좌절감에 눈물이 나올 것 같았다. 도저히 상황을 빠져나갈 수 있는 방도가 보이지 않았다.

칼을 갈던 노파가 걸어와 리아의 앞에 섰다. 손에 든 커다란 칼이 램프의 빛을 받아 번쩍였다. 날렵하고 우아한 선을 지닌 주방용 칼이었다.

겁에 질린 리아의 눈꺼풀이 떨렸다.

"으… 윽…!"

안간힘을 써서 목소리를 내보냈지만, 노파는 잔잔히 웃을 뿐이었다.

노파의 양손이 칼을 수직으로 들었다. 반짝이는 칼날이 리아의 가슴팍을 향하고 있었다. 리아는 노파의 웃는 얼굴과 번뜩이는 칼날을 번갈아 보았다. 고개를 저으며 몸부림을 쳤지만, 노파는 아무런 연민도 느끼지 않는 표정을 지었다.

이제 끝인 걸까? 칼을 쥔 노파가 양손에 무게를 실었다. 리아는 눈을 질끈 감았다.

"그만!"

예리한 목소리가 광활하게 울렸다. 그 소리에 오두막이 일순간 진동했다. 놀란 노파가 칼을 손에서 놓쳤다.

리아는 감았던 눈을 찬찬히 떴다. 노파가 놓친 칼은 허공에 뜬 상태 그대로 멈춰져 있었다. 벌어진 상황을 이해하려 애쓰며 고개를 돌렸다. 뜻밖의 인물을 발견한 리아의 두 눈이 휘둥그레졌다.

교장 선생님? 목소리는 밖으로 나오지 못한 채 속으로 삼켜졌다.

교장이 다가오며 손가락을 움직이자 리아의 손과 발을 묶고 있던 밧줄이 잘게 부서졌다. 부드러운 손길이 리아의 입에 쓰인 천을 내려준 뒤 몸을 일으켜 주었다.

"괜찮니?"

"교장 선생님이 여긴 어떻게…"

어안이 벙벙한 얼굴로 리아는 교장을 바라보았다. 교장이 자신을 구해준 사실이 비현실적으로 느껴졌다.

교장의 손짓에 허공에 떠있던 칼이 방향을 바꿔 날아가 벽에 꽂혔다. 따가운 손목을 매만지며 리아는 상황을 주시했다. 마른 천의 텁텁한 감촉이 아직 입안에 남아있었다.

"이젠 괜찮아."

그 말에, 불안한 마음이 조금 진정되었다. 리아는 작업대에서 내려와 교장 뒤로 섰다. 노파가 교장을 향해 한걸음 다가왔다. 교장 뒤쪽을 향해 손가락을 뻗어냈다. 교장은 단호히 고개를 저었다.

"안 돼."

노파는 손을 거둬들였다가 다시 한번 리아를 정확히 가리켰다.

"인간의 것은 줄 수 없어."

교장의 목소리는 담담했다.

노파가 발을 굴리더니 입을 벌려 괴성을 내질렀다. 리아는 반사적으로 귀를 막았다. 무자비한 소리였다. 노파는 곧이어 테이블 위에 놓인 물건들을 한 번에 쓸어내렸다. 비커와 컵, 유리병들이 날카로운 소리를 만들어 내며 바닥 위를 나뒹굴었다.

분이 풀리지 않은 노파는 손에 잡히는 대로 물건들을 집어 던졌다.

쨍그랑!

실성한 듯한 노파를 바라보는 리아의 눈빛이 흔들렸다. 더욱 교장 가까이 서며 불안감을 감추지 못했다. 오두막 안을 휩쓸어 버릴 것처럼 난리를 치는 와중에도 노파는 교장이 있는 쪽은 건들지 않았다.

울분을 토하던 노파가 손톱으로 자신의 팔을 긁어냈다. 핏줄이 터지고 피가 흘렀다. 교장은 동요 없이 지켜볼 뿐이었다. 벗겨진 살갗 아래 흰 뼈가 드러났다. 리아는 고개를 돌린 채 눈을 질끈 감았다.

한참을 울부짖은 후에야 노파는 제풀에 지쳐 주저앉았다. 바닥에도, 천장에도, 노파의 몸에도 피가 흥건했다. 지켜보던 교장이 핏자국으로 엉망인 바닥 위로 발을 뻗었다.

노파를 향해 걸어간 교장은 무릎을 꿇고 앉았다. 노파의 머리를 자신의 무릎 위로 뉜 후 다정한 손길로 머리카락을 쓰다듬었다. 회색이 간간이 섞인 흰 머리카락이 하나둘 풀어졌다. 노파는 숨을 거칠게 내쉬며 얌전히 따랐다.

교장의 입술에서 노래가 흘러나왔다. 맑은 음색이었다.

내가 보여줄게
물처럼 맑은 꿈을

어머니의 품 안에서
깨어나렴 나의 아가

내 머리칼을 잘라내어
금빛 지도를 만들어 줄게

그걸 밟고 올라
붉은 숲으로 가렴

 리아는 경이로운 표정으로 노래에 흠뻑 빠져들었다. 설명할 수 없는 환희와 슬픔이 목소리에 담겨있었다. 노래를 부르는 동안 세상은 잠시 멈춘 듯했다. 바람도, 시계 초침도, 숨소리도 노래를 방해하지 못했다.
 노랫소리에 맞춰 노파는 숨을 들이마셨다가 내쉬었다. 반복된 호흡은 곧 노곤한 잠으로 바뀌었다. 작은 몸이 들썩이며 꿈속으로 빠져들었다. 잠든 노파는 깨어있을 때와 달리 무력해 보였다. 늙고 유약한 얼굴을 들여다보는 교장의 눈빛에 애정이 서려있었다.
 하얗게 센 머리카락을 빗던 손질을 멈추고 교장이 턱을 들었다. 노파의 머리를 담요 위에 내려놓은 후 일어섰다. 핏자국으로 엉망인 것은 교장의 외투뿐만이 아니었다. 교장의 뺨과 턱, 손바닥에도 피가 묻어있었지만, 개의치 않고 리아에게 걸어왔다. 잠든 노파를 돌아보더니 낮게 말했다.

"이제 잠들었으니 한동안 깨지 않을 거야."

리아는 약하게 고개를 끄덕였다.

"앉으렴. 궁금한 게 많을 텐데."

마치 이곳의 주인인 양 익숙한 태도였다. 교장의 눈짓에 리아는 얌전히 의자에 앉았다. 노파가 헤집어 놓은 테이블 위에는 아무것도 남아있지 않았다. 바닥에 나뒹구는 등불을 교장이 주워 테이블 위에 올려놓았다. 깨진 유리 틈새로 주황 불빛이 더욱 맹렬히 쏟아졌다.

"여기는 어떻게… 오셨어요?"

"그건 내가 묻고 싶구나."

"저는… 이걸 따라왔어요."

리아는 나침판을 꺼내 테이블 위에 올려놓았다. 허름한 구릿빛 나침판을 교장이 가져가 한 손으로 쓸었다. 단번에 리아의 상황을 이해한 듯했다.

"너를 시험하는 거야."

"저를요? 누가요?"

"너를 데려온 사람."

즉각 떠오르는 한 사람이 있었다. 벤 교수일까? 어째서 자신을 붉은 숲으로 보낸 걸까? 붉은 숲이 얼마나 위험한지 잘 알고 있을 텐데.

"저는 여기서 죽을 뻔했어요."

퉁명스러운 리아의 목소리에 교장은 웃음을 터트렸다.

"그 정도 각오도 없이 그의 손을 잡았니? 동생의 치료가 순수한 후원이 아니라는 것을 알았을 텐데."

리아는 입술을 잘근 깨물었다.

"나도 그의 의도를 정확히 알진 못해. 다만 그가 너를 죽을 위기에 빠뜨렸다는 것만은 알겠어. 식물원의 호수는 붉은 숲으로 통하는 문이지. 알고 있는 사람은 극소수야. 그는 이걸로 너를 낚았구나."

교장이 나침판을 위로 낮게 던졌다가 도로 잡았다. 칠이 벗겨진 부분이 조명을 받아 금빛을 띠었다.

"그런데 여기는 어디예요? 저분은…"

리아는 마음속의 말을 삼켰다. 교장과 노파가 어떤 관계인지 짐작하기 어려웠다. 둘 사이에 흐르는 친밀감은 아주 오랜 시간 쌓아온 것 같았다. 교장은 언제부터 노파를 알고 지낸 걸까? 노파는 왜 교장의 말에 순순히 따르는 거지? 가장 납득되지 않는 것은, 둘이 어딘가 닮게 느껴진다는 점이었다. 왜 그런 생각이 드는지 스스로도 이해하기 힘들었다.

"맞아."

리아의 생각을 읽은 것처럼 교장이 말했다. 리아가 뜨끔한 표정을 짓자, 교장은 잔잔히 말을 이었다.

"우리는 닮았지. 피를 나누었으니."

"그게 무슨…"

리아는 잠든 노파와 교장을 번갈아 바라보았다.

"내 딸이야."

"…네?"

잘못 들었나 싶어 교장을 다시 보았지만, 교장의 얼굴은 거짓처럼 보이지 않았다. 리아는 혼란스러운 눈빛으로 잠든 노파를 바라보았다. 주름진 노파는 교장보다 나이가 많아 보였다. 차라리 교장이 노파의 딸이라고 하는 편이 납득이 갈 것 같았다.

교장이 외투 안쪽에서 노트를 꺼내 테이블 위에 올려두었다. 리아의 표정이 움직였다.

"이건…"

말문이 막혔다. 잃어버린 멜로디 엘레노어의 노트를 교장 선생님이 왜…?

"내 딸을 보호해야 했어."

리아는 당황했다. 노트를 훔쳐 간 범인을 예상한 모든 경우의 수 중에 교장은 없었다.

"내 딸, 멜로디는 식물에 인간의 혼을 넣어 새로운 생명체를 탄생시킬 수 있다고 믿었어. 금기시된 마법 연구를 한다는 소문이 퍼지자 통제가 들어왔지. 여러 교수와 학자들이 멜로디의 실험에 우려를 표했어. 결국 멜로디는 사람들 눈을 피해 터널 끝에 실험실을 차려두고 연구에만 몰두했단다. 나조차 얼굴을 보기 힘들 정도였지."

잔잔한 목소리가 이어졌다.

"실험에 몰입한 이후 멜로디는 조금씩 이성을 잃어갔어. 그 과정에서 본인의 몸까지 실험에 바쳤지. 내 딸은 이렇게 나보다도 더 늙은 모습이 되었단다. 나는… 세상에 보여줄 수 없었어."

말하는 교장의 눈에 회한이 담겨있었다. 오랜 시간 견뎌낸 슬픔은 이제 무뎌져 건조한 목소리로 나올 뿐이었다.

"사람들은 무리한 실험을 감행하던 중에 멜로디가 죽었다고 생각하지. 하지만 아니야. 나는 멜로디를 붉은 숲에 숨겨두었어. 이곳이라면, 사람들의 눈을 피해 연구를 계속할 수 있으니까."

리아는 불편한 감정을 숨기지 못한 채 물었다.

"금지된 실험이잖아요. 말렸어야 하는 거 아닌가요?"

"존재 목적이 사라진다면, 멜로디는 파멸할 거야. 내 딸을 잃을 수는 없어."

리아는 쓴 표정을 지었다. 멜로디는 이미 망가져 보였다. 이성적인 생각을 할 수 있다고 누가 말할 수 있을까. 이런 모습이라도 괜찮은 걸까?

리아는 마음속의 질문을 뱉었다.

"실험이 성공하기를 바라시나요?"

교장의 회색빛 눈동자가 리아를 잠시간 들여다보았다.

"식물 실험이 왜 자행된다고 생각하니?"

답을 기다린 질문은 아니었다. 교장은 시선을 내리며 말을 이었다.

"식물 실험은 인간을 위해 오랜 시간 지속되었지. 나는 식물 실험을 통해 인간이 더 발전적으로 살아갈 수 있는 가능성을 보았어. 가능하다면 기꺼이 돕고 싶어."

리아는 혼란스러운 표정을 지었다.

"하지만⋯ 부작용이 있잖아요."

"물론 그렇지."

교장이 고개를 끄덕였다.

"새로운 종족을 만들어 내는 건 단순히 인형을 만드는 것과는 달라. 이제껏 발견하지 못했던 수많은 난제들을 풀 수 있을 거야. 실험에 삶을 바친 미쳐버린 사람도 구원받을 수 있겠지."

그것이 누구를 의미하는지 리아는 단번에 알아챘다. 멜로디 엘레노어⋯ 그녀는 원래의 상태로 돌아갈 수 있을까? 만약 그럴 수 있다면⋯ 시아의 병도 치료될 수 있지 않을까?

"오늘 본 것을 비밀로 해주렴."

"⋯"

리아는 쉽게 대답하지 못했다. 얼굴에 미소를 띠며 교장이 말을 얹었다.

"물론 공짜로 부탁하는 건 아니야. 식물원 화재 사건을 내가 덮어줄 수 있어."

리아의 눈빛이 흔들렸다. 확인하듯 교장의 얼굴을 빤히 쳐다보며 물었다.

"제가, 학교에 계속 다닐 수 있는 거예요?"

"네 대답에 달렸지."

교장은 리아를 조용히 기다려 주었다. 생각을 거듭하던 리아가 고개를 돌려 노파를 보았다. 바닥에 넌 노파의 몸 위로 검붉은 피가 말라붙어 있었다. 한참 후 리아가 고개를 끄덕였다.

"그럴게요. 비밀을 지킬 거예요."

대답을 들은 교장의 시선도 멜로디를 잠시 바라보았다. 다시금 고개를 돌리는 눈빛에 여러 감정이 고여있었다.

"이제 그만 가지."

리아는 말없이 고개를 끄덕였다.

두 사람은 오두막을 나와 함께 숲을 걸었다. 교장은 숲의 길을 익숙하게 찾아 걸었다. 이미 지리를 훤히 꿰고 있는 듯했다.

가까이서 식물이 기어가는 소리가 들렸다. 긴장한 리아가 교장 쪽으로 몸을 붙이며 두리번거렸다. 교장이 입술을 벌려 작게 중얼거렸다. 펑, 터지는 소리와 함께 진득이는 액체가 사방으로 튀었다. 옷에 묻은 액체를 털어내며 리아가 바닥을 내려다보았다. 식물은 형체를 알아볼 수 없을 정도로 짓이겨져 있었다.

교장은 아무 일도 없었던 것처럼 계속 걸어갈 뿐이었다. 찢겨 나간 식물 조각을 잠시 내려다보던 리아도 교장을 따라 걸었다.

"이 숲이 얼마나 위험한지 너는 모를 거야. 오로지 내 딸을 지키기 위해서는 아니야. 붉은 숲에는 다양한 것들이 살지."

리아는 숲을 둘러보았다. 붉게 서린 나무들 사이로 엉키듯 피어난 식물들도 모두 붉은빛을 띠었다. 마치 숲 전체가 핏물에 담가졌다가 나온 것처럼.

교장을 따라 걷던 리아는 멀리서 걸어오는 두 형체를 보았다. 가까워질수록 형체는 더욱 또렷해졌다. 정체를 알아차린 리아의 두 눈이 동그랗게 변했다. 다름 아닌 거울에 비친 리아와 교장의 모습이었다. 숲에 이렇게 커다란 거울이 있다는 사실이 믿기지 않았다.

거울로 만들어진 거대한 장벽이 숲을 가로질러 세워져 있었다. 리아는 위를 올려다보았다. 하늘로 솟아난 장벽이 얼마나 높은지 가늠되지 않았다. 장벽은 가로로도 끝이 보이지 않았다.

교장이 손가락으로 유리를 두드리자 팅, 맑은 소리가 들렸다.

"섬의 끝자락에는 무엇이 있는지 궁금해 해본 적 있니?"

교장의 질문에 리아는 호기심 어린 표정을 지었다. 숲의 끝은 교수들도 모른다고 했다. 워낙 미궁에 빠진 숲인 데다 위험이 많아 통제된다고.

"푸른 숲 끝에 이 장벽을 세웠지. 아무도 더 깊이 들어갈 수 없도록."

리아는 장벽에 비친 자신의 얼굴을 말끔히 들여다보았다. 알지 못했는데 왼쪽 뺨에 핏자국이 묻어있었다.

"장벽은 어떻게 만든 거예요?"

"까마귀의 도움을 받았단다. 그 대가로 내 피를 조금 나눠줬지만."

교장은 거울 벽을 따라 걸었다. 거울의 표면 중 유독 흐릿해 보이는 지점들이 있었다. 걸음을 멈춘 교장이 거울 안을 세심히 들여다보았다.

"틈이 점점 많아져. 그만큼 붉은 숲에 도전한 사람들이 많았지."

교장의 눈빛에 쓸쓸함이 어렸다.

"그들 모두 죽었어. 너도 나무에 묶인 종들을 봤겠지만."

교장은 손가락으로 흐릿한 부분을 매만지더니 다시 걸음을 옮겼다. 리아는 교장을 따라 걸으며 생각에 잠겼다.

"너는, 벤 교수가 데려온 일곱 번째 아이란다."

그 말에 리아가 멈춰 섰다. 리아를 돌아보며 교장이 말을 이었다.

"앞서 데려온 여섯 명의 아이들은 모두 죽었어. 이 숲에서."

리아는 어떤 표정을 지어야 할지 알 수 없었다.

"이번에도 그가 너를 사지로 몰고 간다면, 또 한 명의 학생을 잃게 되겠지. 그러니 현명하게 처신하렴."

교장의 말투는 다정하지도 냉담하지도 않았다. 오히려 아무런 온도도 실리지 않은 듯했다. 상처받은 표정을 숨기려 노력하며 리아가 입술을 열었다.

"이렇게까지 벤 교수님이 붉은 숲에 집착하는 이유가…"

"글쎄, 인간의 무구한 호기심이랄까? 삶이 지루해지면 더 큰 쾌락을 쫓지. 어떤 이들에게는 한낱 이야깃거리지만, 또 어떤 이들에게는 다른 생명을 이용해서라도 탐구해야 할 수수께끼지."

이윽고 교장이 걸음을 멈추었다. 거울의 흐릿한 부분이 유난히 넓게 도포된 공간이 있었다. 리아는 교장이 멈춰 선 거울 벽 안을 들여다보았다. 흐릿한 거울 속 리아는 안개 너머처럼 희미하게 비쳤다.

윙윙거리는 소리가 낮게 진동했다. 리아가 고개를 들었다.

커다란 벌집 하나가 두꺼운 나뭇가지 위에 위태롭게 얹혀있었다. 벌 수십 마리가 벌집 주위를 맴돌며 부산히 움직였다. 리아의 시선을 따라 올려다본 교장이 중얼거리듯 말했다.

"조심하렴. 독이 강한 녀석들이야."

교장이 먼저 거울의 희미한 면을 통과해 걸어갔다. 리아도 따라 거울 안으로 발을 뻗어내자, 거울은 한 번에 통과되었다. 리아는 뒤돌아 걸어 나온 거울을 바라보았다. 흐릿한 거울은 우윳빛 얇은 커튼 같았다.

다음 날 아침, 리아는 위화감을 느끼며 잠에서 깼다. 지난밤의 일들이 생생히 기억났다. 리아는 손목을 매만졌다. 밧줄에 묶인 불쾌한 기억이 되살아났다. 교장과 나눴던 대화들도.

침대에서 일어난 리아는 슬리퍼를 끌고 거울 앞으로 다가가 섰다. 어젯밤 차림 그대로였다. 왼쪽 뺨에 묻은 핏자국을 손등으로 문질러 지웠다.

거울에 비친 얼굴을 리아는 오래 들여다보았다. 시아와 유일하게 닮은 점이 있다면 붉은빛을 띠는 갈빛의 머리카락이었다. 시아는 지금 뭘 하고 있을까? 시간이 이르니 잠들어 있겠지? 잘 지내고 있을까. 그래야 할 텐데… 시아가 보고 싶었다.

시선을 내린 리아의 시야에 카드 한 장이 들어왔다. 검정 리본이 달린 흰 카드가 바닥에 떨어져 있었다. 잠들어 있는 동안 누군가 문 아래 밀어 넣고 간 듯했다. 리아는 허리를 숙여 카드를 집어 들었다. 빳빳한 카드에 푸른 잉크가 그림처럼 박혀있었다.

동생을 지키고 싶다면,
자정에 이곳으로 와.

동생? 카드를 읽은 리아의 미간이 꿈틀거렸다.
카드 뒷면에 지도가 그려져 있었다. 학생들이 잘 가지 않는, 푸른 숲의 서쪽 부근이었다. 자정이라면 기숙사를 나갈 수 없는 시간이었다.

카드를 책상 위에 얹은 후 벽에 붙은 사진을 응시했다. 시아의 청명한 눈이 리아를 향해 웃고 있었다. 고민하는 얼굴로 시선을 떨어뜨린 리아는 카드를 말없이 바라보았다.

누구일까? 시아를 인질로 협박하는 사람이.

벤 교수일까? 그렇다면, 또 다른 시험인 걸까?

리아는 마음속으로 결정을 내렸다.

8. 그림자 사냥

 숲에는 어둠이 내려앉아 있었다. 램프를 가져올 수도 있었지만, 화재 사건 이후로 램프를 가지고 다니는 일은 되도록 피하고 싶었다. 자정의 숲은 어두웠고, 푸른 숲 서쪽 부근은 인적이 드문 만큼 길을 찾기가 더욱 쉽지 않았다.

 짐승이 우는 소리가 들렸다. 새벽의 생명들이 깨어날 시간이었다. 카드에 그려진 약도를 찾아내며 걷는 리아는 으슥한 기분을 느꼈다.

 얼마 지나지 않아 희끄무레한 빛이 멀리서 보였다. 불빛을 발견한 후로는 그 빛을 주시하며 걸었다. 빛과 가까워질수록 학생들의 말소리가 서서히 들렸다.

 학생들이 모여있는 곳은 나무들 사이로 난 공터였다. 나무에 달린 램프들 덕분에 시야가 확보되었다. 학생들 옆으로 일렬로 선 말 무리도 보였다. 말들은 모두 잘 관리된 듯 윤기가 흘렀고, 색이 다른 안장을 차고 있었다.

야심한 시간, 푸른 숲에 왜 모여있는 걸까. 리아는 조심스럽게 학생들을 살펴보았다. 그때, 가장 먼저 리아의 존재를 알아차린 학생이 다가왔다.

붉은 머리카락이 유난히 눈에 띄는 남학생이었다. 노란 램프 빛에 비친 얼굴선이 얇고 갸름했다. 장난기 가득한 인상의 그는 리아를 보자마자 미간을 찌푸렸다.

"너는 뭐야. 우리 클럽이 아니잖아."

클럽? 리아는 눈을 깜빡이며 남학생이 말한 클럽이 무얼 지칭하는지 생각했다. 답은 금방 나왔다. 말 문양이 그려진 검은 깃발이 나무 높이 걸려있었다.

"카드를 받았어요."

손에 쥔 카드를 보여주려고 했지만, 남학생은 보지도 않고 되물었다.

"초대장? 너 어디 가문이야?"

꽤 오만한 말투였다. 그는 눈을 가늘게 뜨며 리아를 위아래로 훑어보았다. 기분이 불쾌해지려는 찰나 옆에서 다른 목소리가 튀어나왔다.

"어, 쟤는 화재 사건의 주인공 아니야?"

그 목소리에 모여있던 학생들의 시선이 일제히 리아를 향했다. 리아의 얼굴이 붉어졌다. 애써 아무렇지도 않은 표정을 지으려고 노력하는데, 루카스와 눈이 마주쳤다.

'리아?'

루카스는 눈썹을 올리며 입 모양으로 말했다.

루카스는 남색 승마복을 입고 있었다. 어깨와 소매에 은색 자수가 새겨진 의복은 루카스의 은발과 어우러져 세련된 인상을 주었다.

푸른 눈이 리아의 눈을 말끔히 들여다보았다. 청량한 그의 눈동자는 오늘 유난히 더 신비롭게 느껴졌다.

"화재는 온도 유지장치의 결함 때문이었다고 밝혀졌어요. 금지된 시간에 식물원을 출입한 벌도 이미 받았고요."

말하면서도 루카스는 리아에게서 눈을 떼지 않았다.

몇몇 학생들은 여전히 의심스러운 눈초리로 바라봤지만, 루카스의 말에 반기를 들 생각은 없어 보였다.

"여긴 왜 온 거야?"

루카스가 속삭여 물었다.

"초대받았어."

"초대? 누구한테?"

곁에서 뜻밖의 목소리가 대답했다.

"내가 불렀어. 같이 사냥하고 싶어서."

하얀 케이프 코트를 걸친 실비아의 모습은 부서지는 달빛 아래 고결해 보였다. 실크 재질의 코트는 나비처럼 우아하게 벌어져 무릎까지 내려왔다. 코트 사이로 입은 진줏빛 승마복이 움직일 때마다 은은히 반짝였다.

"아, 실비아가 부른 거야? 진작 말하지."

붉은 머리 남학생의 얼굴이 한순간 풀어졌다. 조금 전까지 보였던 적대감은 온데간데없어지고 온순한 태도로 변했다.

"반가워. 나는 숀이라고 해. 실비아와 같은 학년."

리아는 얼떨결에 숀이 건넨 손을 맞잡았다. 적당히 악수를 하고 풀려는데, 숀은 손에 힘을 주어 오래 잡더니 방긋 웃었다.

"아, 저기 마지막 사람이 오네."

실비아가 기쁘게 말했다. 모두 실비아의 시선을 따라 새로 등장한 사람을 바라보았다.

"리아?"

리아를 발견한 테오가 뜻밖이라는 표정을 지으며 걸어왔다.

"여기서 볼 줄 몰랐어. 너도 클럽에 든 거야?"

리아는 고개를 저었다.

"오늘만 초대받아서. 그런데, 너도 승마 클럽이었구나."

"아, 응."

테오는 떨떠름한 표정을 짓더니 웃었다.

"다 왔으니까 시작할까? 그런데… 네가 문제야. 말이 없잖아?"

리아에게 말하면서도 숀은 실비아를 힐끔거렸다. 개인 소유의 말 없이는 클럽 활동을 할 수 없었지만, 그 사실을 상기하는 대신 숀은 실비아의 눈치를 살폈다.

루카스가 나서며 말했다.

"내 뒤에 타."

루카스의 손이 흑마를 부드럽게 쓰다듬었다. 칠흑 같은 말에서 늠름한 분위기가 뿜어져 나왔다. 말의 두 눈은 주인의 머리칼을 닮은 은색이었다.

"처음 타기에는 위험해. 나랑 타자."

테오가 반대했다. 말하면서 그는 루카스의 흑마를 흘겨보았다.

"넌 너무 위험하게 몰아."

"네가 느린 거겠지. 애랑 타면 지루할 거야. 차라리 걸어가는 게 더 빠를걸?"

루카스의 비아냥에 테오는 단단한 목소리로 응수했다.

"안전이 달린 문제야."

루카스는 테오를 쳐다보지도 않은 채 물었다.

"리아, 네가 정해. 누구 말을 탈 거야?"

루카스의 표정에 자신감이 묻어있었다. 리아는 당황스러운 표정을 지었다. 쉽게 결정을 내리지 못하고 있는데 실비아가 나섰다.

"나랑 탈 거야."

실비아는 당연하다는 얼굴로 말했다.

"내가 초대했잖아. 오늘은 내 손님이야."

"그렇네. 아주 좋은 생각이야. 네가 초대했으니까."

숀은 손뼉까지 치며 실비아에게 동조했다. 테오는 수긍하듯 고개를 끄덕였다. 루카스는 마음에 들지 않아 보였다. 그의 푸른 눈이 리아를 조용히 바라보았다. 마치 눈빛으로 묻는 것 같았다. 괜찮아?

'괜찮아.'

루카스를 향해 리아가 입 모양으로 말했다. 그제야 루카스는 고개를 끄덕였다.

학생들은 갑자기 나타난 리아가 실비아와 함께 말을 타는 것을 못마땅하게 여겼다. 명망 높은 가문도 아닐뿐더러 리아가 아벨의 보육원 출신이라는 소문까지 파다했다. 승마클럽에 소속된 학생들은 모두 꽤 알아주는 가문 출신이었다. 하지만 실비아는 모두를 선택하는 대신 저런 격 떨어지는 애를 끼고돌았다. 실비아 곁에서 맴도는 자신보다 아벨의 보육원 출신이 선택받았다는 사실이 자존심 상하게 만들었다.

그렇다고 대놓고 티를 낼 수는 없는 일이었다. 입 밖으로 말을 꺼내진 못했지만, 학생들의 표정은 썩 좋지 않았다. 분위기를 재빠르게 눈치챈 숀이 유쾌하게 말하며 분위기를 풀었다.

"가끔은 이런 이벤트도 필요한 법이지. 그럼 의식을 진행해 볼까?"

실비아가 나서서 숀에게 작은 흑단 상자를 건네주었다. 숀은 흑단 상자를 열었다. 상자 안에는 금속 인장이 들어있었다. 차갑고 단단한 인장의 표면 위로 은은한 푸른빛이 물결처럼 흘렀다.

학생들이 자연스럽게 원형의 열을 맞추어 나란히 섰다.

"리아, 너도 이 안에 들어가."

숀의 지시에 리아도 원형의 열 안에 자리를 잡고 섰다. 학생들이 둘러서자 분위기는 한순간에 가라앉았다. 잠식될 것 같은 무겁고 진중한 공기가 원 안을 흘렀다. 질문을 하고 싶었지만, 리아는 쉽게 목소리를 낼 수 없었다. 숨 막힐 듯한 분위기가 몸을 조여왔다.

학생들은 말없이 셔츠를 걷고 손목을 내밀었다. 원 안에 선 숀이 한 명씩 차례로 손목 위로 인장을 찍어주었다. 치이익, 인장이 찍힐 때마다 학생들은 인상을 찡그리며 신음을 뱉었다. 리아 양옆에 선 루카스와 테오도 셔츠 단을 풀어 손목을 드러냈다. 조용히 지켜보던 리아도 따라 소매를 걷었다.

숀이 다가와 루카스의 손목에 인장을 찍었다. 살갗이 타들어가는 소리가 났지만, 루카스는 아무렇지도 않게 손목을 내렸다. 차례가 되자 리아는 긴장한 얼굴로 손목을 내밀었다. 숀이 리아의 손목 위로 인장을 찍어주었다.

치익⋯ 뜨겁고 날카로운 감각이 손목 위로 퍼져나갔다. 살갗을 뚫고 들어오는 불길 같은 아픔이었다.

리아는 자리에 주저앉았다. 손목을 내려다보자, 피부 위로 붉은빛의 선들이 불규칙하게 얽히며 나타났다. 살이 타들어 가는 듯한 느낌과 함께 공기 중에 희미한 탄내가 감돌았다.

옆에서 인장을 받은 테오는 미간을 잠시 찌푸렸다가 원래의 얼굴로 돌아왔다. 리아는 주저앉은 채로 손목에서 눈을 떼지 않았다.

흐릿했던 윤곽은 시간이 지날수록 점차 선명해졌다. 피부가 붉게 달아오르고, 얇고 붉은 선이 용암이 새겨지듯 그어졌다.

이윽고 완성된 문양은 일곱 장의 잎이 부채꼴 모양으로 펼쳐진 꽃이었다. 단조로운 꽃의 줄기가 한 뼘 정도 아래로 이어져 매끄럽게 끝났다.

문양이 새겨진 손목은 뜨겁게 욱신거렸다. 꽃잎이 그려진 선 주위로 피부가 부어오른 것 같았다. 리아는 천천히 손목을 위아래로 흔들었다. 바람을 받은 꽃잎들이 살 위로 흔들렸다.

모두에게 인장을 찍어준 숀은 마지막으로 본인의 손목에 인장을 찍었다. 무척 고통스러운지 입술을 깨물며 아픔을 참아내려 했지만, 눈물 한 방울이 뺨을 타고 흘러내렸다. 숀은 눈물을 닦고 말했다.

"제한 시간은 꽃잎이 전부 떨어질 때까지야."

의식이 끝났지만, 어두운 분위기는 가시지 않았다. 모두 이전보다 엄숙해진 모습이었다.

실비아가 가장 먼저 자신의 말에 올라탔다. 회색과 파란색이 우아하게 섞인, 왕국에 열 마리도 채 되지 않는 희귀한 품종의 말이었다. 말고삐를 꽉 잡은 후 안장 위에 자신의 몸을 고정했다. 능숙하게 푸른 갈기를 쓰다듬은 후 리아에게 손을 뻗었다.

리아는 실비아가 내민 손을 잡아 말에 올라탔다. 실비아의 허리춤을 조심스럽게 붙들며 자리를 잡았다. 시야가 한결 높아졌다.

나머지 학생들도 말에 올라타기 시작했다. 숀은 모두가 말에 오르기를 기다렸다.

"숀, 진행해."

실비아의 말에 숀이 고개를 끄덕이더니 걸어가 검은 관 앞에 섰다. 리아는 그제야 관의 존재를 알아차렸다.

공터 한가운데 생뚱맞게 관이 놓여있다니 이상했다. 고개를 갸웃거리는 리아와 달리 학생들은 익숙한 태도로 관을 바라보았다. 부드럽게 굴곡진 관의 가장자리가 조명을 받아 매끈히 빛났다.

숀이 관 뚜껑을 천천히 밀어 열었다. 문이 열림과 동시에 관 안에서 검은 그림자들이 빠르게 뛰쳐나갔다. 순식간에 벌어진 일이었다. 지켜보던 리아의 두 눈이 휘둥그레졌다. 제대로 본 게 맞는지 믿을 수 없는 리아가 미간에 힘을 주었다.

"풀어놓은 그림자는 모두 아흔아홉 마리야. 그럼, 그림자 사냥을 시작합니다."

숀이 장난스러운 얼굴로 눈을 찡긋하더니 휘파람을 불었다. 말에 탄 학생들이 달리기 시작했다. 실비아의 케이프 코트를 애매하게 잡은 리아는 손에 힘을 조금 실었다. 실비아가 피식 웃더니 말했다.

"허리 잡아도 돼."

그제야 리아는 허리에 손을 얹었다. 부드러운 은빛 머리카락이 뺨을 간질이며 시원한 향을 흘려보냈다. 새벽의 푸른 꽃이 떠오르는 향이었다.

실비아가 말고삐를 흔들었다. 속도가 붙기 시작했다. 리아는 실비아의 등에 얼굴을 파묻었다. 숲의 바람이 빠르게 스쳤다. 말발굽 소리가 귓가에 울렸다. 어둠 속 나무들이 휙휙 잔상을 남기며 사라졌다.

달리는 말들의 방향이 몇 갈래로 나뉘었다. 실비아의 말 뒤로 루카스의 말이 바짝 따라잡듯 달렸다. 더 깊은 숲속으로 이어지는 길목으로 들어서는 순간, 실비아는 손에 쥔 고삐를 강하게 당겨냈다.

푸른 말이 방향을 틀었다. 바람처럼 자유로운 움직임이었다. 실비아의 말은 곧 함께하던 무리에서 벗어나 홀로 달렸다.

리아는 실비아의 허리를 안은 채 흘러가는 숲을 바라보았다. 새벽이 내려앉은 숲이 한없이 펼쳐졌다.

이윽고 멈춘 곳은 빽빽한 나무들 사이였다. 바람에 풀이 나부

끼는 소리가 들렸다. 실비아의 시선이 하늘을 향했다. 그 시선을 따라 리아도 고개를 들었다. 어두운 나뭇잎 사이로 실비아가 활을 꺼내 들더니 작은 통을 열어 진득거리는 액체에 화살을 담갔다 뺐다. 화살을 활에 끼워낸 후 신중히 초점을 맞추었다.

"그게 뭐예요?"

"잼이야."

"잼을 왜…"

리아의 말이 끝나기도 전에 가는 손가락이 활시위를 당겼다.

탁!

나무 위에서 부스럭 소리가 들리더니 시커먼 형체가 땅으로 떨어졌다. 실비아가 말에서 내려 그림자에게 걸어갔다. 화살은 그림자의 옆구리에 깊숙이 박혀있었다. 리아도 말에서 내려 가까이 다가가 지켜보았다.

땅 위에서 버둥거리며 그림자가 고통스러워했다. 몸부림칠수록 화살촉이 그림자의 검은 살 속을 더욱 깊이 찔렀다. 그림자는 몸을 비틀며 다시 일어서려 했다.

그림자를 향해 실비아가 다시 한번 활을 들었다.

휘익, 탁!

이번에는 어깻죽지였다. 한 번 더 화살을 맞은 그림자가 무릎을 꿇고 쓰러졌다. 상처를 타고 검은 피가 흘렀다. 양손으로 땅을 움켜쥐며 어떻게든 일어서려 애썼다.

실비아가 다시 한번 활을 들었다.

"그만…"

리아의 목소리가 애원하듯 흘러나왔다.

그림자는 몸을 끌다시피 앞으로 기어갔다. 상처에서 흐르는 피가 땅 위로 검은 자국을 남겼다. 화살을 쏘기에 거리가 지나치게 가까운 듯했지만, 실비아는 지체 없이 활을 들었다.

그림자를 향해 꼿꼿이 활시위를 당겼다. 동시에, 그림자의 몸이 땅 위로 무겁게 내려앉았다. 리아는 양손으로 입을 막았다. 그제야 실비아가 활을 내렸다.

"…한 번이면 충분하잖아요."

리아의 말에, 실비아가 고개를 돌려 눈을 맞추었다. 눈가에 웃음기가 서려있었다. 소름이 끼치는 감정을 억누르며 리아는 그녀를 마주 보았다.

"우습지 않아?"

실비아는 쓰러진 그림자를 턱 끝으로 가리켰다.

"어차피 내가 이기는데, 끝까지 도망가려고 버둥거리는 거 말이야."

리아는 대답이 나오지 않았다. 실비아의 눈빛에 맺힌 환희가 느껴졌다. 상대를 벼랑 끝으로 내몰고, 그 입술에서 터져 나오는 비명을 듣는 것을 즐거워하는 오만함이 거북했다.

"이제는 알겠지. 내 앞에서는 소용없다는 걸."

서늘한 눈빛엔 서린 우월감은 숨겨지지 않았다. 리아는 말없이 실비아의 행동을 지켜보았다.

실비아는 그물을 가져와 그림자를 향해 던졌다. 그림자를 촘촘히 감싼 다음 그물을 도로 말에 묶어냈다. 시선을 들어 너울거리며 내려오는 은빛 머리카락을 하나로 모아 올렸다. 달빛을 받은 이마가 반듯하게 빛났다.

"왜 이런 사냥을 하는 거예요?"

실비아는 입가에 미소를 머금으며 대답했다.

"오래 이어온 전통이야. 그림자를 풀어놓고 사냥을 하며 클럽의 결속력을 다지는 거지."

리아는 착잡한 심정으로 그림자를 내려다보았다. 차가운 핏방울이 그물 아래로 뚝뚝 떨어져 내렸다. 결속력을 위해서라니. 납득되지 않았다.

"그림자를 사냥할 때는 말이야. 최대한 시간을 오래 끌며 사냥을 해. 어디까지 갈 수 있을까. 나를 어디까지 가게 만들까… 하지만 종종 지루하거든. 너무 쉽게 잡힌단 말이야."

생각하는 표정으로 실비아가 리아를 돌아보았다. 싱긋 웃더니 말을 얹었다.

"나는 가끔 생각해. 사람을 사냥하는 건 어떤 느낌일까?"

리아는 몸을 움츠리며 팔을 감싸안았다. 두 사람은 말없이 서로를 바라보았다. 차가운 시선 안에 푸른 불꽃이 일렁이는 것 같앉다. 날카롭게 튀기고 넘쳐 타오를 듯 강렬한 빛이었다. 리아는 먼저 시선을 내렸다.

조금 떨어진 고목을 가리키며 실비아가 싱긋 웃었다.

"따라와. 저 나무 뒤에 내 정원이 있어."

그렇게 말하고 먼저 가벼운 발걸음으로 걸어갔다. 리아는 그림자에 잠시 시선을 두었다가 고개를 돌려 실비아를 따라갔다.

늙은 고목 가지들이 아치형으로 내려와 정원의 문을 만들어 냈다. 굽이진 나뭇가지 위로 희고 작은 꽃들이 피어나 있었다. 아치형 문을 통과하자 실비아가 말한 정원이 펼쳐졌다.

처음에는 수천 개의 촛불이 땅 위를 밝히고 서있는 줄 알았다. 하지만 자세히 보니 아니었다. 촛불인 줄 알았던 붉은빛들은 꽃이었다. 들판 위에 피어난 여린 꽃들이 저마다 붉은빛을 내뿜고 있었다. 마치 바람에 촛불이 날리듯 빛의 세기가 끊임없이 변하며 박동하는 것 같았다.

"… 아름다워."

리아는 마음속 생각을 입 밖으로 내뱉었다. 태어나서 이토록 아름다운 광경은 처음이었다. 실비아가 빙그레 웃으며 정원 안으로 사뿐히 걸어 들어갔다.

실비아의 몸짓에 꽃들이 흔들렸다. 붉은빛이 실비아와 춤을 추듯 깜빡이며 빛을 발했다. 리아는 그 모습을 말없이 바라보았다. 은빛 머리카락이 휘날리며 부드러운 곡선을 그렸다.

"네가 좋아할 것 같았어."

실비아가 입가에 미묘한 웃음을 띠더니 꽃 가까이 몸을 숙였다. 그러자 꽃에서 가느다란 실이 나왔다. 그 실을 리아는 단번에 알아보았다.

"…테라 글라스."

작게 중얼거린 목소리를 실비아가 알아듣고 고개를 끄덕였다.

"맞아. 내가 준 선물."

두 사람은 정원 앞 풀밭 위에 자리를 잡고 앉았다. 뻗어낸 발끝에 정원의 꽃들이 가득했다. 실비아는 손안에 꽃을 쥔 채 쓰다듬었다. 빛이 반짝, 움직였다.

리아는 불현듯 그날의 기억이 떠올랐다. 오래 망설이다 물었다.

"그날, 왜 제게 열쇠를 준 거예요?"

실비아의 눈이 리아를 투명하게 바라보았다. 리아는 항변하듯 덧붙였다.

"제가 식물원에 가도록 만들었잖아요. 이 식물을… 이용해서."

잔잔한 눈빛이 리아를 꿰뚫는 것 같았다.

"식물원에 간 건, 오로지 네 선택이었어."

고요한 목소리가 공기를 가르며 울렸다.

"그 열쇠에는 특별한 주문이 깃들어 있었어. 원하는 문에 따라 모양이 저절로 바뀌어 맞춰지지. 네가 원하는 문이라면 무엇이든 열 수 있었다는 소리야."

바람이 둘 사이를 흐르며 향기를 퍼트렸다. 잠시 후 실비아가 입술을 움직였다.

"봤거든, 네 어깨."

리아는 화들짝 놀란 표정을 지었다. 비밀을 들킨 사람처럼 얼굴이 화끈거렸다.

"그건 꼭 스스로 낸 상처 같았어."

리아는 손을 올려 어깨를 매만졌다. 실비아는 한눈에 알아본 걸까? 씁쓸함에 고개를 떨구었다.

시아를 두고 홀로 입양되지 않기 위해 벌인 일이었다. 입양의 기회를 거절할 자유 따위는 보육원 아이들에게 주어지지 않았다. 리아가 몇 번이나 애원했지만, 교장은 이미 결정된 사항이라고 통보할 뿐이었다. 열악한 환경에 시아를 혼자 남겨둘 수는 없었다.

리아는 여러 약초를 볼 안에 섞은 후 짓이겨냈다. 풀처럼 진득한 약초를 어깨에 덧바른 뒤 붕대로 감았다. 그렇게 하루를 지내자 어깨가 따끔거리더니 진물이 올라왔다. 통증을 참으며 이틀을 더 버텨냈다. 고통은 극심해졌다.

밤새 고열에 시달리며 잠든 리아가 겨우 눈을 떴을 때, 치료실의 흰 천장이 보였다. 간호 선생님과 대화를 나누던 원장은 리아가 깬 것을 보고 혀를 차며 고개를 저었다. 그러고는 싸늘한 시선을 던지고 치료실을 나갔다.

어깨의 피부는 붉게 부어올라 팽팽해져 있었다. 상처 부위를 중심으로 주변 피부가 푸르스름한 빛을 띠었다. 간호 선생님은 흉터가 남을 거라고 말해주었다. 그리고 잠시 머뭇거리다가 입양이 취소될 예정이라는 말도 전해주었다. 이런 상태의 아이를 입양 보낸다면, 보육원의 명성이 형편없어질 것이라는 원장의 뜻이었다.

시간이 지나며 상처는 아물었지만, 간호 선생님의 말대로 흉터는 남았다. 왼쪽 어깨의 피부는 주변보다 미세하게 어두운 색을 띠었고, 색소가 불규칙하게 번져있었다. 손끝으로 만지면 주변 피부와 다른 질감을 확실히 느낄 수 있었다.

가끔씩 날이 덥거나, 상처 부위에 자극이 가해질 때면 가려움이나 약간의 따끔거림이 느껴졌다. 마치 영원히 지워지지 않는 흔적처럼, 아벨의 보육원에서의 기억을 잊지 못하도록.

옛일을 생각하자 다시금 어깨에 통증이 이는 것 같았다. 리아는 착잡한 얼굴로 실비아를 바라보았다.

"네가 그 식물원에서 무언가를 찾아냈다는 걸 알아. 하지만 그건 내 관심 밖이야. 나는 그런 시시한 것들에게는 관심이 없거든. 내 목표는 더 커. 그걸 갖기 위해 네 도움이 필요해."

리아는 어깨를 만지던 손을 내렸다. 바람결에 붉은 꽃들이 파도처럼 일렁였다. 밝은 빛들이 각자의 자리에서 고요히 반짝였다.

"나를 도와. 나는 네가 원하는 걸 줄 수 있어. 네 동생의 안전은 물론이고, 네가 평생 먹고살 수 있는 환경과 직업까지도 전부 마련해 줄게."

"동생의 안전은 이미 약속받았어요."

리아의 대답에 실비아가 웃음을 터트렸다. 평소와 다르게 입꼬리를 높이 올리며 큭큭거렸다. 한참을 웃은 후 툭 던지듯 말을 뱉었다.

"너, 생각보다 순진하구나."

리아는 단단한 목소리로 대꾸했다.

"더 이상 선배에게 이용당할 생각 없어요. 다른 누구에게도."

실비아의 입가에 여전히 웃음이 맺혀있었다. 리아가 그렇게 대답할 줄 알고 있었다는 표정이었다.

"루카스의 편에 선 건 잘못된 선택이었어."

의미심장한 목소리가 귓가에 박혔다.

"난 그에게 소중한 것들을 잘 죽이거든."

리아는 양손에 힘을 주었다. 실비아의 얼굴에 냉담한 미소가 피어올랐다.

"10분을 줄게. 마음껏 도망쳐 봐. 잼이 묻었다고 화살촉이 무뎌지는 건 아니니, 꽤 아플 거야."

실비아가 천천히 활시위를 들어 리아를 향해 겨눴다. 리아의 몸이 가느다랗게 떨렸다. 몸부림치던 그림자를 향해 끝까지 화살을 쏘던 실비아의 모습이 떠올랐다. 그 그림자와 자신의 몸이 머릿속에서 겹쳐졌다. 실비아라면, 당장이라도 시위를 당겨 자신을 사냥할 수 있을 것이다.

"1분 지났어."

냉랭한 목소리가 울렸다. 리아는 정원을 나와 달리기 시작했다.

* * *

리아는 숲을 내달렸다. 발은 자꾸만 땅에 걸리고 미끄러졌다. 넘어질 뻔한 몸을 간신히 추스르고 계속 달렸다. 뺨에서 번져 흐른 땀이 턱 끝에서 뚝뚝 떨어졌다. 한참을 달리다 거대한 나무 뒤로 몸을 숨긴 후 주변을 살폈다.

흰 달이 서서히 구름에 가려지고 있었다. 하늘로 솟아오른 나무들이 바람결에 스산한 소리를 냈다. 리아는 숨을 크게 들이마셨다가 내쉬었다. 입술을 살짝 깨물고는 도로 달리기 시작했다.

사냥을 하는 다른 학생들은 보이지 않았다. 실비아는 일부러 리아를 사냥터 반대편으로 몰았다. 아무에게도 방해받지 않고 사냥을 즐기기 위함이었다.

타악!

멀리서 화살이 날아와 바로 옆 나무에 박혔다. 리아는 식은땀을 흘리며 뒤를 돌아보았다. 실비아가 말을 탄 채로 리아를 내려다보고 있었다.

화살이 박힌 나무에서 달짝지근한 향이 풍겼다. 리아는 벅찬 숨을 내쉬며 고개를 돌렸다.

"혹시라도 기대할까 봐 하는 말인데, 루카스는 오지 않을 거야. 내가 사람을 붙여놨거든."

"…"

리아는 말없이 실비아를 올려다보았다. 여유로운 표정으로 실비아가 화살을 하나 더 꺼내 들었다.

"걱정 마. 한 번에 보내지는 않을 테니."

바람에 은빛 머리카락이 부드럽게 날렸다. 리아가 가까스로 몸을 옆으로 비틀었다.

휘익!

화살이 팔을 스치고 지나갔다.

"윽!"

팔을 붙잡으며 리아가 신음을 뱉었다. 찢긴 살갗 위로 붉은 피가 차올랐다.

"마지막 순간 네가 어떤 표정을 짓는지 보고 싶거든. 그러니 아주 천천히 즐길 생각이야."

상처 난 팔을 더듬으며 리아가 실비아를 올려다보았다. 다리가 후들거렸지만 주저앉지 않았다. 실비아는 흥미롭다는 표정을 지었다.

"꽤 정신력이 좋구나."

실비아가 화살통에서 화살을 새로 뽑아 손에 쥐었다. 활 위에 겨눈 후 입꼬리를 올리더니 선심을 쓰듯 말했다.

"3분 줄게."

리아가 비틀거리며 걷기 시작했다. 긴 막대기를 주워 지팡이 삼아 풀을 헤치고 나아갔다.

실비아는 당장 쫓지 않았다. 오히려 멀리 도망가도록 둔 후 사냥을 즐길 심산이었다. 리아는 수시로 뒤를 돌아보며 걸었다.

탕, 무언가에 부딪힌 리아가 이마를 매만졌다. 멍하니 거울에 비친 얼굴을 한참 들여다보고 나서야 비로소 어딘지 깨달았다. 푸른 숲의 끝, 거울 장벽이었다.

가만히 서서 거울 벽에 손바닥을 대보았다. 흐르는 기운이 느껴지는 듯했다. 거대한 거울을 손으로 더듬으며 한 걸음씩 걸어갔다. 몸을 지탱해 주던 막대기마저 부러지자, 쓰러지듯 거울에 기대어 앉았다.

"여기까지 올 줄은 몰랐는데."

어느새 실비아가 바로 앞에서 리아를 내려다보고 있었다. 달리는 수고조차 필요 없는 한가로운 모습이었다. 리아는 고통스럽게 신음을 뱉어냈다. 팔을 타고 흐르는 피가 떨어져 풀을 적셨다. 실비아가 활을 들었다.

거울 장벽 높이 활을 당겨 쏘자, 화살이 날아가 장벽 위로 팅,

빛줄기를 만들어 내며 튕겨 나왔다.

"이제 끝이야. 더 이상 갈 데는 없어."

실비아가 방긋 웃더니 물었다.

"마지막으로 남기고 싶은 말 있니? 루카스에게 전해줄게."

"..."

실비아가 다시 한번 활을 겨누었다. 화살의 끝이 리아를 정확히 향했다. 이윽고 마지막 화살이 날아갔다.

그 순간 리아가 옆으로 몸을 굴렸다. 화살은 리아가 앉아있던 지점을 맞혔다.

탁!

화살은 유리 장벽에 박힌 채 머물렀다. 화살을 기점으로 장벽에 후드득 금이 가기 시작했다. 당황한 얼굴로 실비아가 장벽을 바라보았다.

쏴아, 엄청난 굉음이 들리더니 유리 장벽이 한 번에 부서져 내렸다. 작은 파편들이 바람과 함께 땅 위로 가라앉았다. 사방으로 휘날리는 고운 입자들이 눈송이처럼 반짝이며 뿌연 연기를 만들어 냈다.

리아는 바닥을 더듬어 돌을 쥐어 들었다. 나무 위로 돌을 던진 후 몸을 숙였다. 단단한 돌이 날아가 나무에 달린 벌집을 명중했다.

흔들리는 벌집에서 윙윙거리는 소리와 함께 벌들이 나와 사방으로 퍼졌다. 실비아가 한 수 찔렸다는 표정을 지으며 말을 돌렸다.

 몇 마리 벌에 쏘인 리아가 입술을 잘근 깨물었다. 피 맛이 났다. 땅에 떨어진 유리 파편들이 몸 구석구석에 생채기를 냈지만, 움직일 힘조차 없었다. 벌에 쏘인 부위가 뜨겁게 팽창하며 통증이 몰려들었다. 몸 깊숙이 맹독이 퍼지는 듯했다. 시야가 흐려지고, 아무런 소리도 들리지 않았다. 그대로 바닥에 쓰러진 채로, 리아는 서서히 어둠 속으로 가라앉았다.

* * *

 늦게까지 생각에 잠겨있던 벤 교수가 고개를 비스듬히 들었다. 책상 위로 종이들이 흐트러져 있고, 그 위로 커피가 든 머그잔이 놓여있었다. 벤 교수는 식은 커피를 한 모금 마신 후 잔을 내려놓았다. 아래에 깔려있던 종이를 빼는 와중에 커피잔을 넘어뜨렸다. 갈빛 액체가 책상 위를 흥건히 적셨다. 벤 교수는 마른걸레를 가져와 책상 위를 닦았다. 난잡하게 어질러진 종이들 위로 밴 커피 자국은 쉽게 지워지지 않았다.

 벤 교수는 뻑뻑한 눈가를 비비고 걸레를 던지듯 내려놓았다. 그가 창가로 걸어가 창문을 열었다.

 새벽의 찬 공기가 연구실 안으로 밀려 들어왔다. 흐릿한 보름달 주변으로 구름이 나지막이 흘렀다. 오른손으로 턱을 천천히 쓰다듬던 그는 불현듯 인상을 찡그렸다. 어쩐지 공기가 조금 달라진 것 같았다. 왜일까? 자리에 굳어진 채로 서서 숲 쪽을 바라보던 그가 서둘러 겉옷을 챙겨 들고 연구실을 나섰다.

평소보다 빨라진 걸음걸이였다. 잠시 숲을 바라보는 것만으로 알아차릴 수 있었다. 장벽이 깨진 것이다. 붉은기를 머금은 바람이 미약하게나마 흘러오는 것을 분명히 느낄 수 있었다.

숲으로 걸어가는 동안 벤 교수는 스스로에게 질문을 던졌다. 어째서 장벽에 문제가 생긴 걸까? 오랜 시간을 거쳐 오며 표면이 흐릿해지긴 했지만, 완전히 무너져 내린 적은 없었는데. 얼마 지나지 않아 그는 곧 결론을 내렸다.

리아가 온 후로 사건들이 터졌다. 리아를 데려온 이유는 그가 목적하는 것에 닿기 위함이었다. 하지만, 리아를 지켜볼수록 그의 통제를 넘어선다는 불안감이 엄습해 왔다. 고작 어린애일 뿐이다. 그런데, 왜 두려워지는 걸까?

벤 교수는 리아가 누구의 딸인지를 생각해 냈다. 오래 찾아다닌 끝에 발견한 핏줄이었다. 그가 목표로 여기는 것을 대신 풀어줄 열쇠가 되기를 바랐다. 하지만 리아는 혼란만 가중할 뿐이다.

벨레티안 가문의 눈에 들었으니 더욱 조심히 움직여야 했다. 어쩌면, 이미 리아가 누군지 눈치챘을지도 모른다. 그렇다면…

그가 애써 찾은 열쇠를 벨레티안 가문에 맥도 없이 뺏길 터였다.

벤 교수는 마음속으로 결정을 내렸다. 통제할 수 없다면, 열쇠가 될 수 없다. 이제껏 데려온 학생들을 관찰하며 얻어낸 이치였다. 벤 교수는 표정을 일그러뜨리며 숲 안으로 들어갔다.

같은 시각, 소파에 등을 기댄 채 잠들어 있던 교장이 눈을 떴다. 고전적인 무늬가 새겨진 천장을 한참 바라보다가 눈꺼풀을 내렸다. 탁자 위에는 리아에 관한 서류들이 펼쳐져 있었다. 서류들을 하나로 모아 정리하는 얼굴에 수심이 드리워져 있었다. 벤 교수가 리아를 데려왔을 때부터 교장은 따로 조사해 왔다. 그는 자신의 이득을 위해서라면 누구든 거리낌 없이 이용하고 버렸다. 그렇게 희생된 학생이 여러 명이었다. 이번에는 결코 그런 일을 만들지 않고자 조사하던 중 리아의 혈통에 대한 비밀을 알게 되었다. 그제야 교장은 납득이 갔다. 벤 교수의 의도와 어긋나는 행동을 하는데도 리아를 내치지 않고 데리고 있었던 이유를. 만약 리아가 특별한 혈통의 아이가 아니었다면, 그는 진작 퇴학시켰을 것이다.

교장은 자리에서 일어나 창가로 걸어갔다. 창백한 달을 오래 응시하다가 창문을 열었다. 숲을 멀리 내다보던 눈동자에 날카로운 빛이 임했다. 공기가 바뀌었음을 알아차린 것은 한순간이었다.

교장은 지체 없이 방을 나섰다. 안 좋은 예감이 들었다. 멜로디와 연관된 일일까? 딸이 위험할지도 모른다는 공포감과 학생들의 안전을 보장할 수 없다는 걱정이 동시에 밀려왔다.

그녀는 숲을 향했다.

9. 봉인의 피

 눈을 뜨기도 전에 시큼한 냄새가 코에 닿았다. 온갖 약초를 썩힌 듯한 냄새를 어디서 맡았는지 단번에 기억해 냈다. 눈꺼풀을 무겁게 올리자 커다란 냄비 안을 젓는 멜로디의 뒷모습이 보였다. 리아는 곧바로 자신이 멜로디의 오두막 흔들의자에 누워있다는 사실을 알아차렸다.

 어떻게 된 거지? 리아는 신음을 뱉으며 고개를 흔들었다. 아직 벌에 쏘인 통증이 남은 듯했다. 따끔거리는 목뒤를 만지려던 리아는 손을 움직이지 못했다. 양손이 밧줄에 단단히 묶여있기 때문이었다.

 풀어내려고 필사적으로 움직였지만 소용없었다. 움직일수록 밧줄은 손목을 파고들었다.

 멜로디가 뒤를 돌아보았다. 리아가 깬 사실을 확인한 멜로디는 오목한 그릇에 수프를 덜어 가져왔다. 후끈한 열기가 얼굴에 닿아 눅눅한 냄새가 번졌다.

"으윽…"

처음이 아닌데도 여전히 적응되지 않는 냄새였다. 기침을 연신 뱉어낸 리아가 말했다.

"못 먹겠어요."

멜로디가 수프를 한 숟가락 크게 뜨더니 입가에 가져다주었다. 입술 가까이 다가온 숟가락을 리아는 마지못해 받아먹었다. 후끈한 열기가 몸 안으로 들어왔다. 구역질을 억지로 삼켜내며 시선을 내렸다.

살점이 벗겨진 멜로디의 팔 위로 하얗게 드러난 뼈가 보였다. 뜯겨나간 살갗의 테두리는 썩은 것처럼 새까맸다. 차마 볼 수 없던 리아는 시선을 내렸다. 발목에 끈적이는 반투명한 액체가 묻어있었다. 수프와 같은 냄새가 났다.

발목을 살짝 움직여보던 리아가 물었다.

"저를 치료해 준 거예요?"

멜로디는 대답하지 않은 채 수프를 크게 떠서 리아에게 들이밀었다. 리아는 밧줄에 묶인 손을 들어 올렸다.

"먼저 풀어주세요."

멜로디는 듣지도 않는 표정이었다. 리아가 다음 한입을 받아먹자, 그릇을 내려놓고 양손으로 리아의 얼굴을 찬찬히 쓰다듬었다. 눈을 맞춘 후 이를 드러내고 웃는 모습에서 리아는 위화감을 느꼈다. 이전에도 멜로디는 얼굴을 친절히 쓰다듬어 주었다. 그다음의 행동을 기억해 낸 리아는 식은땀을 흘리며 눈동자를 굴렸다.

완력으로 밧줄을 풀 수 없으니 날카로운 무언가를 찾아볼 심산이었다. 땀이 흘러 손바닥이 축축해졌다. 리아는 미끈거리는 손목을 계속해서 비틀어 댔다.

작업대로 걸어간 멜로디가 녹색 천을 걷어냈다. 식물을 엮어 내 만든 인형이 모습을 드러냈다. 사람 크기만 한 인형 주변으로 피에 젖은 행주들이 가득했다. 낡은 행주를 집어 든 멜로디가 인형의 몸을 꼼꼼히 닦아나가기 시작했다. 인형의 가슴팍, 허벅지, 무릎, 종아리까지 행주를 문지르는 손길에 애정이 묻어있었다. 리아는 말없이 지켜보았다. 저것이 멜로디가 이루고자 했던 새로운 종족인 걸까? 하지만 인형에서는 아무런 생명력이 느껴지지 않았다.

시간이 얼마나 흘렀을까. 손목에서 흐르는 피가 바닥 위로 뚝뚝 떨어져 내렸다. 지친 리아가 고개를 비스듬히 들어 멜로디를 바라보았다. 아무리 애를 써도 밧줄을 풀기는 역부족이었다.

인형 몸을 닦아낸 멜로디는 오두막 구석에 놓인 유리병을 낑낑거리며 작업대로 옮겼다. 리아는 눈을 가늘게 뜨며 유리병 안에 든 물체를 식별하려 애썼다.

멜로디는 노래를 흥얼대며 유리병을 열었다. 동시에 비릿한 피 냄새가 강렬히 뿜어져 나왔다. 리아는 유리병 안에 든 검은 물이 피였음을 깨달았다.

멜로디는 핏물 안으로 손을 집어넣었다. 곧이어 물컹거리는 내장이 그녀의 손에 딸려 나왔다. 오른손으로 내장을 집고 왼손으로는 인형을 엮어낸 풀 사이를 벌려냈다. 인형 깊숙이 내장을 집어넣은 후 커다란 잎사귀로 덮었다. 리아는 몸서리를 치며 손에 힘을 주었다. 손목의 상처가 짓눌려 진물이 배어 나왔다.

멜로디는 커다란 잎사귀 부근을 꿰맸다. 몇 번이고 반복해서 인형의 몸에 내장을 집어넣고 꿰매기를 반복했다. 핏물에서 건져낸 내장들이 인형의 가슴과 배 곳곳에 채워졌다. 극심한 비린내가 인형에게서 뿜어져 나왔다.

저건 누구의 내장일까? 짐승? 인간?

리아의 심장박동이 빨라졌다. 힘을 오래 준 까닭에 손이 하얗게 저렸다.

인형을 다 꿰맨 후 멜로디는 흡족한 얼굴로 서있었다. 리아는 멜로디의 어깨가 떨리는 것을 보았다. 멜로디는 웃고 있었다. 참을 수 없는 기쁨이 덮쳐온 것처럼 양팔을 감싼 채로 흐느끼듯 웃었다. 얼굴의 주름들이 미세하게 떨렸다. 잠시 후 웃음을 그친 멜로디가 양손을 조용히 합장했다. 얇은 입술을 벌려 주문을 뱉었다.

"사… 라느에… 리우스…!"

짧지만 강력한 주문이었다. 멜로디의 말이 끝나자마자 인형에 반동이 일기 시작했다. 인형의 머리끝부터 발끝까지 흰빛이 빠르게 번쩍이며 흘렀다. 마치 날카로운 파도가 인형을 한번 쓸고 지나간 것 같았다.

동시에 수십 개의 유리들이 깨졌다. 차가운 파열음이 오두막 안을 강렬히 울렸다. 깨진 유리 조각들은 사방에 흩어졌다. 등불이 꺼지고 어두운 오두막 안에 강렬한 바람이 소용돌이쳤다. 내장이 들어간 부위마다 시퍼런 빛이 일더니 싹이 돋아나고 줄기가 자라나기 시작했다. 강렬한 바람 속에서 눈을 뜨려고 애쓰며 리아는 푸르게 빛나는 인형을 바라보았다. 인형은 더욱 단단한 육체의 모습으로 변해갔다.

멜로디는 양팔을 뻗어 바람을 맞았다. 소용돌이에 물건들이 사정없이 휘날렸다. 얇은 유리 조각이 리아의 뺨을 스치고 지나갔다. 흐르는 핏방울을 느낀 리아가 강한 바람 속에서 인형을 바라보았다. 인형의 몸 전체를 비추던 파란 빛이 잠잠해지고 소용돌이가 수그러들었다. 리아는 무릎을 꿇고 바닥에 떨어진 유리 조각을 주워 손안에 숨겼다.

바람이 멈추자, 멜로디는 몸을 떨며 눈앞의 창조물을 바라보았다. 푸른빛이 사라진 인형은 고요했다. 멜로디의 얼굴이 찡그리며 소리를 내어 웃었다. 처음에는 인형의 발이, 곧이어 손가락과 팔꿈치, 그리고 마침내 상체가 천천히 움직여 몸을 일으켰다. 경이로운 순간을 맞이한 멜로디가 환영의 눈물을 흘렸다.

"멜… 로디."

멜로디가 입술을 열어 자신을 가리켰다.

"멜로디…"

멜로디는 참을성 있게 말을 반복했다. 자신의 이름을 인형에게 알리고 싶어 하는 것 같았다.

리아는 손안에 숨긴 유리 조각으로 밧줄을 긁었다. 멜로디의 온 신경이 식물 인형을 향해있기에 다행이었다.

멜로디가 시퍼런 칼을 꺼내 인형 옆에서 갈기 시작했다. 스윽, 스윽. 쇠가 갈리는 소리가 소름 끼쳤다. 두려움에 사로잡힌 리아는 유리 조각을 쥔 손에 힘을 주었다.

멜로디가 칼을 가는 동안 식물 인형은 앞이 보이지 않는 것처럼 손을 뻗어냈다. 발을 살짝 움직여 보고 다시 손을 더듬는 모습이 새롭게 얻은 몸의 감각을 익히는 것 같았다.

리아는 손안에 든 유리 조각에서 피가 배어 나오는 것을 느꼈다. 손목을 묶은 밧줄이 어느새 거의 다 풀렸다. 밧줄의 남은 부분을 힘주어 갈았다.

인형이 바닥을 향해 발을 뻗어냈다. 정말 꼭 사람의 모습 같았다. 멜로디가 평생을 바친 실험의 완성을 실제로 목격하니 기분이 이상했다. 이제 식물에게도 의지와 인격이 부여될 수 있게 된 걸까? 이로써 식물 실험은 무한한 발전을 이루게 될지도 모른다. 어쩌면, 그동안 해결되지 못한 수많은 난제들도 풀릴 수 있게 될지도 모른다. 그렇다면…

인형이 갑작스럽게 멜로디의 어깨를 움켜잡았다. 당장 벌어지는 상황이 이해되지 않은 리아는 멍하니 바라만 보았다. 어깨를 누른 힘에 멜로디가 움찔거리며 고개를 들었다. 그 순간 인형이 멜로디의 목덜미를 양손으로 쥐었다.

"케… 켁…"

늙고 힘없는 몸이 허공으로 가볍게 떠올랐다. 멜로디가 손을 버둥거렸지만 인형에게 닿지 못했다. 인형은 멜로디의 몸을 쥐고 흔들어 댔다. 멜로디의 몸이 바닥으로 패대기쳐졌다.

바닥에 쓰러진 멜로디의 몸을 인형이 사정없이 짓밟았다. 멜로디의 입술에서 비명조차 새어 나오지 않았다. 식물 인형의 커다란 손이 멜로디의 몸을 더듬더니 무언가를 뜯어냈다. 피가 솟구치고 가냘픈 숨이 입술로 엷게 새어 나왔다.

인형은 천천히 멜로디를 해체했다. 탁한 멜로디의 눈동자가 멈춰진 채로 허공을 향해있었다. 리아는 떨리는 눈으로 인형을 바라보았다.

멜로디는 도대체… 어떤 괴물을 만들어 낸 걸까?

인형이 멜로디의 얼굴로 손을 뻗어냈다. 한참 동안 힘을 주더니 만족스럽게 손을 거두었다. 주먹 안에 든 것을 자신의 얼굴에 갖다 대었다. 손을 치우자 잿빛 눈동자가 얼굴 위에서 몇 번 깜빡이더니 자리를 찾아 들어갔다. 그제야 시야가 확보된 인형이 오두막 안을 천천히 둘러보았다.

인형과 눈을 맞춘 순간 온몸이 저릿했다. 그건 멜로디의 눈빛이었다. 리아의 몸이 덜덜 떨렸다. 숨이 제대로 쉬어지지 않았다. 이미 밧줄을 풀어냈지만 몸이 굳은 것처럼 움직여지지 않았다.

리아를 향해 인형이 몸을 일으키려던 순간이었다.

타악!

화살이 날아와 인형의 얼굴을 맞혔다. 인형은 괴로워하며 몸을 숙였다. 리아가 고개를 돌려보았다.

테오?

리아의 두 눈이 휘둥그레졌다. 테오가 달려와 리아 앞에 한쪽 무릎을 꿇고 앉았다. 밧줄이 이미 풀린 것을 확인한 그가 작게 외쳤다.

"따라와!"

일어서기 위해 발목에 힘을 주었지만, 도로 주저앉았다. 그 모습을 본 테오가 왼팔을 부축해 주었다. 리아는 얼어있던 몸에 힘을 주어 걸음을 내디뎠다.

오두막 밖을 나서자 찬바람이 얼굴을 강하게 때렸다. 테오의 말이 오두막 밖에 서있었다. 먼저 리아를 말 위로 올려준 후 오두막을 나오는 인형을 향해 다시 한번 화살을 쏘았다. 이번에는 인형의 왼쪽 눈을 정확히 찔렀다. 괴성을 지르며 인형이 얼굴을 더듬었다.

그 틈을 타 테오도 말 위에 올라탔다. 그리고 곧바로 출발했다. 리아가 테오의 허리를 강하게 붙잡았다. 붉게 까진 손목이 찬바람을 받아 아렸다.

두 사람은 말없이 숲을 내달렸다. 한참을 쉬지 않고 달린 후에야 테오는 말을 멈춰 세웠다. 주변을 살핀 후 먼저 말에서 내린 그는 리아가 내리는 것을 도와주었다.

"어떻게 알고 찾아온 거야?"

"네가 안 보여서 찾고 있었어. 방금 그건 뭐였어? 짐승인가? 하지만 몸이…"

테오는 끔찍한 것을 목격한 사람처럼 인상을 잔뜩 찌푸렸다.

"…"

리아는 차마 인형에 대해 말할 수 없었다. 교장 선생님과 약속했기 때문일까? 방금 일어난 일에 대해 말이 떨어지지 않았다.

"이번에도 말해줄 수 없는 거야?"

"…"

"네가 처한 위험에 대해서. 왜 그곳에 있었고 그런 것에… 공격을 받게 되었는지."

"…미안."

고민하던 리아는 작은 목소리로 대답했다. 바라보는 테오의 표정이 조금 슬퍼 보였다. 마음이 불편해진 리아가 미소를 지으려고 했지만 뜻대로 되지 않았다. 테오가 겉옷을 벗어 리아의 몸에 씌워주었다. 리아가 받으려 하지 않았지만, 그는 도리어 리아의 손을 잡아주었다.

리아의 손을 내려다보던 테오가 걱정스러운 표정을 지었다.

"아프겠다."

"괜찮아, 이 정도는."

리아가 손을 내리며 대답했다. 테오는 복잡한 얼굴로 숲을 내다보았다. 그들은 푸른 숲에서 검은 숲으로 이어지는 길목에 서 있었다. 세찬 바람이 불어왔다. 줄에 달린 종들이 어지럽게 울렸다.

"여기가 어딘지 알지? 숲을 나가서 교수님께 상황을 알려. 나는 다른 학생들이 안전한지 알아볼게."

"그렇지만…"

"나중에 봐."

테오는 다시 말을 타고 숲속으로 사라졌다. 그 모습을 지켜보던 리아가 손목을 감싸며 자리에 주저앉았다. 인장을 찍어 새겨 넣은 꽃잎들은 어느새 모두 떨어지고 줄기만 남아있었다.

리아는 땅을 짚고 일어섰다. 그리고 발목을 질질 끌다시피 걸어가기 시작했다.

* * *

 루카스는 조급하고 날카로운 동작으로 고삐를 세차게 잡아당겼다. 가죽끈이 팽팽히 당겨지며 말이 앞발을 높이 들었다. 땅이 긁히는 소리와 함께 흙먼지가 날렸다. 말을 세운 루카스가 분하다는 표정을 지었다.

 실비아를 놓쳤다. 끝까지 따라가야 했는데. 달리던 도중 갑자기 사라질 것을 예상 못 하지 않았는데도 놓쳐버렸다. 리아를 태우고 어디를 간 걸까? 무슨 꿍꿍이인지 짐작되진 않았지만, 그녀를 믿을 수 없는 것만은 확실했다.

 곁에서 달리던 숀도 말을 멈추더니 루카스를 향해 물었다.

 "왜 그래? 문제 있어?"

 루카스는 숀에게 시선을 주지도 않은 채 생각에 잠겨있을 뿐이었다. 숀은 아무렇지도 않게 말을 얹었다.

 "혹시 그 애 찾는 거야? 아까 보니까 아는 사이 같던데. 이름이 뭐더라…"

 숀은 왼쪽 눈썹을 올리더니 씩 웃었다.

 "리아! 맞아. 성은 아직 못 들었지만."

 여전히 대답은 들리지 않았다. 숀은 헛웃음을 짓고는 루카스 앞으로 말을 몰았다.

 "너, 너무 나를 무시한다?"

숀이 애써 화를 참는 듯한 얼굴로 루카스를 바라보았다.

"너를 위해서라도 이러면 안 될 텐데."

그제야 루카스가 숀에게 눈길을 주었다. 싸늘한 눈빛이었다.

"나는 실비아에게 특별한 존재야. 아무에게나 너를 맡기지 않거든. 그 정도로 신임을 얻고 있다는 말이지."

"실비아가 형을 신뢰한다고?"

루카스가 코웃음을 치며 되물었다.

"그래, 넌 모르겠지만…"

숀은 루카스 쪽으로 몸을 숙이며 목소리를 낮췄다.

"한번은 실비아가 원해서 귀찮은 애를 처리해 준 적도 있어."

루카스는 말없이 숀을 바라보았다. 숀은 싱글거리며 자신의 가슴을 두드렸다.

"그만큼 나를 믿는다는 뜻 아니겠어?"

루카스는 한심스럽다는 눈빛으로 바라보았지만, 숀은 눈치채지 못한 채 싱글벙글했다. 도리어 루카스가 본인에게 잘 보여야 한다고 믿는 눈치였다.

"실비아는 아무도 믿지 않아."

루카스가 눈을 내리깐 채 중얼거리자 숀의 눈동자가 휘어지며 웃었다.

"너, 괜히 자존심 상해서 그러지? 걱정 마. 노력하면 너도 실비아의 신임을 얻을 수 있으니까. 물론 나만큼은 안 되겠지만."

루카스는 숀을 물끄러미 바라보았다. 도대체 왜 저렇게까지 맹목적으로 실비아를 따르는지 이해할 수 없었다.

"왜 그렇게 실비아를 떠받드는 거야?"

숀뿐만 아니라 실비아를 우러러보는 모든 사람에게 묻고 싶은 질문이었다. 숀은 당연하다는 얼굴로 양어깨를 으쓱했다.

"실비아잖아. 그거 말고도 설명이 필요해?"

벨레티안 가문의 유력한 후계자. 사람들을 끌어모으는 아름답고 도도한 얼굴. 서늘하지만 우아한 행동과 목소리. 어느 장소든 실비아가 사람들의 이목을 끄는 것은 당연했다. 생각을 읽어내듯 신비로운 푸른 눈동자는 가히 매혹적이었다.

마음만 먹으면 그녀는 누구든 자신의 편으로 만들어 낼 수 있었다. 주변 사람들은 무조건적으로 그녀를 추종했다. 그런 실비아에게 사람은 이용 대상일 뿐이다. 숀이라고 다를 것은 없었다. 그런데도 저렇게 실비아를 찬양하며 따라다니는 꼴이라니. 스스로 어떤 취급을 받는지 알지도 못하면서. 환멸이 날 지경이었다.

루카스는 고개를 홱 돌리며 어두운 숲을 멀리 바라보았다.

"네가 부탁한다면, 내가 실비아에게 잘 얘기해 줄 수도 있어."

반응할 가치도 없는 말이었다. 루카스는 피식 웃더니 대꾸했다.

"그래, 참고할게."

답답한 감정이 올라왔다. 왜일까? 루카스는 막연히 바닥에 비친 숲의 그림자를 내려다보았다. 달빛에 나무의 이파리들이 그림자의 형태로 부대꼈다.

실비아를 따르는 무리와 같은 취급을 받은 것도 화가 났지만, 마음 한편에 정말 자신이 그들과 다른 것일까 하는 의구심이 피어올랐다. 실비아를 이기기 위해 이제껏 노력해 왔다. 거대한 벽처럼 굳건한 실비아를 넘어서기 위해서.

키우던 개가 죽었던 것은 슬펐다. 하지만 슬픔의 감정은 시간이 흐르며 희석되고, 남은 것은 실비아를 향한 복수심뿐이었다. 개를 잃은 아픔보다 실비아에게 느낀 공포감이 지금의 나를 얽매고 있는 것은 아닐까? 그때 그 장소, 실비아에 의해 갇힌 당시의 피비린내 나는 상황이 아직도 나를 묶고 있는 것일까? 그래서 이토록 실비아를 의식하는 것일까?

숀이 말을 돌려냈다. 커다란 나무 주변으로 자라난 무성한 수풀을 노려보더니 외쳤다.

"언제까지 따라다닐 거야? 다 알고 있으니까 나와."

아무런 대답 없는 수풀을 향해 숀이 활을 들어 겨눴다.

"셋 셀 때까지 안 나오면 맞힐 거야. 하나, 둘…"

시위를 당기며 마지막 숫자를 뱉었다.

"셋."

타악!

화살을 쏜 사람은 두 명이었다. 루카스의 화살이 날아가 숀이 쏜 화살을 맞히고 떨어졌다. 숀이 신경질적으로 돌아보았다.

"왜 이러는 거야?"

"화살을 쏠 필요까지는 없으니까."

바스락거리는 소리가 나더니 숨어있던 인물이 모습을 드러냈다. 믿기지 않는 목소리로 작게 중얼거렸다.

"기척을 숨겼는데…"

"그렇게 허접한 마법으로 우리를 속일 수 있다고 생각했어?"

숀이 고개를 저으며 찬웃음을 지었다.

"나인 줄… 알고 있었어?"

화들짝 놀란 목소리가 물었다.

"처음에는 몰랐어. 하지만 곧 눈치챘지. 네게서 델피니움 꽃향이 나거든."

루카스의 대답에 보니의 얼굴이 발갛게 변했다. 보니는 엉거주춤하게 서있다가 그들 앞으로 몇 걸음 다가왔다. 탄로 난 이상 대화를 나누기로 선택한 것이었다.

"우리를 왜 따라다닌 거야?"

숀이 서늘한 눈빛으로 물었다. 조금 전 루카스를 대할 때와는 확연히 달라진 태도였다. 상대가 누군지에 따라 숀은 차별을 두어 대했다. 그가 보인 차가운 적대감은 보니를 움츠러들게 만들었다.

"그, 그건…"

보니의 말을 끊고 루카스가 말했다.

"그날 따라온 사람도 너였지? 멜로디 엘레노어의 실험실에 간 날."

보니는 당혹감을 숨기지 못한 채 되물었다.

"알고 있었던 거야? 그런데 왜 지금까지…"

"확신하기까지는 시간이 필요했어."

"뭐야. 네 팬클럽 중 한 명이었어?"

숀이 고개를 절레절레 흔들며 한심하다는 표정을 지었다. 루카스는 신경 쓰지 않지만, 학생들은 매번 그의 곁을 맴돌며 흘끔거렸다. 숀이 보기에 보니는 그중에서도 악질이었다. 한밤중 푸른 숲까지 몰래 따라오다니. 보니를 보는 그의 눈빛에 경멸이 담겼다.

보니는 금방이라도 울음을 터트릴 것 같은 얼굴로 입술을 깨물었다. 지금 상황에서는 어떤 말을 하더라도 어쭙잖은 변명처럼 들릴 터였다. 더듬거리며 말을 늘어놓는 대신 입술을 닫는 편을 선택했다.

보니에게서 시선을 돌리며 숀이 퉁명스럽게 말했다.

"신경 쓸 필요도 없었잖아. 가자."

숀과 달리 루카스는 보니를 한참 바라보았다. 시선을 받은 보니가 어쩔 줄 몰라 하는 표정을 지었다. 아마란스에 입학한 이후로 루카스와 제대로 대화를 나눠보는 것은 처음이었다. 하필 이런 상황이라니. 수치심에 고개를 들 수 없었다.

루카스가 보니 앞으로 말을 몰아 가까이 다가왔다. 보니를 향해 손을 내밀고는 말했다.

"길을 잃기 쉬울 거야. 숲 입구까지 데려다줄게."

뜻밖의 친절을 받은 사람처럼 보니는 입술을 살짝 벌렸다. 숀이 이해 가지 않는 얼굴로 물었다.

"사냥 안 해? 이제껏 하나도 못 잡았잖아?"

"먼저 가."

루카스의 손을 빤히 바라보던 보니가 그 손을 잡고 말에 올랐다. 루카스의 허리를 어설프게 잡으며 자신의 표정을 숨길 수 있음에 안도했다. 루카스가 고삐를 당겨 숀과 반대 방향으로 말을 몰았다.

덩그러니 남겨진 숀이 어이없다는 얼굴로 웃더니 방향을 틀어 루카스를 따라갔다.

* * *

리아는 뻑뻑한 눈가를 재차 비볐다. 한 발짝 내디딜 때마다 앞으로 쓰러질 듯 몸이 휘청였다. 넘어질 듯한 순간마다 리아는 고통을 참고 다시 한 발을 내디뎠다.

테오는 홀로 숲으로 돌아갔다. 돕고 싶었지만, 이 상태로는 오히려 짐만 될 것이다. 그러니 숲을 빠져나가 교수님께 알리는 것이 더욱 중요했다. 리아는 이를 악물고 앞으로 나아갔다.

비틀거리며 걷던 리아가 나무뿌리에 걸려 넘어졌다. 땅을 짚고 일어선 후 다시 걷기 시작했다. 어둠 속에서 제대로 앞을 보는 것도 힘들었다. 터벅터벅 땅만 보고 걷는 리아 앞에 누군가 나타났다. 고개를 들어 상대를 확인한 리아의 얼굴이 밝아졌다.

"교수님! 지금 테오가…"

"너를 데려온 건 실수였다."

벤 교수는 리아의 말을 한 번에 끊었다.

리아의 얼굴이 굳었다. 아무런 감정도 내비치지 않는 표정으로 교수가 말을 이었다.

"소란을 일으키려고 너를 데려온 게 아니야. 네가 이보다는 더 잘해줄 거라 생각했다. 하지만 너는 내게 큰 실망을 줬어."

"…"

"오늘 일만 해결되면 너는 보육원으로 돌아갈 거다."

"그게 무슨 소리세요?"

"말 그대로다."

리아는 납득하지 못하는 표정을 지었다. 더듬거리며 뱉는 목소리가 떨렸다.

"저는, 보육원으로 돌아가도 돼요. 하지만 시아는…"

벤 교수가 입술을 움직여 차가운 미소를 지어냈다.

"너도 하찮아졌는데, 누워있는 시아가 내게 무슨 상관이지?"

사색이 된 리아를 두고 벤 교수가 지나쳐 걸어갔다. 그 순간, 리아가 그의 소매 끝을 붙잡았다. 숨이 조여오는 기분으로 힘겹게 말했다.

"저는, 최선을 다했어요… 교수님이 하라는 대로…"

"그게 네 한계다."

뒤도 돌아보지 않고 대꾸한 벤 교수는 벌레를 털어내듯 가볍게 리아를 뿌리쳤다. 리아의 몸이 휘청였다.

자리에 남은 리아는 허리를 숙이며 구역질을 했다. 오두막에서 먹은 수프가 전부 게워져 나왔다. 진녹색의 끈적이는 액체가 풀 위에 거미줄처럼 내려앉았다. 리아는 입가를 닦아내고 고개를 들었다. 벤 교수는 이미 사라지고 없었다.

등에 식은땀이 흘렀다. 시아를 아벨의 보육원에 보낼 수는 없었다. 그곳에 돌아가면… 시아는 죽을 것이다. 리아는 눈을 질끈 감았다가, 천천히 떴다. 어둡고 적막한 숲의 나무들이 흐릿하게 보였다. 바람이 토사물이 묻은 손가락 사이를 훑고 지나갔다.

어둠 속에서 줄기들이 당장이라도 뻗어 나와 몸을 감싸고 숨통을 조를 것 같았다. 리아는 주먹을 세게 움켜쥐었다.

지금이라도 찾아가 애원한다면, 마음이 바뀔 수 있을까? 벤 교수를 떠올린 리아는 곧 체념했다. 그의 얼굴은… 보육원에서 보았던 무심한 선생님들의 얼굴과 다르지 않았다.

어디서부터 잘못된 걸까? 눈가에 고인 물기를 닦아내며 하늘을 올려다보았다. 시꺼먼 하늘을 덮은 구부러진 가지들이 끝없는 미로처럼 얽혀있었다. 잘하고 싶었는데. 모든 게 엉망이 돼버렸다.

하지만… 시아는?

음식을 혼자 먹지 못하는 시아. 햇빛을 보지 못해 창백한 피부를 지닌 시아는 리아를 볼 때면 희미한 미소를 지어주었다. 깊은 속눈썹 아래 연푸른 눈동자가 깜빡일 때면 엄마의 목소리가 들려오는 것만 같았다.

'시아에게 잘해줘야 해. 리아는 언니잖아.'

떠나기 전 엄마가 남긴 마지막 말이 귓가에 생생히 들리는 것만 같았다.

리아는 방향을 틀었다. 검은 나무들이 사방에 빼곡이 서있었다. 손을 꽉 쥔 채, 다리에 힘을 모아 무거운 발걸음을 옮겼다. 통증이 느껴졌지만 개의치 않고 달리기 시작했다.

커다란 나무에 부딪칠 뻔했지만 아슬아슬하게 피하며 옷소매가 찢어졌다. 하지만 멈추지 않았다. 몇 번이나 가지에 걸려 넘어질 뻔할 때마다 더욱 발에 힘을 실으며 숲을 달렸다.

마침내 리아는 멈추었다. 바람에 익숙한 향이 실려 왔다. 리아는 고개를 들어 상대를 올려다보았다. 백마에 탄 실비아가 고고한 얼굴로 숲을 바라보고 있었다.

눈을 가늘게 뜬 그녀는 숲에 흐르는 기운을 읽어내는 듯했다.

긴 은발에 섞인 물망초 향이 주변을 밝히듯 퍼졌다. 그녀의 시선이 리아에게 닿았다.

숨을 가쁘 내쉬며 리아가 입술을 열었다.

"…아직 유효해요?"

실비아가 묘한 눈길로 리아를 보았다. 그 시선을 피하지 않으며 리아가 말을 이었다.

"선배의 제안… 아직 유효하다면, 받아들이고 싶어요."

실비아의 냉랭한 얼굴에 살짝 미소가 어렸다. 리아가 울음을 삼킨 목소리를 뱉었다.

"다시 보육원으로 돌아갈 수는 없어요. 제 동생만이라도… 도와준다면, 시키는 건 뭐든지 할게요."

잠시 눈을 내리깔아 생각하는 얼굴로 리아를 꼼꼼히 훑어보던 그녀가 입술을 열어 말했다.

"잘 생각했어. 후회하지 않을 거야."

실비아가 입술의 양 끝을 올리며 미소를 만들어 냈지만, 한없이 차갑게 느껴지는 표정이었다. 리아는 그 얼굴을 힘없이 마주 보았다.

실비아는 리아를 말에 태워 잠시 걸어갔다. 이윽고 멈춰 선 곳은 붉은 숲의 공간이었다. 동그란 원형의 풀밭을 가운데 두고 핏빛 나무들이 에워싸고 있었다. 리아는 풀을 밟고 서서 주변을 둘러보았다. 바람이 불어와 원형의 풀을 쓸고 지나갔다.

"여기가 어딘지 알겠어?"

멀리 선 나무들에서 음울한 기운이 느껴졌다.

"잘 생각해 봐. 너는 이곳을 알잖아."

실비아의 말에 리아는 생각을 거듭했다. 여기가 어딜까? 이곳에 와본 기억은 없었다.

그때, 리아의 마음속 깊은 곳에서 무언가 움직였다. 갑자기 뺨을 타고 눈물이 흘렀다. 스스로조차 당황해 손으로 뺨을 매만졌다. 뜨거웠다.

거부할 수 없는 힘에 이끌리듯 리아는 풀밭 중앙으로 걸어갔다. 땅에 흐르는 힘이 느껴졌다. 땅 아래 무언가 있었다. 피가 반응하는 것처럼, 안에서 무언가 뜨겁게 치솟았다.

당황한 리아를 향해 실비아가 의미심장한 웃음을 지었다.

"너는 봉인을 풀 수 있어. 네게 그 피가 흐르잖아."

리아는 불안한 눈빛으로 실비아를 바라보았다. 그리고 시선을 떨구어 넓은 공간, 풀, 자신의 안에 뜨겁게 흐르는 피를 느꼈다.

과거의 파편이 거대한 파도처럼 덮쳐와 눈앞을 가로막았다. 바로 그 순간, 리아는 보았다.

엄마와 아빠, 치솟아 오르는 하얀 빛, 흑여우와 그를 묶어낸 봉인의 기억을.

10. 흑여우

 벽난로 앞에서 잠들어 있던 리아는 뒤척이며 깼다. 엄마를 찾아 다가가니, 품 안에 시아가 안겨있었다. 이제 막 두 살이 된 시아는 곤히 잠들어 있었다.

 엄마가 리아를 향해 미소를 지어주었다. 잡으면 으스러질 듯 연약해 보이는 시아가 방긋 웃었다. 리아는 손가락을 조심스럽게 갖다 댔다. 앙증맞은 손이 리아의 손가락을 감싸 쥐었다. 따스한 온기가 전해졌다. 이제까지 겪어보지 못한 감정의 물결이 마음속에 잔잔히 퍼지는 것 같았다. 리아는 시아에게서 눈을 떼지 못했다.

 "시아에게 잘해줘야 해. 리아는 언니잖아."

 엄마의 목소리가 나긋이 귓가를 파고들었다. 리아는 말없이 엄마와 눈을 맞추었다.

"엄마가 없을 때는, 리아가 시아를 돌보는 거야. 언니답게 행동해야 해."

완벽하게 이해되지 않았지만, 리아는 고개를 끄덕였다. 시아가 태어난 이후로 종종 엄마가 들려주는 말이었다.

"시아는 좀 어때?"

아빠가 다가와 시아를 들여다보았다. 청명한 푸른 눈이 아빠를 반기듯 휘어지며 웃었다.

"열은 내렸어. 하지만 또 언제 나빠질지 모르지."

대답하는 목소리에 수심이 비쳤다. 표정이 어두워진 엄마의 어깨를 아빠가 부드럽게 잡아주었다.

"내가 볼게. 당신은 눈 좀 붙여."

시아를 들여다보는 엄마의 눈은 착잡했다. 희미한 미소를 띤 입술 끝이 살짝 떨리며 말했다.

"괜찮아. 내가 옆에 있어주고 싶어."

엄마의 손이 시아의 가슴팍을 찬찬히 쓸어내렸다. 시아는 해맑게 웃었다.

"시아가 건강히 태어났다면 좋았을 텐데… 그렇게 바꿀 수만 있다면 뭐든 할 수 있어."

"당신 탓 아니야."

아빠는 엄마를 끌어당겨 안아주었다. 엄마는 생각이 많은 얼굴로 가만히 안겨있었다. 기분이 좋은지 시아는 양팔을 벌려내 아빠의 팔을 잡았다.

아빠는 침전된 눈으로 시아의 손을 잡아주었다.

"치료해 주는 곳을 알아보려 노력 중이야. 반드시 좋은 병원에 보낼 거야."

최근 들어 엄마와 아빠는 시아의 치료에 관해 대화를 자주 나누었다. 하지만 깊은 산속에서 가까운 병원을 찾기는 쉽지 않았다. 도시의 병원에 가도 시아의 상태에 대해 원인을 알 수 없다는 말만 들을 뿐이었다.

엄마는 아빠의 품 안에서 고개를 끄덕였다.

문이 흔들리는 소리가 커다랗게 울렸다. 시아를 안고 있던 엄마가 아빠와 시선을 교환했다. 아빠가 문 가까이 다가가 낮은 목소리로 물었다.

"누구시오?"

"파레온 님. 계세요? 중요한 전령을 전하러 왔습니다."

파레온은 신중한 표정으로 아내를 바라보았다. 시아를 안은 얀은 리아와 함께 방으로 들어갔다.

잠시 생각하던 파레온이 문을 열었다. 찬바람과 함께 남자가 집 안으로 들어섰다. 남자는 파레온을 향해 고개를 숙여 예를 갖췄다.

"안녕하세요, 파레온 님. 처음 뵙겠습니다. 저는 왕국 소속 기사 켄드릭입니다."

파레온도 예를 갖추어 인사를 받았다. 곧이어 심각한 얼굴로 물었다.

"무슨 일로 여기까지 발걸음을 했습니까?"

"수호자님의 말씀을 전하기 위해 왔습니다."

차가운 빗물이 외투를 타고 흘러내렸다. 남자가 외투를 벗자 갖춰 입은 제복이 드러났다. 매끄러운 소재로 만들어진 제복은 그의 몸에 딱 맞아 넓은 어깨와 곧은 등을 돋보이게 했다. 남색 천 위로 수놓인 왕국의 문장이 고고히 품격을 드러냈다.

파레온이 남자를 거실 협탁으로 안내했다. 아이들을 방에 두고 나온 얀은 모닥불 가까이에 켄드릭의 외투를 걸어두었다. 타닥타닥 타오르는 모닥불을 쇠챙이로 한번 뒤집고는 파레온 곁에 앉았다.

켄드릭은 두 사람을 마주 보고 소파에 앉았다. 깊은 산속까지 찾아온 그의 표정이 노곤해 보였지만, 눈빛에서 강인한 정신이 엿보였다.

켄드릭이 곧바로 본론을 꺼냈다.

"세계의 전설을 아실 것입니다."

파레온은 고개를 끄덕였다. 응당 왕국 사람이라면 어렸을 때부터 귀에 박히도록 듣는 전설 같은 이야기였다. 태초에 우주를 운행하던 영이 땅으로 내려와 쪼개졌다. 여러 개로 쪼개진 영은 각각 다른 영물의 형상으로 변모했다. 영물들은 인간에게 힘을 주었고, 영물의 힘을 나눠 받은 설립자들이 나라들을 건설하였다.

파도바 수호 왕국의 영물은 나무였다. 하지만, 이제는 희미해진 전설일 뿐이다. 어느 깊은 숲에 있다는 수호 나무는 아무도 찾아내지 못했다. 다만 수호 나무에게 힘을 나눠 받았다는 초대의 여섯 가문이 왕국을 통치할 뿐이었다.

파레온의 마음을 읽은 듯 켄드릭이 고개를 끄덕였다.

"이제는 거의 잊힌 영물들이죠. 그렇기에 세계의 균형을 유지해 올 수 있었던 걸지도 모릅니다. 하지만 한 영물만은 달랐죠."

파레온의 눈에 순간 광채가 비쳤다가 사라졌다. 얀이 양손을 꽉 쥔 채 다음 말을 초조하게 기다렸다. 굳이 말로 꺼내지 않아도 모두가 아는 존재였다.

파레온이 내뱉듯이 중얼거렸다.

"흑여우."

켄드릭은 시선을 내려 앞에 놓인 찻잔을 내려다보았다. 홍차가 담긴 찻잔은 투박한 오두막과 달리 고급스러웠다. 작은 한숨이 그의 입술에서 새어 나왔다. 곧 다시 시선을 들며 그가 입을 열었다.

"그렇습니다. 나라를 건립하지 않은 채 사람들에게 낙인을 찍고 다니죠."

흑여우는 나라를 건립하는 대신 떠돌아다니며 사람들에게 낙인을 찍었다. 낙인을 받은 사람은 낙인자라고 불렸다. 낙인자들은 흑여우의 사람이 되는 대신 그의 능력을 일정 부분 받을 수 있었다. 예언과 저주의 능력을 지니게 된 사람들은 새롭게 얻은 능력을 마음껏 썼고, 피해는 극심해졌다.

"낙인자들은 점차 위협이 되었습니다."

낙인자들은 흑여우를 맹목적으로 숭배했고, 세상을 저주로 물들였다. 낙인자들의 예언을 받은 사람들은 언젠가 다가올 끔찍한 미래를 두려움 속에서 떨며 기다렸다. 비참한 죽음, 배신, 절망, 부패와 같은 것들이 예언의 대부분이었고, 반드시 이루어졌기 때문에 더욱 공포스러웠다.

사람들은 낙인자들의 예언을 피하기 위해 할 수 있는 모든 방법을 행했다. 집마다 문을 걸어 잠그고, 동네 앞에 경고 문구를 붉은 글씨로 붙여놓았다. 낙인자들에게 저주를 받은 사람들은 정신적으로 극심한 고통을 호소하며 환각과 망상에 빠지기도 했다. 마을 간의 교류는 사라지고, 국가 간의 무역도 축소되며 국익이 위협을 받았다. 이에 나라들은 행동에 나섰다.

"그동안은 감당할 정도의 수준이었지만, 낙인자들의 수가 늘어남에 따라 피해가 극심해졌고, 이에 나라들은 동맹을 맺어 낙인자 토벌 작전을 진행해 왔습니다."

파레온은 눈을 질끈 감았다. 얀의 눈빛이 불안하게 흔들렸다.

낙인자 토벌은 공공연히 알려진 프로젝트였다. 국가들은 서로 연합하여 낙인자를 색출해 냈지만, 쉽지 않았다. 흑여우의 능력을 부여받은 낙인자들은 한곳에 머무르지 않고 돌아다녔고, 자신의 모습을 잘 감추었으며, 필요하다면 환영까지 이용해 추격을 피했다.

파도바 왕국 역시 낙인자들을 색출해 냈지만, 힘에 부쳤을 터였다. 상황이 나아지려면 그들의 수장인 흑여우를 잡아야 했다. 하지만, 과연 영물을 없앨 수 있단 말인가? 태초의 시작인 존재를?

파레온의 깊은 근심을 읽어내듯 켄드릭이 몸을 숙여 은밀한 분위기를 자아냈다. 속삭이는 듯한 목소리에 결의가 담겨있었다.

"흑여우가 낙인을 찍는 사람들에게는 공통점이 있습니다. 바로 눈동자 색이죠. 그들은 모두 황금 눈을 지녔습니다."

파레온은 이해가 되지 않는 듯 눈을 찡그렸다. 켄드릭이 덧붙여 설명했다.

"흑여우는 황금 눈을 두려워하는 것입니다. 그렇기 때문에 황금 눈만 찾아다니며 낙인을 찍는 것이죠. 낙인이 찍힌 사람, 낙인자는 자신의 주인을 해치지 못하니까요."

의아한 얼굴로 얀이 되물었다.

"두려워한다고요?"

영물에게도 두려워하는 존재가 있었나? 신화 같은 존재가 겨우 황금 눈을 가진 사람에게 두려움을 느낀다니 쉽사리 이해되지 않았다.

켄드릭이 신중히 고개를 끄덕였다.

"여우는 예언의 동물이죠. 미래를 볼 수 있습니다. 그건 곧 자신의 미래도 볼 수 있다는 것을 뜻합니다. 흑여우는 자신의 종말을 이미 본 것입니다. 수호 왕국은, 흑여우가 황금 눈을 지닌 자에게 당한 미래를 보았을 거라고 추측합니다."

얀과 파레온은 서로를 바라보았다. 금빛을 띤 눈동자 안에 얀의 얼굴이 비쳤다. 강렬하고 따뜻한 빛이 얀을 삼켜낸 것 같았다.

"그런 이유로 왕국은 황금 눈을 찾아왔습니다. 봉인 마법 혈통이며 황금 눈을 지닌, 모든 조건에 부합하는 마법사는 몇 안 되고 특히 파레온 님은…"

켄드릭은 숙였던 몸을 뒤로 젖히며 말을 이었다.

"그중에서도 왕국의 기대를 받는 분이십니다."

파레온이 회의적인 목소리로 물었다.

"정말 황금 눈이 여우를 없앨 수 있다고 생각하는 겁니까?"

이런 반응을 예상했다는 얼굴로 켄드릭이 고개를 끄덕였다.

"이것이 마지막 방법입니다. 영물 흑여우를 멸하기 위해 나라마다 위대한 마법사를 불러 공격하였고, 육체를 없애는 데까지는 성공했습니다. 다만…"

켄드릭이 말끝을 흐리더니 파레온을 바라보았다.

"여우의 영혼까지 죽이지는 못했습니다. 여우의 영혼을 소멸시키는 것은 불가하므로 봉인을 해야 합니다."

얀은 떨떠름한 표정으로 켄드릭을 마주 보았다. 이로써 그들에게 부탁할 일이 명확해졌다.

"모든 조건에 부합한 파레온 님께 도움을 요청하고자 왔습니다."

켄드릭의 말을 들은 두 사람은 한동안 아무런 말도 하지 않았다. 한참 후 얀이 먼저 입을 떼었다.

"흑여우의 영혼을 봉인하면, 혼란이 끝날 수 있을까요?"

"그렇습니다. 수호 왕국은 평화를 되찾을 겁니다. 그리고…"

얀은 그늘진 얼굴로 파레온을 바라보았다. 시선을 내린 파레온은 생각에 잠긴 모습이었다.

"두 분의 따님들이 살아갈 세상도 더욱 안전해지겠죠."

그 말에 두 사람의 표정이 움직였다. 얀은 오른손으로 파레온의 손을 감쌌다. 얀과 눈을 맞춘 파레온의 눈빛이 반짝였다. 얀은 그가 어떤 선택을 내릴지 알고 있었다.

선조가 그래왔듯이, 두 사람은 봉인 마법사로서의 과업을 외면할 수 없었다. 미래의 아이들, 그들의 딸들이 살아갈 세상이었다.

"물론, 수호자님께서 파레온 님과 얀 님의 공을 높이 치하해 주실 것입니다."

켄드릭이 묵직이 덧붙였다. 이 말은 사실일 것이다. 왕국에 명망 높은 봉인 마법 가문이 여럿 있음에도 파레온을 찾아 깊은 숲까지 왔다. 굳이 황금 눈의 봉인 마법사를 찾는다는 이유로.

하지만 켄드릭과 얀은 그 말이 위안이 되지 않았다. 굳이 수도에서 떨어져 깊은 산속에서 지내는 이유가 있었기 때문이었다. 그 마음을 간파한 켄드릭이 말했다.

"그들도 수호자님의 의견을 따를 것입니다."

켄드릭이 언급한 그들은 파레온과 얀을 모함한 세력이었다. 두 사람의 능력을 경계한 몇몇 귀족들은 거짓 소문을 퍼뜨렸다. 금지된 고대 마법에 손을 댔다는 누명을 쓴 파레온과 얀은 결국 수도를 떠나 외곽의 산속으로 거처를 옮겼다.

한때 왕국에서 추앙받는 봉인 마법사였던 파레온과 얀이었지만, 이제는 남들의 눈을 피해 산속에서 수련을 할 뿐이었다. 더 이상 왕실에 미련도 없을뿐더러 공을 치하받고 싶은 생각도 없었다. 하지만, 아이들을 생각하자니 마음이 무거워졌다.

산속으로 거처를 옮겨도, 그들을 시기하는 세력은 사라지지 않았다. 어쩌면 아이들에게까지도 영향이 미칠 수 있었다.

리아와 시아는 아직 어렸다. 특히 시아는 태어날 때부터 몸이 약했기 때문에 더 걱정이었다. 그들을 해하려는 세력이 들이닥친다면, 아이들을 데리고 신속하게 도망칠 수 있을까? 시아의 치료를 위해 병원도 알아봐야 했다. 얀이 걱정할까 봐 내색하지 않았지만, 파레온의 마음은 심란했다.

차라리 공개적으로 활동을 한다면… 그편이 아이들에게 안전할까. 왕국의 지원을 받는다면, 그들도 섣불리 해를 가하지 못할 수도 있다.

얼마의 시간이 흐른 뒤, 고민하던 두 사람이 시선을 교환했다.

"하겠습니다."

결심을 굳힌 파레온이 고개를 들었다. 얀이 그의 옆에서 고개를 끄덕이며 덧붙였다.

"저도 함께할 거예요."

켄드릭은 안도의 한숨을 내쉬었다. 여린 미소가 입가에 비스듬히 걸렸다. 깊은 숲속까지 찾아들어 온 보람이 있었다. 이제 왕국은 이들에게 희망을 걸 것이다. 어깨의 짐이 가벼워진 기분이 들었지만, 그만큼 부부가 대신 짊어졌을 터였다. 부부는 서로의 손을 붙잡은 채 말없이 앉아있었다. 이제 막 껴안은 임무의 무게를 차츰 실감하는 중이었다.

파레온은 시선을 들어 아이들이 들어간 방 쪽을 바라보다가 고개를 돌렸다. 얀과 조심스럽게 눈을 맞추는 그의 눈빛이 황금빛으로 물들어 있었다. 타오르는 난로의 주황색 불길을 받는 그의 두 눈은, 영원히 꺼지지 않을 듯한 환한 황금색이었다.

하늘은 온통 잿빛 먹구름으로 뒤덮여 있었다. 끝없이 이어진 구름은 무겁게 가라앉아 금방이라도 빗방울을 떨어트릴 것 같았다. 리아는 혼란스러운 표정으로 부모를 바라보았다.

"릴리 아주머니께 부탁해 놨으니까 괜찮을 거야."

릴리 아주머니의 품에 시아가 안겨있었다. 리아는 시아를 올려다보았다. 아무것도 모르는 시아는 양손을 꼼지락거리며 방긋 웃을 뿐이다.

"언제 돌아와?"

평소와 다르게 리아가 칭얼거리며 물었다. 막연한 기다림은 싫었다. 특히나 오늘 같은 날은 더더욱. 리아는 불안한 표정으로 엄마에게서 눈을 떼지 않았다.

"금방 돌아올 거야. 약속할게. 아주머니 말씀 잘 듣고, 시아를 돌봐줘."

엄마는 리아의 손을 꼭 잡아준 뒤 눈을 맞추었다. 새파란 눈동자가 리아를 훤히 비추는 것만 같았다. 시아는 엄마를 닮아 푸른 눈동자를 가졌다. 리아의 눈은 갈색과 붉은색 사이의 오묘한 빛깔을 띠었다.

"알지? 엄마, 아빠가 없을 때는…"

"내가 언니야."

울음이 터져 나올 것 같았지만, 걱정을 끼치고 싶지 않은 마음에 꾹 눌러 참았다. 자꾸만 눈가가 촉촉해지는 바람에 릴리 아주머니의 치마 뒤로 숨은 채 얼굴을 반쪽만 내밀었다.

"걱정 말고 잘 다녀오세요."

리아를 안아주며 릴리 아주머니가 인자하게 말했다.

엄마는 발길을 떼지 못한 채 머뭇거렸다. 리아는 당장이라도 달려가 엄마에게 가지 말라고 외치고 싶었다. 하지만 리아는 어리광을 부리는 성격이 아니었다. 엄마도 가기를 원치 않아 한다는 것을 리아도 어렴풋이 느낄 수 있었다. 그럼에도 가야 한다면 분명 중요한 일일 것이다. 그래서일까? 유독 엄마의 얼굴이 슬퍼 보였다.

"가시죠."

켄드릭의 말에 파레온과 얀이 차에 탔다. 리아는 릴리 아주머니 뒤에 서서 켄드릭을 원망 섞인 눈으로 쳐다보았다. 잠시 리아를 바라보던 켄드릭은 말없이 조수석에 탔다. 검은 승용차가 곧 출발했다.

아주머니의 뒤에 숨어있던 리아가 그제야 앞으로 나와 멀어지는 차를 지켜보았다. 차가 사라질 때까지 한참을 서있었.

습기를 품은 바람이 몸을 차갑게 스쳤다. 이윽고 하늘에서 하나둘 빗방울이 떨어지기 시작했다.

"들어오렴. 아침을 먹어야지."

릴리 아주머니의 목소리에도 리아는 꼼짝하지 않았다. 그때, 울음소리가 터졌다. 그제야 리아가 고개를 돌려 릴리 아주머니의 품에 안긴 시아를 바라보았다.

릴리 아주머니가 시아를 달래며 집 안으로 들어갔다. 리아도 따라 들어갔다. 아주머니의 집에는 유달리 화분들이 많았다. 집 안에 들어서자 향긋한 허브향이 아늑히 맞아주었다.

리아는 유아용 침대에 눕힌 시아에게 다가가 인형을 곁에 놓아주었다. 울음을 그친 시아는 방긋 웃었다. 손으로 만져도 될지 조심스러울 정도로 작은 시아. 용기를 내어 시아의 머리를 쓰다듬었다. 몇 가닥 없는 머리카락이 손바닥 아래 쓸리며, 간지럽다는 듯 시아가 빙긋 웃었다.
"걱정 마. 내가 보살펴 줄게."
리아가 속삭였다.
엄마, 아빠에게 약속했으니까. 시아를 잘 돌보기로. 그러니 함께 기다리자고.
시아의 작은 뺨에 자신의 뺨을 갖다 댔다. 보들보들한 살에서 온기가 전해졌다. 처음 시아가 손을 잡아주었을 때와 비슷한 감정이 마음속에 피어올랐다. 리아는 슬픈 눈으로 웃었다.

비가 어지럽게 쏟아져 내렸다. 안개가 짙게 내려앉은 숲은 어두웠다. 나무들 사이를 걸으며 켄드릭은 한 번에 적합한 나무 엘리베이터를 찾아냈다. 손잡이를 당겨 엘리베이터를 연 후 파레온과 얀이 그 안으로 들어갔다. 마지막으로 켄드릭이 엘리베이터에 탄 후, 문을 닫았다.
긁는 소리를 내며 엘리베이터가 위로 올라갔다. 불안함을 숨기기 위해 얀이 엘리베이터 벽에 기대 섰다. 파레온이 한 손으로 얀의 어깨를 어루만져 주었다. 그의 눈 안에도 심란함이 어려있었다.

　엘리베이터에서 내린 후, 두 사람은 켄드릭을 따라 교정을 가로질러 걸었다.

　"다행히 방학 중이라 학생이 얼마 없었습니다. 남은 이들도 모두 대피시켰고, 이제 섬에는 여우와 저희뿐입니다."

　켄드릭의 설명에 파레온은 학교를 바라보았다. 어둠에 싸인 학교를 빗줄기가 거세게 때리며 쏴아아, 소리를 뿜어냈다. 빗방울 섞인 바람이 맹렬히 불었다. 우산을 쓰지 않은 세 사람의 몸이 흠뻑 젖었다.

　켄드릭은 검은 숲으로 들어가는 길목에서 걸음을 멈추었다.

　"저는 여기서 기다리겠습니다."

　켄드릭이 고개를 숙여 예를 갖추자 파레온도 고개를 숙여 화답했다. 켄드릭의 역할은 그들을 봉인 장소까지 안내하는 것뿐이었다. 이제부터는 파레온과 얀의 몫이었다.

　켄드릭이 떠난 후 두 사람은 서로를 바라보았다. 오래 함께해 온 파트너이기에 표정만 봐도 서로의 생각을 알 수 있었다. 얀이 입술을 움직여 조그맣게 말했다.

　"조용해."

　"그러게."

　파레온이 눈을 찡그리며 대꾸했다.

　빗소리가 요란했지만, 그들은 소란 속에서도 남들이 듣지 못하는 소리를 구별해 낼 수 있었다.

 흑여우. 부패를 몰고 다니며 낙인자를 만들어 내는 존재. 결코 쉬운 대상이 아니지만, 아무런 기척도 느껴지지 않았다. 여우뿐만이 아니라 숲에 살법한 다른 생명들의 기척도 느껴지지 않았다. 강하게 내리는 빗줄기가 모든 소리를 덮었다고 생각할 법도 했지만, 두 사람은 이상함을 감지했다. 오히려 빗소리는 고요를 덮어내기 위한 눈속임과 같았다.

 두 사람은 인내심을 갖고 숲을 걸었다. 새까맣고 물컹한 흙이 발아래 축축한 냄새를 퍼트렸다. 안개에 뒤덮인 울창한 나무들이 시야를 자주 가렸다. 커다란 돌 위에 카펫처럼 깔린 눅진한 이끼에 찬 기운이 맺혀있었다.

 희미하게 들리던 종소리가 차츰 가까워졌다. 파레온과 얀은 푸른 숲의 입구에 도착했다. 흰 리본과 종들이 달린 밧줄을 파레온이 한 손으로 매만지더니 얀을 바라보았다. 얀이 고개를 끄덕이고는 먼저 밧줄을 넘어갔다. 파레온이 그 뒤를 따랐다.

 "붉은 숲이라… 좋은 선택이야."

 파레온의 중얼거림에 얀이 고개를 끄덕였다.

 아마란스섬의 붉은 숲으로 여우를 몬 것은 좋은 선택이었다. 이제는 사람이 발길이 거의 끊겼기 때문이었다. 왕국은 여우를 최대한 인적이 드문 곳으로 몰아낸 후 봉인 마법사를 불렀다. 파레온이 생각하기에 합리적인 결정이었다.

붉은 숲의 흉악성은 사람들을 겁에 질리게 만들었다. 간혹 숲 탐험가들이나 상위 마법사들이 찾아오기도 했지만, 대부분 죽거나 목숨이 위급한 정도의 상처를 입었다고 했다. 붉은 숲 안에 무엇이 있는지 아무도 온전히 밝혀내지 못했다. 안전을 위해 붉은 숲은 거대한 장벽 뒤로 묻혔다.

투명한 장벽 앞에 선 파레온과 얀이 위를 올려다보았다. 거울 장벽은 영원까지 펼쳐진 듯 높이가 가늠되지 않았다. 얀이 물러서자, 파레온이 칼을 빼 장벽에 꽂아 넣었다. 날카로운 빛이 번쩍이며 칼을 타고 장벽을 내려쳤다. 투두둑, 칼을 기점으로 장벽의 일부가 부서져 내렸다.

사람 한 명이 지나갈 정도의 틈이 생기자, 파레온은 장벽에서 칼을 뽑아냈다. 얀이 먼저 장벽을 통과해 넘어간 후 파레온도 장벽을 통과해 붉은 숲으로 들어갔다.

붉은 숲에 들어서자마자 두 사람은 저절로 인상을 찌푸렸다. 시체가 썩어가는 냄새가 강렬히 코를 자극했다. 육체가 없는 영혼뿐인데도, 여우의 힘은 막강했다. 이미 숲의 부패가 상당히 진행된 상태였다.

파레온이 나무를 살펴보았다. 고름이 생기듯 나무껍질에 웅덩이가 생기고 피처럼 붉은 액체가 끈적이며 흘러내렸다. 잎사귀가 하얗게 변해 바스러졌다. 조금만 건드려도 마른 가지가 부서져 내렸다.

장벽에 가려져 있던 여우의 강한 부패력이 숲에 가득했다. 숙련된 마법사가 아니면 들어오자마자 질식했을 것이다. 두 사람은 신중하게 붉은 숲을 걸었다.

여우는 기척을 훌륭하게 숨기고 있었다. 여우를 끌어내야 했다.

파레온은 칼을 들어 자신의 팔을 세로로 긁어냈다. 팔에 난 상처를 타고 검붉은 피가 굵게 흘러나왔다. 동요 없이 그 피를 뚝뚝 떨어뜨렸다. 입술을 열어 몇 마디 주문을 외우자 핏물이 떨어진 흙 속에서 줄기가 피어올랐다.

붉은 피로 이루어진 줄기 위로 검은 열매가 진득이 맺혀있었다. 빠르게 자라난 피의 줄기는 공중에 거대한 구를 만들어 냈다. 마치 터트리지 않은 거대한 열매처럼. 파레온은 열매와 연결된 줄기들을 잘라냈다. 그러자 열매는 공중에 둥둥 뜬 채로 차가운 빗속에서 피 냄새를 흩뿌렸다.

마법사의 신선한 피. 여우는 피 냄새를 맡고 올 것이다. 부패의 여우는 신선한 것이라면 사족을 못 쓰고 망가뜨리고 싶어 하니까.

"내 곁에서 떨어지지 마."

파레온이 얀을 끌어당겼다.

"애들은 잘 있겠지?"

그의 품 안에서 얀이 물었다.

"곧 끝내고 돌아가자."

파레온이 얀의 이마에 입술을 대었다. 온기가 전해졌다. 파레온 품에 안긴 얀의 입가에 미소가 작게 피어났다.

서서히 숲에 푸른빛이 깔렸다. 여우가 움직일 시간이 다가오고 있었다. 새벽녘에 활동하는 여우의 기운을 느끼기 위해 얀이 눈을 감았다.

잠시 후 얀이 비명을 지르며 눈을 떴다. 시푸른 숲 너머로 흰빛이 반짝였다. 여우다! 파레온이 튕기듯 뛰쳐나갔다. 얀이 뭐라 외쳤지만 이미 숲으로 달려간 후였다.

얀은 불안한 표정으로 주변을 둘러보았다. 바람의 세기가 강해졌다. 피 냄새가 온 세상을 덮고, 부패의 흔적이 숲 곳곳에 곰팡이처럼 슬어있었다. 느낌이 좋지 않았다. 얀은 고개를 흔들며 불안을 떨쳐내기 위해 애썼다.

파레온은 칼을 단단히 쥐고 흑여우를 향해 돌진했다. 거친 숨소리와 함께 흑여우가 그를 향해 달려들었다. 파레온은 재빠르게 몸을 틀어내 피하면서 여우의 옆구리를 갈라냈다. 날카로운 쇳소리가 공기를 갈랐다. 피가 사방으로 튀겼다. 파레온의 몸이 빗물과 피로 얼룩졌다. 고통스러운 울음을 뱉어내며 여우가 땅 위로 쓰러졌다. 파레온이 고개를 들어 얀이 있는 방향을 바라보았다.

이게 끝인가? 이렇게 쉬울 리가 없는데.

파레온이 머뭇거리는 사이 강렬한 힘이 그의 몸을 덮쳤다.

"으윽!"

파레온이 재빨리 팔꿈치로 달려든 형체를 가격하며 몸을 피했다. 대상을 확인한 파레온의 입술이 신음을 뱉었다.

하나가 아니었다. 수십, 수백 마리의 흑여우들이 그를 노려보고 있었다.

얀은 자신을 노려보는 수천 개의 눈빛을 바라보았다. 몸을 떨며, 불안감을 얼굴에서 지울 수 없었다. 파레온의 마음에도 동요가 일었지만, 티를 내지 않고 천천히 뒷걸음질을 하며 여우들을 상대할 방법을 찾았다. 여우들은 두 사람을 향해 조금씩 거리를 좁혀나갔다.

파레온은 칼을 세게 쥐어냈다. 아무리 빠르게 베어내도 저 많은 여우들을 전부 상대하기는 무리였다.

어떻게 이럴 수 있지? 영혼이 육체를 늘리다니. 이것이 영물의 힘이란 말인가?

여우들은 붉은 눈을 번뜩거리며 두 사람을 향해 포위망을 좁혀오고 있었다. 파레온은 깊은숨을 들이마신 후 담담히 여우들을 바라보았다. 비에 섞인 땀이 몸에 기분 나쁘게 달라붙었다. 이빨을 드러낸 여우들이 당장 달려들듯 몸을 숙였다.

크르릉…

여우들이 그를 향해 돌진했다. 파레온이 몸을 빠르게 회전하며 검을 휘둘렀다. 번쩍이는 칼날이 목덜미를 정확히 가르며, 여우가 한 번에 떨어져 나갔다. 곧이어 다른 여우들의 공격이 가차 없이 쏟아졌다.

파레온은 몸을 잽싸게 움직이며 여우들을 베어나갔다. 검을 휘두를 때마다 피를 분수처럼 쏟아내며 여우가 쓰러졌다. 검을 휘두르는 동작은 예리하고 정확했다. 이어지는 공격을 예상하며 그는 쉴 틈 없이 검을 움직였다.

얀은 여우를 향해 긴 막대를 휘둘렀다. 막대에 닿기도 전에 밝은 빛이 비치며 여우들이 쓸려나갔다. 한 번에 여러 여우를 상대할 수는 있어도 강도는 세지 않은 마법이었다. 잠시 후 도로 일어난 여우들이 더욱 거세진 비명을 지르며 달려들었다. 얀은 입술을 질근 깨물었다. 피 맛이 났다. 오래 버틸 수 없음을 스스로 잘 알고 있었다.

파레온은 처참한 심정으로 상황을 직시했다. 지금까지 얼마나 베어냈을까. 300마리? 400마리? 숨을 거칠게 내쉰 그가 다시 포효를 내지르며 여우를 베어나가기 시작했다. 한 마리, 두 마리⋯ 아무리 베어도 여우의 숫자는 줄어들지 않는 것 같았다.

그런 파레온을 힘겹게 바라보던 얀이 도로 고개를 돌려 여우들을 향해 막대기를 펼쳐냈다. 여우들이 떨어져 나간 찰나의 순간, 그녀는 결심한 표정을 지었다.

얀이 돌아보았다. 파레온과 시선을 교환했다. 파레온은 턱을 쳐들고 여우의 목덜미를 칼로 찌른 후 양손을 모아 힘을 주었다.

온정신을 집중해 마법을 끌어내자 그의 칼끝에서 강렬한 불이 타올랐다. 뜨거운 화염에 여우가 괴성을 지르며 나가떨어졌다. 쏟아지는 빗속에서도 그의 칼날에 깃든 불은 꺼지지 않았다. 칼날을 얀이 서있는 방향으로 펼쳐내자, 얀을 둘러싼 여우들을 향해 화염이 소용돌이를 치며 뻗어나갔다. 지잉, 거대한 불덩이 속 타들어 가는 여우들이 괴성을 지르며 젖은 땅 위로 몸을 굴렀다.

기회를 놓치지 않고 얀이 달렸다. 얀을 따라가는 여우를 향해 파레온이 칼을 펼쳐냈다. 날카로운 비명과 함께, 여우의 숨통이 불덩이 속에서 한 번에 끊어졌다.

얀은 공터 가장자리에서 멈춘 후 막대에 달린 주머니를 풀었다. 그 안에서 얇고 긴 돌멩이 일곱 개가 나왔다. 모두 색이 다르고 투명했다. 붉은기를 띤 돌 하나를 땅속에 박아 넣은 후 양손을 모아 잡았다. 그러고는 입술을 열어 빠르게 읊조렸다.

"벤투스 아퀼라, 움브라 멘도스."

얀의 목소리는 인간의 것이 아닌 듯했다. 가냘프지만 아름답고, 깃털처럼 자유로웠다. 얀의 주문이 땅에 닿은 순간, 돌을 박은 땅에서 빛이 새어 나왔다. 적포도주 색이었다.

"아!"

흑여우가 얀의 왼쪽 어깻죽지를 꽉 물었다. 엄청난 통증이 몰려왔다. 몸을 숙여내며 얀이 막대를 휘둘렀다. 찌잉! 푸른 광선이 여우의 눈을 관통했다. 괴성과 함께 여우가 떨어져 나갔다.

욱신거리는 어깨를 매만지며 얀이 파레온을 바라보았다. 홀로 수백 마리의 여우들을 상대하는 그는 불 마법을 쓰기에 더욱 체력 소모가 클 터였다. 얀은 다시 달렸다. 처음 돌을 심은 땅에서 멀리 떨어지지 않은 지점에 멈춰 선 후, 주머니를 풀어 돌을 하나 더 꺼내 땅에 박았다. 푸른빛이 서린 돌이었다.

"마라지스 일루시오, 실바 인센디움!"

흙이 잠시 일렁이듯 움직이며 적포도주 빛이 새어 나왔다. 얀은 다시 일어나 달렸다.

파레온은 여우들을 무자비하게 베어냈다. 체력이 점차 한계점에 오는 것을 알았지만, 선택권은 없었다. 그저 끝없이 검을 휘두를 뿐.

거대한 불길이 잿빛 털을 그을리며 빗속으로 뻗어나갔다. 쏟아지는 비조차 불을 끄지 못했다. 마법의 힘이 깃든 불꽃은 여우들의 몸을 집어삼켰고, 고통스러운 비명을 내지르며 여우들이 젖은 땅 위로 몸을 굴렸다.

얀의 몸이 비와 땀으로 젖어있었다. 어느새 여섯 개의 돌을 전부 땅에 묻었다. 마지막 돌을 심기 위해 달리는 순간, 등 뒤에서 강력한 무게감이 얀을 덮쳤다.

"윽!"

얀은 손에 쥔 막대를 놓쳤다. 땅에 넘어진 얀이 힘겹게 돌아보았다. 날카로운 이빨을 내밀며 여우가 얀을 향해 달려들었다. 무거운 무게가 얀을 땅으로 밀어붙였다. 얀은 나뭇가지를 빠르게 집어 들어 여우를 막아냈다.

얀의 손이 여우의 몸을 움켜잡았다.

"크르르릉…"

여우가 눈알을 번뜩이며 적대감을 드러냈다. 마지막 방어막인 나뭇가지마저 부러지자, 늑대가 얀을 무자비하게 덮쳤다.

"얀!"

파레온이 소리쳤다.

여우는 얀의 목덜미를 정확하게 물었다. 신속한 동작이었다. 얀의 손이 주변의 땅을 더듬었지만 비에 젖은 풀밖에 잡히지 않았다.

얀은 힘겹게 고개를 돌렸다. 여우들을 향해 칼을 휘두르는 파레온이 보였다. 그도 얼마 가지 않아 쓰러질 터였다.

안 돼.

이제 끝인 걸까? 두고 온 딸들의 얼굴이 아른거렸다. 안간힘을 써서 겨우 고개를 돌려냈다. 막대와 주머니가 멀지 않은 곳에 떨어져 있었다. 입술에서 고통스러운 신음이 새어 나왔다.

여우들을 상대하던 파레온의 시선이 얀을 향했다. 쓰러져 있는 얀을 본 파레온이 잠시 주춤한 순간, 여우 하나가 달려들어 그의 왼쪽 다리를 물었다.

"윽!"

파레온이 강력한 손아귀로 여우를 떼어냈지만, 다리의 살점이 떨어져 나가며 고통을 주었다. 푹 팬 살에서 피가 하염없이 흘러나왔다. 그는 뒷걸음질을 하며 숨을 가쁘게 내쉬었다. 여우들은 쉴 틈을 주지 않았다. 끊임없이 계속되는 공격에 파레온은 다리를 부여잡은 채 신음했다.

 얀의 가녀린 손가락이 주머니를 향해 조금씩 움직였다. 멀지 않은 거리였지만, 손에 닿기엔 역부족이었다. 피에 젖은 몸을 뒤척이며 땅에 닿은 양 손바닥에 힘을 주었다. 천천히, 주머니를 향해 몸을 움직이기 시작했다. 뼈가 으스러지는 듯한 통증이 몰려왔다. 금방이라도 정신을 잃을 것 같았지만, 초인적인 정신력으로 버텨내야 했다.

 주머니에 간신히 손이 닿자, 주머니를 거꾸로 들어 내용물을 떨어뜨렸다. 보랏빛의 투명한 돌이 땅 위에 가볍게 자리를 잡았다. 그 돌멩이를 향해 얀이 입술을 벌렸다. 마지막 힘을 쥐어짜내 주문을 읊었다. 한 글자씩, 천천히 바람을 타고 주문이 흘러가 돌에 닿았다.

 "이…루마… 알토…라, 루…미나, 노크…타르…"

 이제 되었을까? 땀과 눈물, 빗물이 섞인 얼굴이 숨을 힘겹게 뱉어냈다. 감기는 눈을 치켜뜨며 영혼석을 바라보았다. 영혼석에서는 어떠한 미동도 없었다.

 안 돼.

시아와 리아를 떠올렸다. 아직 엄마의 품이 필요한 나의 아이들. 이렇게 갈 수는 없다…

의식이 점차 희미해졌다. 풀 위로 흐른 피가 돌멩이에 닿았다. 돌멩이에서 붉은빛이 번쩍, 일더니 도로 잠잠해졌다. 잠시 후, 돌은 얀의 피를 빨아들이기 시작했다. 돌멩이가 진동하며 핏빛으로 채워졌다.

제대로 보기 위해 얀이 눈을 찡그린 순간, 하늘로 솟구치는 거대한 빛을 보았다.

아름답고… 기이했다.

몸속의 피가 소용돌이를 치며 빨려 나가는 기분이 들었다. 정신이 혼미해졌다. 저 빛이 무언지 알아차리기도 전에, 눈꺼풀이 무겁게 감겼다.

파레온은 하늘로 솟구치는 하얀빛을 보았다. 세계가 잠시 멈춘 것 같았다. 버티고 서있는 것조차 힘겨운 그는 마지막 힘을 끌어내 양손을 펼쳐냈다. 영혼석들이 서로 힘을 모아 하늘로 솟아오르고 있었다. 이제 그가 봉인 마법을 외울 차례였다.

여우들이 달려와 그의 몸을 덮치는 순간, 그는 입술로 마지막 주문을 뱉어냈다.

콰악, 그의 몸 곳곳이 여우의 날카로운 이빨에 찢어지고 갈라졌다. 피가 흐르고, 살갗이 벗겨지고, 뼈가 드러났다. 그의 시선이 하늘로 솟아나는 흰 빛을 향해있었다. 황금빛 눈동자가 영원

속에 멈춰져 있었다.

　우우웅…

　이윽고 하늘로 솟아난 빛이 온 세상을 덮듯이 내려와 숲 전체에 내려앉았다. 흑여우들이 하나둘 빛에 씻어져 흔적도 남지 않고 사라져 갔다.

　흰 빛이 떠나고, 내리던 빗줄기가 그쳤다. 환한 아침 빛이 아른거리며 임했다. 붉은 숲에 두 구의 시체가 덩그러니 남겨져 있었다.

　조금 떨어진 두 시체는 서로에게 시선이 닿아있었다.

* * *

　붉은 숲의 평지에 선 리아는 입술을 벌렸다. 노래가 흘러나왔다. 마치 처음부터 리아 안에 스며들어 있던 것처럼, 노래는 자연스럽게 나왔다.

　알 수 없는 언어들을 합쳐낸 것 같은, 아름다운 선율이었다. 그 노래를 실비아가 흥미로운 표정으로 듣고 있었다.

　땅이 흔들렸다. 처음에는 지진이 일어난 건가 싶었지만 아니었다. 리아는 불안한 얼굴로 땅을 내려다보았다. 흑빛이 땅 위로 스멀스멀 피어올라 찬란한 형상을 만들어 냈다.

　여우다!

흑빛의 줄기들로 빚어낸 여우에게서 바람이 일었다. 여우의 붉은 눈이 리아를 향했다. 리아는 얼어붙은 채로 여우와 눈을 맞추었다.

실비아가 여우를 향해 한 걸음씩 다가갔다.

"내 몸을 줄게요."

여우에게서 뻗어 나오는 바람이 거세졌다. 양팔로 바람을 막아내며 실비아가 외쳤다.

"당신의 힘을 주세요. 피의 계약을 해요!"

실비아가 품에서 단도를 꺼내 자신의 팔을 긁어냈다. 칼끝에서 떨어진 핏방울들은 휘몰아치는 바람에 허공으로 떠올라 하나의 선을 만들어 냈다.

여우가 반응했다. 찰나의 순간 여우는 실비아의 앞으로 날아왔다. 은빛과 흑빛으로 고루 빚어낸 아름다운 형상이 실비아를 응시했다. 춤을 추듯 휘날리는 검은 광선의 여우… 그 모습을 리아는 넋을 잃고 바라보았다.

바로 앞까지 온 여우를 제대로 보기 위해 실비아는 미간에 힘을 주었다. 바람에 휘날리는 먼지들이 시야를 가로막았다.

서서히… 물든다… 흑빛으로.

여우의 흑빛이 한 올 한 올 실비아의 몸으로 스며들어 가기 시작했다. 마치 종이가 물을 빨아들이듯 그녀 위에 여우의 색이 입혀졌다. 리아는 숨을 죽인 채 지켜보았다. 직접 보면서도 믿기지 않았다.

실비아의 길고 아름다운 은발이 휘날리며 흑빛으로 바뀌었다.

휘몰아치던 바람이 잠잠해지고, 여우가 사라진 자리에 실비아만이 우두커니 남았다. 실비아는, 하늘거리는 머리카락을 쓸어 넘겼다. 그녀의 턱 위로 눈처럼 흰 꽃잎이 내려앉아 있었다. 손가락을 들어 꽃잎을 쓸더니 리아를 돌아보았다.

리아는 깨달았다. 여우가 그녀 안에 있음을.

실비아가, 붉어진 눈으로 리아를 향해 생긋 웃었다.

11. 쏟아지는 불

 보니는 루카스의 허리를 잡은 채 얼굴을 붉혔다. 지금 루카스의 뒷자리에 앉아있다는 사실이 믿기지 않았다. 이제껏 루카스는 보니에게 관심을 내비친 적이 없었다. 마치 이전의 만남을 전혀 기억 못 하는 것처럼. 그런데 이렇게 직접 말도 태워주다니. 어쩌면 루카스도 보니를 줄곧 생각해 왔던 것이 아닐까?

 "어디까지 데려다주는 거야? 여기부터는 혼자 걸어갈 수 있지 않겠어?"

 곁에서 따라오던 숀이 투덜거렸다. 보니는 시선을 내려 땅을 바라보았다. 푸른 흙이 흩뿌려진 땅은 미세한 별빛이 촘촘히 박힌 듯했다. 달빛이 비치는 숲은 스산했다. 루카스는 대꾸 없이 말을 몰았다.

 막연히 땅을 내려다보던 보니의 얼굴에 의아함이 번졌다. 잘

못 보았나 싶어 눈을 크게 뜨려던 순간이었다. 땅 위로 드러난 줄기 하나가 말의 다리를 낚아챘다.

"히이잉!"

말이 앞으로 크게 휘청였다. 균형을 잃은 말의 머리와 앞발이 급하게 내려앉았다. 그 충격으로 루카스와 보니가 말에서 튕겨 나왔다. 루카스는 손으로 땅을 짚으며 충격을 받아냈지만, 보니는 그대로 떨어져 몇 바퀴를 굴렀다.

"으윽…"

보니의 입술에서 신음이 흘러나왔다. 온몸이 얻어맞은 것처럼 쓰라렸다. 겨우 고개를 드는데 멀리 떨어진 루카스가 보였다.

"뭐야? 왜 그…"

숀은 말을 끝맺지 못했다. 그의 말마저 앞발을 번쩍 들어 올렸기 때문이었다. 고삐를 놓친 숀이 말에서 떨어졌다. 말은 불안한 울음소리를 뱉더니 뒷발로 줄기를 걷어찬 후 멀리 달려갔다.

바닥에 엎어진 숀은 말이 사라진 자리를 황당한 눈으로 바라보았다. 무슨 상황인지 알아차리기도 전에 그가 얼굴을 잔뜩 찌푸리며 외쳤다.

"으악, 이게 뭐야?"

자신의 다리를 감고 올라오는 줄기를 보더니 기겁하며 앉은 채로 뒷걸음질을 쳤다. 줄기는 그의 무릎까지 빠르게 타고 올라왔다. 완력으로 물러설 수 없게 되자 숀은 주먹을 쥐고 줄기를 타격했다. 하지만 꿈쩍도 하지 않았다.

휙!

화살이 날아와 땅 위로 움직이는 줄기를 맞혔다. 줄기는 고통스러운 듯 요란하게 움직이더니 스르르 물러났다. 그제야 다리가 자유롭게 된 숀이 고개를 들었다. 루카스는 한 손에 활을 들고 서있었다.

"일어나."

"…응."

숀이 옷을 털며 자리에서 일어났다. 줄기가 휘감은 바지 위로 끈적이는 액체가 묻어있었다. 보니도 일어나 주변을 둘러보았다. 루카스가 보니 곁으로 걸어가 자신의 뒤쪽에 세웠다.

"방금 그건 뭐야?"

긴장한 목소리로 보니가 묻자 루카스는 고개를 저으며 대답했다.

"이런 건 나도 처음 봐. 하지만 위험하다는 것만은 알겠어."

숀도 슬금슬금 다가와 루카스의 뒤에 섰다. 세 사람은 가까이 서서 적막한 숲을 바라보았다. 숀의 목소리에 절망감이 배어있었다.

"말들이 다 도망갔잖아? 젠장. 이제 어떡하지?"

말 두 마리는 이미 사라지고 없었다. 차디찬 밤바람이 불었다. 날리는 나뭇잎에 화들짝 놀란 숀이 한쪽 발을 들었다가 내려놓았다.

"활 들어."

루카스의 말에, 숀은 조금 떨어져 놓여있는 활과 화살을 주워 들었다. 말에서 튕겨 나올 때 함께 떨어진 것들이었다. 보니를 돌아본 루카스가 재킷 안쪽 주머니에서 작은 단도를 꺼내주었다.

"혹시 모르니까 갖고 있어. 최대한 빨리 숲을 나가자."

고개를 끄덕이며 보니는 단도를 양손으로 소중히 감쌌다. 품 안에 있어서인지 단도의 표면이 따뜻했다.

세 사람은 쉽게 발을 떼지 못했다. 숲을 벗어나자고 말한 루카스마저 생각에 잠긴 얼굴로 서있었다. 그의 시선이 어둠 속 나무들에 닿았다. 굵은 줄기들이 나무들 위로 천천히 움직여 흘렀다.

"저것들은 도대체 어디서 오는 거야?"

숀은 꺼림칙한 눈초리로 줄기들을 노려보았다.

"푸른 숲 너머에서 오는 것 같아."

루카스의 말에 보니는 고개를 들었다. 숀은 이해 가지 않은 얼굴로 되물었다.

"푸른 숲 너머? 거기엔 뭐가 있는데?"

"붉은 숲."

루카스의 대답에 보니는 의미심장한 표정을 지었다. 숀이 황당하다는 듯 웃음을 지었다. 붉은 숲은 소문으로 익히 들어왔지만, 전설 같은 존재였다. 그런 곳이 실제로 있을 리는 없다고 생각했다.

"진심이야? 붉은 숲이 진짜로 있을 리가…"

휙!

화살이 날아와 숀을 향해 기어 오던 줄기를 맞혔다. 줄기의 접근을 눈치채지 못한 숀은 깜짝 놀라며 뒤로 물러섰다. 줄기들이 그들을 향해 다가오고 있었다.

루카스가 활에 화살을 끼워 단단히 고정한 후 줄기를 겨누었다. 보니는 단도를 열었다. 달빛을 받은 칼날이 하얗게 빛났다.

세 사람을 향해 기어 오는 줄기들은 여러 갈래였다. 느리게 움직이는 줄기도 있었지만, 갑자기 속도를 내어 공격하는 줄기도 있었다. 루카스는 자리를 옮겨가며 화살을 연속해서 쏘았다. 숀은 활을 던져버리고 화살을 움켜쥔 채 줄기를 직접 내리꽂았다. 근거리에서는 화살을 쏘기 어렵기 때문에 택한 방법이었다. 줄기가 생각보다 두꺼웠기 때문에 손아귀에 힘을 단단히 줘야 했다.

보니가 칼을 휘둘렀지만, 짧은 단도로 제대로 가격하기 쉽지 않았다. 보니에게 다가오는 줄기들을 루카스가 먼저 화살로 맞혀주었기 때문에 보니가 힘쓸 일은 거의 없었다. 보니는 고개를 들어 루카스를 찾았다. 조금 떨어진 나무 위에서 루카스가 화살을 겨누고 있었다.

커다란 나뭇가지 위에 자리를 잡은 루카스의 눈이 푸르렀다. 시원한 바다를 품은 듯 맑은 시선이었다. 그가 자신을 위해 싸워

준다는 사실이 든든했다. 오래전, 묘연한 숲속에서 루카스는 보니를 지켜주었다. 오래전 그날을 떠올린 보니의 뺨이 복숭앗빛으로 물들었다.

숲을 걷던 교장은 낯익은 뒷모습을 마주쳤다. 입술을 열어 교장이 상대를 조용히 불렀다.
"벤 교수?"
벤 교수는 뒤돌아 교장을 마주 보았다.
두 사람은 잠시 말없이 서로의 눈을 들여다보았다. 오랜 시간을 함께한 두 사람은 말하지 않아도 서로의 생각을 읽어낼 수 있었다. 잠시 후 교장이 나지막이 입을 떼었다.
"벤 교수도 느꼈나요?"
"…"
벤 교수는 잔잔히 고개를 끄덕였다. 표정은 진지했지만, 살짝 들뜬 감정은 숨길 수 없었다. 발그레한 그의 뺨을 본 교장이 쓸쓸히 시선을 내렸다. 이런 상황에서도 붉은 숲을 연구할 생각에 신이 나있다는 말인가? 기가 막혔지만, 동시에 그답다는 생각이 들었다.
퉁명스러운 목소리로 교장이 물었다.
"아직도 붉은 숲에 관해 연구하고 있나요?"
이것은 질문인가? 의중을 파악하기 위해 벤 교수는 상대의 얼굴을 신중히 들여다보았다. 이윽고 그가 대답했다.

"연구라니요. 제 관심은 오직 아이들을 지키는 데 있습니다."

"그런 사람이 아이를 붉은 숲으로 내몰았나요? 리아는 죽을 수도 있었어요."

교장은 이미 그가 벌인 일들을 어느 정도 아는 눈치였다. 그러니 더 이상 숨길 필요는 없었다. 두 사람 모두 말을 돌려 하는 편이 아니었다.

벤 교수가 입맛을 다시더니 낮게 말했다. 두 사람밖에 없었지만 다른 사람이 엿듣는 양 조심스러운 목소리였다.

"저는 교장 선생님의 비밀을 오래 지켜드리고 있습니다."

"꼭 선심 쓰듯 말하네요. 그 덕으로 지금껏 아마란스 교수 자리를 꿰찼으면서."

벤 교수의 미간이 찌푸려졌다. 이렇게 된 이상 두 사람 모두 물러서지 않았다.

교장은 차가운 시선으로 벤 교수를 바라보았다. 대개의 사람들은 그 시선에 움츠러들었지만, 벤 교수는 당당히 시선을 마주 보았다. 가운데부터 얼어붙은 호수를 보는 것 같았다. 영원히 봄이 오지 않을 듯한 겨울이 눈 안에 고여있었다.

"나와 한 약속이 있었어요. 학교에서 교수로 임명되는 대신, 붉은 숲에 관해서 더는 파헤치지 않겠다고."

"…저는 그 약속을 지켰다고 생각합니다."

벤 교수는 혀로 입술을 쓸었다. 어쩐지 쓴맛이 난다고 생각했다. 아무리 둘만 있는 자리라 해도 두 사람은 과거에 관해 섣불리 말을 꺼내지 않았다. 하지만 오늘 두 사람은 금단의 영역을 자주 침범했다.

"정말 그런가요? 지금까지 당신이 데려온 학생들 대부분이 죽었죠. 연구라는 명목으로 붉은 숲으로 내몬 결과로."

"전도유망한 학생들을 데려왔을 뿐입니다. 학생 개인의 탐구심으로 위험 행동을 하는 것까지 제가 막을 수는 없습니다."

"전부 학생들의 탓으로 돌리는 건가요?"

교장은 혀를 차며 고개를 저었다. 벤 교수는 스스로도 말이 안 된다는 것을 알았지만, 눈 하나 깜짝하지 않고 말을 늘어놓았다. 새소년이던 시절부터 습득해 온 기술이었다. 뻔뻔스럽게 말할수록 상대방의 마음과 지갑을 열 수 있다. 하지만 교장은 그런 얄팍한 속임수에 넘어갈 위인이 아니었다. 때문에 두 사람의 대화는 어긋나기 일쑤였다.

대화를 할수록 옛 시절이 떠올랐다. 정처 없이 떠돌며 물건을 팔던 때가 좋았던 걸까. 옛 생각을 하자 마음 깊숙한 곳에서부터 잔잔한 울림이 전해졌다. 차갑게 식었던 감정의 틈새를 천천히 데워주는 듯했다.

"…새소년이던 시절이 좋았습니다. 그때는 마음껏 떠돌아다니며 제가 하고 싶은 연구에 몰입할 수 있었어요. 안정적이진 않아도 자유가 있는 삶이었습니다."

"그 자유 타령 하면서 당신은 붉은 숲에 무단으로 침입했죠. 그날 내가 당신을 발견하지 않았다면 이미 죽은 목숨이었어요."

벤 교수는 눈을 천천히 감았다가 도로 떴다. 오래전, 그는 붉은 숲을 연구하겠다고 몰래 들어갔다가 교장의 딸을 마주쳤다. 괴상하고 허름한 오두막에서 죽을 뻔한 그를 교장이 발견하고 살려줬다. 그때 벤 교수는 교장의 딸에 얽힌 비밀을 알게 되었고, 교장은 그에게 은밀한 제안을 했다.

꽤 괜찮은 조건이라고 생각했다. 정처 없이 떠돌던 생활을 청산하고 이제 한곳에 안착할 수 있으리라고. 하지만 미지의 세계를 탐구하고자 하는 그의 본능은 숨겨지지 않았다. 오히려 안정적인 일상이 족쇄처럼 느껴질 때가 많았다. 교수의 자리를 박차고 떠날까 생각도 했지만, 붉은 숲이라는 달콤한 유혹이 눈앞에 도사리고 있었다. 교장과 한 약속 때문에 직접 들어가진 못하더라도, 도구로 쓰일 아이를 데려와 대신 탐험할 수는 있다고 생각했다. 그것이 최선이라고.

물론 교장이 기뻐할 종류의 생각은 아니었다. 하지만 애초에 교장의 허락 따위는 필요 없었다.

벤 교수는 침착히 말을 덧붙였다.

"죽었겠죠. 당신의 따님에게."

그 대답에 교장의 얼굴이 한순간에 굳었다.

"다른 사람의 도움으로 목숨을 구한 사람이, 아이들을 데려와 그토록 죽게 만드는 건가요?"

교장의 목소리는 냉랭했다. 벤 교수가 한쪽 입꼬리를 올리며 미묘한 웃음을 만들어 냈다.

"따님 걱정을 하셔야 할 텐데요. 지금 장벽이 깨졌으니, 따님도 어쩌면…"

그제야 교장은 벤 교수를 쏘아보던 시선을 돌려 숲을 바라보았다. 바람에 실려 오는 붉은 숲의 기운을 느꼈다. 핏빛 기운이 점점 더 강해지고 있었다.

교장은 몸을 휙 돌려 걸어갔다. 벤 교수도 그녀를 따라 걸었다. 서로 말하지 않았지만, 두 사람은 같은 방향으로 걸었다.

무언가 잘못되었음을 먼저 알아차린 사람은 교장이었다. 앞서 걸어가던 교장이 멈추어 서자, 벤 교수도 걸음을 멈추었다. 눈앞에 벌어지는 상황을 보는 교장의 얼굴에 당혹스러움이 떠올랐다.

저 아이들이, 왜 여기에?

교장이 부들부들 떨며 손을 펼쳤다. 동시에 아이들을 공격하던 식물 줄기들이 펑, 터졌다.

방금 전까지 싸우던 식물 줄기들이 한순간에 터져버리자 아이들이 당황했다. 가장 먼저 교장과 벤 교수를 발견한 손이 감격한 목소리로 외쳤다.

"교장 선생님! 교수님!"

루카스와 보니도 다가오는 두 사람에게 고개를 숙여 인사를 했다. 교장은 하얗게 질린 얼굴로 아이들을 맞았다.

"너희들! 도대체 왜 여기에…"

다그치던 교장은 뒤늦게 숀의 얼굴에 흐르는 피를 보고 말을 잇지 못했다.

"얼굴은 어떻게 된 거니?"

"난데없이 갑자기 식물들이 공격을 해서…"

이제 살았다는 안도감에 숀이 함박웃음을 지었다. 보니도 안심하는 얼굴이었다. 루카스는 벤 교수와 교장을 번갈아 바라보며 상황을 파악했다.

"학생들이 이 시간에 왜 여기에 있지?"

학생들을 훑으며 벤 교수가 물었다. 루카스에 닿은 눈길이 특히 오래 머물렀다. 묻는 동시에 책망하는 어조였다. 루카스는 벤 교수의 시선을 피했다. 보니는 곁에 조용히 서서 눈치를 보았다. 대답은 숀에게서 나왔다.

"사냥을 하고 있었어요. 클럽 행사는 이미 허락받은…"

"클럽? 학생들이 숲에 더 남아있다는 거야?"

되묻는 교장의 이마에 핏줄이 드러났다.

"네…"

한층 작아진 목소리로 숀이 대답했다. 눈을 질끈 감으며 교장이 물었다.

"또 누가 있지?"

숀이 눈동자를 굴리며 열심히 이름들을 기억해 냈다.

"실비아, 테오, 에이미, 벤자민, 샐리, 아 그리고… 리아."

벤 교수의 표정에는 아무런 변화가 없었다. 리아의 이름을 들은 교장이 즉각 반문했다.

"리아? 클럽 멤버도 아닌 애가 왜 껴있는 거지?"

이번에는 루카스가 대답했다.

"실비아가 불렀어요. 저희도 지금 찾는 중이에요."

"찾는 중이라고?"

벤 교수가 기가 막히다는 얼굴로 웃었다.

"지금 너희가 얼마나 큰 위험에 처했는지도 모르면서, 누가 누구를 찾는다는 건지 모르겠군."

루카스는 물러서지 않았다.

"리아가 위험합니다. 찾아야 해요."

벤 교수가 고개를 저었다.

"너희는 당장 숲을 나가."

"그럴 수 없습니다."

단호한 대답에 숀이 눈살을 찌푸렸다. 보니는 눈동자를 불안하게 움직였다. 마음속으로는 벤 교수가 좀 더 강하게 밀어붙이기를 바랐다.

"숲에 남겠다는 건가?"

"학생들을 찾는 데 도움이 되고 싶습니다."

"도움이 된다고? 너희가? 오히려 짐만 될 텐데."

벤 교수가 학생들을 노골적으로 훑어보았기 때문에 보니는 어깨를 움츠렸다. 곁눈질로 옆에 선 두 사람을 본 루카스가 숀에게 말했다.

"보니를 데리고 가. 나만 남을게."

그 말에 보니가 상처받은 표정을 지었다. 자신을 버려두고 리아를 찾으러 간다니. 잠시나마 설렜던 스스로가 한심스러웠다. 루카스와 보니의 시선이 마주쳤다. 보니가 먼저 고개를 돌렸다.

"너만 남겠다고?"

말도 안 된다는 표정으로 숀이 대꾸했다.

그 순간, 루카스는 숀 뒤로 스치는 그림자를 보았다. 루카스가 반응하기도 전에 두꺼운 식물 줄기가 숀의 목을 매끄럽게 움켜쥐었다.

"으윽!"

순간적으로 숨통이 막힌 숀의 얼굴이 새파래졌다. 허공을 향해 뻗어나간 손이 떨리며 멎었다. 식물 줄기가 목덜미를 감싼 채로 몸집을 키웠다. 그의 몸이 무력하게 떠오른 순간, 교장의 입술이 움직였다. 들리지 않을 정도로 작은 목소리였다.

펑!

식물이 터졌다. 끈적끈적한 액체가 비처럼 내려와 땅 위로 얇은 층을 만들어 냈다. 숀의 몸이 풀려나며 땅 위로 떨어졌다. 울음을 삼키며 숀은 조금 전까지 식물이 붙든 목덜미를 매만졌다.

"벤 교수의 말대로 숲을 나가. 리아는 내가 책임지고 데려갈 테니."

말하는 교장의 얼굴이 유난히 피로해 보였다. 잔잔한 목소리였지만, 거스를 수 없는 힘이 깃들어 있었다.

루카스는 반박하고 싶은 얼굴이었지만, 이내 고개를 끄덕였다. 숀은 당장 숲을 벗어날 기세로 바닥을 짚고 일어섰다. 보니는 불안함을 떨치지 못한 채 벤 교수의 시선을 따라 숲을 바라보았다.

벤 교수는 입술을 굳게 다문 채 캄캄한 숲을 노려보고 있었다. 그가 긴장하고 있음을 눈치챈 보니가 양손을 꽉 쥐었다. 무슨 일이 벌어지고 있는 걸까. 보니가 불안한 시선을 깜빡거렸다.

동쪽에서 나무들이 비명을 내지르듯 큰소리를 내며 쓰러졌다. 교장과 벤 교수가 동시에 앞으로 나서며 아이들을 보호했다. 보니가 겁에 질린 얼굴로 소리 나는 쪽을 바라보았다.

나무들을 헤치고 형체가 드러났다. 그 존재를 본 교장이 무너져 내리는 표정을 지었다. 벤 교수는 꼼짝없이 선 채로 말을 잃었다.

보니의 온몸이 뻣뻣하게 굳었다. 비명을 지르고 싶은 충동을 누르며 눈앞의 괴물을 바라보았다. 이제껏 살면서 이런 걸… 본

적이 없었다.

교장이 비틀거리며 앞으로 천천히 걸어갔다. 벤 교수가 붙잡으려고 했지만, 교장은 강하게 뿌리쳤다.

"…멜로디?"

세상의 모든 감정을 눌러 담은 듯한 목소리였다.

"아니야… 이럴 리가 없어…"

정신이 나간 사람처럼 교장은 고개를 세차게 흔들었다.

"아니야, 아니야, 아니야… 아니야…"

교장의 어깨가 들썩이더니 떨리는 목소리가 울음으로 번져갔다. 식물 인형을 향해 손을 뻗었다가 도로 거둬들인 교장은, 고개를 돌려내 유언처럼 목소리를 짜냈다.

"벤 교수… 학생들을 데리고 가세요."

벤 교수의 두 눈에 날카로운 빛이 번쩍였다. 빠르게 결정을 내린 그는 고개를 끄덕인 후 뒤돌아 학생들을 바라보았다.

"따라와."

두터운 손으로 아이들의 어깨를 밀어냈다. 단순한 동작에 힘이 실려있었다. 숀은 얼어붙었던 발을 가장 먼저 움직였다. 보니도 주춤거리며 따랐다. 말없이 교장을 바라보던 루카스가 고개를 돌렸다.

인형 가까이 다가간 교장이 양손을 들어 그 얼굴을 매만졌다. 인형은 교장을 잠잠히 바라보았다. 검은 눈 안에 교장의 얼굴이 오롯이 담겼다. 그 눈빛이 누구의 것인지 교장은 한눈에 알아보았다.

"멜로디…"

그 단어에 인형이 반응을 했다. 얼굴을 비스듬히 기울이더니 교장의 두 눈을 가만히 들여다보았다. 서로의 시선이 투명하게 만났다. 교장의 창백한 뺨을 타고 눈물이 한 방울 흘러내렸다. 인형이 손을 들어 눈물을 매만졌다. 한없이 투명하고 반짝이는 그 물을 잠잠히 바라보았다.

"방금, 그건 뭐였어요?"

인형과 멀어지자 숀이 물었다.

"알 필요 없어."

벤 교수는 짧게 대답했다.

"혼자 괜찮으실까요?"

루카스가 눈을 내리깐 채 물었다. 거침없이 걸어가던 벤 교수가 멈춰 선 후 뒤를 돌아보았다. 새벽빛이 그의 얼굴을 한층 더 냉혹해 보이도록 만들어 주었다. 생각하던 그가 고개를 돌렸다.

"너희를 숲 밖으로 데려가는 게 먼저야."

더 이상 물어볼 수 없었다. 아이들은 교수를 따라 숲을 걸었다. 새벽의 숲은 음습하고 적막했다.

앞서 걷던 걸음이 멈추었다. 사방에서 스멀스멀 기어 오는 것들이 달빛 아래 드러났다. 숀이 기겁을 하며 땅 위로 늘어진 줄기를 발로 찼다. 애꿎은 흙덩이만 튀기며 땅이 움푹 파였다.

식물 줄기들이 사방에서 움직이고 있었다. 땅을 타고, 나무를 감으며 천천히 거리를 좁혀왔다. 규칙이 없는 줄기들의 흐름을 보고 있자니 정신이 어지러울 지경이었다.

수를 헤아리던 벤 교수는 혼자 감당하기 어렵다는 것을 깨닫고 아이들에게 시선을 던졌다. 퉁명스럽게 묻는 목소리는 질문보다 확인에 가까웠다.

"공격 마법을 배웠던가?"

"1학년은 공격 마법을 배우지 않아요."

보니가 입술을 잘근 깨물며 대답했다. 숀은 이물감이 남은 목 부위를 매만지며 루카스 뒤로 섰다. 루카스는 말없이 움직이는 식물 줄기를 응시했다.

"…현장 수업이 되겠군."

벤 교수가 중얼거리더니 양 손바닥을 마주 보고 비볐다.

팟!

교수와 학생들을 향해 새파란 줄기 하나가 돌진했다. 이전보다 빨라진 속도였다. 뒤이어 다른 줄기들의 공격도 한꺼번에 덮쳐왔다. 벤 교수가 손바닥을 펼쳐낸 후 입술로 외쳤다.

"오르페아스 마레!"

손바닥에서 시작된 바람이 식물을 향했다. 줄기들이 허공에서 멈추더니 새까맣게 변했다. 마치 타버린 것처럼 가루가 되어 바람에 흩날렸다.

"이건 무슨 마법이에요?"

놀란 얼굴로 숀이 물었다.

"잘 보고 배워둬."

벤 교수가 중얼거리듯 대꾸했다.

"이, 이걸 어떻게 보고 배… 악!"

발을 잡아당기는 식물 줄기에 숀이 넘어졌다. 줄기에 질질 끌려가다시피 한 숀을 벤 교수가 마법을 써서 풀어주었다. 땅을 짚고 일어서는 숀의 눈가에 눈물이 맺혀있었다.

루카스는 공격하는 식물 줄기를 가볍게 피했다. 곧이어 왼발을 뻗어내 힘차게 가격했다. 줄기는 힘을 잃고 바닥으로 떨어졌다.

커다란 줄기가 보니를 향해 빠르게 달려들었다. 보니는 몸을 낮춘 후 단도를 움켜쥐었다. 몸을 일으키며 단도로 줄기를 찔러냈다.

시간이 흐르자 벤 교수와 숀, 루카스와 보니로 나뉘어 식물들의 공격을 막아내고 있었다. 숀은 코를 훌쩍이며 벤 교수의 등에 달라붙다시피 숨어있었다.

루카스는 보니 앞에 서서 줄기를 베어냈다. 보니는 루카스의 듬직한 등을 바라보았다. 혼자 맞서는 그에게 도움을 주고 싶었다.

그날처럼, 또 도움만 받지 않도록.

* * *

"…달라졌어."

붉은 눈의 실비아는 자신의 몸을 빙 둘러보더니 입가에 미소를 머금었다.

"몸이 가벼워."

실비아는 손바닥을 펼쳐낸 후 새끼손가락부터 부드럽게 손가락을 접어냈다. 피부에 흐르는 바람을 느끼며 양손을 펼쳐냈다. 공기의 흐름이 변했다.

"이제 약속을 지켜주세요."

그제야 실비아는 잊고 있었다는 듯 리아를 바라보았다. 바로 앞까지 걸어온 그녀가 얼굴을 내밀며 무해한 웃음을 지었다.

"내가 약속을 지킬 줄 알았어?"

대답을 들은 리아의 마음이 쿵 내려앉았다.

"약속했잖아요. 동생을…"

"약속?"

실비아가 킥킥거리며 웃더니 눈가를 매만졌다. 모든 동작이 우아한 곡선을 그리며 춤을 추는 것 같았다.

"약속? 했었지. 이 힘을 얻기 전에."

검은 머리카락이 바람에 휘날렸다.

"하지만 나는 원하는 걸 얻었어. 그 뜻이 뭘까?"

리아는 납득하지 못한 표정을 지었다. 이제 와서 약속을 지키지 않겠다고?

"더 이상 네가 필요 없다는 뜻이야."

실비아가 리아의 뺨을 고요하게 쓰다듬었다. 리아의 눈빛이 불안정하게 흔들렸다. 붉은 두 눈이 리아를 오래 들여다보았다. 강렬하지만, 한없이 깊고 차가운 눈빛으로.

"제가, 선배를 위해서 무슨 짓을…"

가는 손가락이 턱선을 타고 내려가 목에 닿았다. 그 숨통을 한 번에 움켜쥐었다.

"윽!"

리아가 신음을 뱉어냈다. 온몸이 마비된 것처럼 움직여지지 않았다. 눈물이 맺혔다. 동요 없는 표정으로 실비아가 내려다보았다.

"걱정 마. 네 동생도 평안하게 죽여줄게."

귓가에 투명한 목소리가 속삭였다.

숨이 제대로 쉬어지지 않았다. 손에 힘을 주려고 했지만 뜻대로 되지 않았다. 실비아의 얼굴이 서서히 희미해졌다. 이제 끝인 걸까? 시아는? 눈물이 흘렀다. 여우를 봉인하던 엄마, 아빠의 모습이 머릿속에 남았다. 시아를 잘 돌봐달라던 엄마의 유언. 나밖에 없는 시아. 봉인을 완성하고 끝내 잠든 엄마, 아빠…

안 돼!

파앗.

번개가 일듯 리아의 몸에서 황금빛이 번쩍이더니 강한 바람이 일었다. 실비아가 한 번에 튕겨 나갔다.

땅에 쓰러진 리아가 조금 떨어져 있는 실비아를 힘겹게 바라보았다. 땅을 짚고 일어난 실비아는 눈에 띄게 당황한 기색이었다. 자신의 손을 들여다보며, 방금 일어난 일에 생각하는 듯했다.

몸을 일으켜 선 리아가 반대편으로 달리기 시작했다. 그 모습을 본 실비아가, 리아를 향해 펼쳐내던 손을 거두었다. 점차 작아지는 리아의 뒷모습을 묵묵히 지켜보더니 입가에 작은 미소를 머금었다. 그리고 하늘을 향해 왼손을 들었다.

흰 손이 우아하게 바람을 휘젓자, 불덩어리가 하나둘 하늘 위로 동그랗게 떠올랐다. 흰 손이 새처럼 자유롭게 낙하했다. 동시에, 솟아오른 불덩이들이 땅으로 떨어졌다.

실비아는 흐뭇하게 바라보았다. 이제 지켜볼 참이었다. 그 질긴 생명이 대체 언제까지 살아남는지.

리아는 멈추지 않았다. 얼마나 달렸을까? 나무줄기에 발이 걸려 넘어진 후에야 처음으로 뒤를 돌아보았다. 실비아가 쫓지 않음을 확인한 후 가쁜 숨을 몰아 내쉬었다. 다시 달리려던 찰나, 눈앞에 무언가 툭 떨어졌다.

작은 불빛이었다. 강렬한 주황빛, 곧이어 붉은빛과 푸른빛, 보랏빛을 띤 작은 덩어리들이 풀 위로 마구 떨어졌다. 무언지 알아차리기도 전에 뜨거운 열기가 존재감을 강렬히 내뿜었다. 리아는 주춤거리며 물러섰다. 불씨가 강렬해지더니 나무와 식물들에 위협적으로 옮겨붙었다. 불길은 순식간에 숲을 태워 나갔다.

화염이 사방으로 퍼지며 공기를 짓눌렀다. 새빨갛게 일렁이는 열기 속에서 검은 연기가 솟구쳤다. 비명을 질러내듯 나무들이 불길 속에서 갈라졌다. 팽팽히 버티던 나무껍질이 터지고 유약하게 벗겨졌다.

안 돼.

이 모든 것을 부정하듯 리아는 고개를 내저었다. 실비아가 있던 방향을 향해 눈길을 주었다가 도로 고개를 돌려 솟아오르는 불길을 멍하니 바라보았다. 어쩌다 이렇게 되었을까? 이게 아닌데.

다리에 힘이 풀린 리아는 무릎을 꿇고 앉았다. 눈물이 뺨을 타고 흘러내렸다. 불이 타오르고, 검은 연기가 피부를 짙게 파고들었다. 온 세상이 까맣게 변한다. 흑여우의 색으로…

이 모든 건 실비아에게, 리아 자신에게 책임이 있었다.

연기가 몸속으로 들어왔다. 기침을 뱉어내도 검은 재가 낀 듯 따가웠다.

앞이 보이지 않았다. 연기 속에서 방향을 잃은 채로, 리아는 주저앉은 채 꼼짝하지 못했다.

12. 흰 젤리 마법

　새벽의 기숙사는 적막했다. 낮의 분주함과 흩어진 이야기들의 잔향이 잠든 학생들의 꿈속에 배어있었다. 깊은 잠에 빠진 학생들의 숨소리가 기숙사 안을 잔잔히 흘렀다.
　기숙사 방마다 문에 새겨진 문장이 갑작스럽게 번쩍거렸다. 강렬한 경고음이 귀를 때리며 강하게 울렸다. 학생들이 저마다 침대에서 뒤척이며 눈을 떴다. 아직 해가 뜨기 전이라 창밖은 캄캄했지만, 쉬지 않고 울려대는 경고음과 눈이 아프도록 쏘아대는 붉은 빛줄기에 억지로 몸을 일으켰다.
　미나는 이미 일어나 문 앞에 서있었다. 유년 시절부터 유독 남들보다 잘 느꼈다. 목숨이 위태롭거나 어떤 일이 벌어질 때, 항상 미리 알아차렸다. 그건 아주 오랜 시간, 미나가 견뎌낸 시간이 쌓아낸 결과물이었다.

미나는 가장 먼저 방을 나섰다. 문고리를 만지자 위급하게 빛을 발하던 붉은 문장이 잠잠해졌지만, 확성기를 통해 울리는 경고음이 복도를 강하게 울렸다. 미나는 침착히 복도를 내다보며 상황을 파악했다. 이제 막 잠에서 깬 학생들이 졸린 얼굴로 하나둘 나왔다.

"학생들은 모두 대강당으로 가! 어서!"

기숙사 사감이 복도 끝에 서서 소리쳤다. 어리둥절하면서도 학생들은 상황의 심각성을 차차 알아차리기 시작했다.

"무슨 일이야?"

"숲에 불이 났대!"

학생들이 웅성거렸다. 혼란이 가중되며 우왕좌왕했다.

대강당은 오리엔테이션 이후로 처음이었다. 대강당 안으로 들어가자 천장에 떠다니는 샹들리에서 온화한 빛이 내려왔다. 이제 막 들어온 학생들이 어수선하게 자리를 잡고 앉았다. 중앙 무대 옆에 선 몇몇 교수들이 심각한 표정으로 말을 나누고 있었다.

먼저 와서 두리번거리고 있던 노아가 미나를 발견하고 다가왔다.

"미나! 혹시 다른 애들 못 봤어?"

"다른 애들?"

"테오랑 루카스. 리아와 보니도."

미나는 대답 대신 창문을 올려다보았다. 천장 아래로 내려온 스테인드글라스 창문은 높았기 때문에 밖을 보기 어려웠다. 새겨진 유리 조각들이 천장의 빛을 받아 은은한 색을 띠었다.

"보지 못했어."

"혹시 숲에 가있는 건 아니겠지?"

스스로 말하고도 깜짝 놀란 얼굴로 곧바로 고개를 저었다.

"아닐 거야. 누가 이 시간에 숲에 들어가겠어?"

미나는 눈을 가늘게 뜨고 학생들을 훑어보았다. 학생들 사이에 그들이 없음을 알아차렸지만, 별다른 말을 하지 않았다. 생각에 잠긴 미나에게 노아가 말했다.

"대강당 오는 길에 숲 쪽에서 연기가 올라오는 걸 봤어. 숲에 불이 났대."

안경 쓴 교수가 무대 위로 올라가 마이크를 잡았다. 소란하던 학생들이 말을 멈추고 무대를 바라보았다. 교수가 진중한 목소리로 말했다.

"숲에 화재가 있었습니다. 지금 밖은 위험하니, 절대 대강당을 벗어나지 말고 자리를 지켜주세요."

교수는 코에 얹은 구릿빛 안경을 올려 쓰고 학생들을 둘러보았다. 학생들은 숨죽이며 교수의 말을 기다렸다.

"곧 상황이 마무리될 거예요. 여러분을 보호하기 위해 최선을 다하고 있으니 안심하세요."

교수가 내려간 후 학교 교무처 직원이 무대 위로 올라왔다. 인원 파악을 할 테니 학년마다 지정된 곳으로 가 이름을 적으라는 말을 전했다.

무대를 내려간 안경 교수는 다시 교수들과 모여 신중한 낯빛으로 대화를 나누었다.

"우리도 가서 이름을 적자."

1학년이라고 적힌 곳을 가리키며 노아가 말했다. 미나는 손가락을 들어 입술 앞에 갖다 댔다. 그리고 귀를 기울여 교수들의 대화에 집중했다. 서서 대화를 나누던 교수들은 곧 흩어졌다.

"저게 들렸어? 너무 멀잖아."

교수들이 서있던 자리는 미나와 노아가 앉아있는 좌석과 꽤 떨어져 있었다. 보통 사람이라면 듣지 못했겠지만 미나는 달랐다. 유독 청각에 예민한 미나는 교수들의 대화를 엿들을 수 있었다.

"너는 가서 이름을 적어."

"나 혼자? 너는?"

"난 해야 할 일이 있어."

미나가 자리에서 일어나 걸어갔다. 눈만 깜빡이던 노아가 뒤늦게 미나를 따라갔다. 미나는 어수선한 상황을 틈타 대강당을 조용히 나왔다. 미나를 따라 나온 노아가 새벽바람에 몸을 으스스 떨었다.

"혼자 어디 가는데?"

미나는 대답하지 않고 주변을 둘러보았다. 대강당 바깥에는 사람이 없음을 확인한 미나가 길을 걸어갔다.

"혹시 애들 찾으러 가는 거야? 그렇다면 나도 같이 가."

옆에 바싹 붙어 걷는 노아는 콜록대며 기침을 했다. 막상 따라 나와놓고 후회하는 얼굴이었다.

"넌 들어가."

"아니야. 친구들이 위험에 빠졌을지도 모르는데, 혼자 피신해 있을 수는 없어."

"네가 뭘 할 수 있는데?"

미나는 걸어가며 대꾸했다. 그 말에 노아는 얼굴을 붉히며 자리에 멈추었다.

"나? 나는…"

눈동자를 굴리며 열심히 고민하던 노아가 멀어지는 미나를 향해 외쳤다.

"그, 그래도 혼자보다는 둘이 낫잖아!"

미나가 멈춰 선 후 고개를 살짝 돌려 노아를 바라보았다. 가볍게 한숨을 내쉰 뒤 나직이 말했다.

"따라오든지."

노아는 방긋 웃으며 잰걸음으로 미나를 따라갔다. 걸어가는 동안 미나는 별다른 말을 하지 않았다. 비밀 임무를 맡은 양 노아의 얼굴 위로 긴장감과 설렘이 동시에 피어올랐다.

두 사람은 중앙광장을 가로질러 걸었다. 본관 건물을 지나 잘 가꿔진 교정을 따라 걷자 연구동이 나왔다. 불 하나 켜지지 않은 건물은 어두웠다. 연구동 문을 연 미나가 거침없이 복도를 걸어갔다. 노아도 미나를 따라 캄캄한 복도를 걸었다.

"우리… 이렇게 단독행동 해도 되는 걸까? 걸리면 혼날 거야."

미나는 대답하지 않은 채 연구실 문을 벌컥 열었다.

솟아오른 아치형 구조의 천장이 어둠 속에서 견고히 모습을 드러냈다. 노아의 두 눈이 휘둥그레졌다. 공기 중을 부드럽게 떠다니는 구체들에서 복숭앗빛이 연하게 퍼져 나왔다. 그 빛이 실험실을 비추어 복도와 달리 사물을 뚜렷이 구별할 수 있었다.

팔각형의 테이블들이 연구실 안으로 방사형으로 펼쳐져 있었다. 미나는 가장 구석진 테이블로 걸어갔다. 유난히 비커가 많이 놓인 테이블은 미나의 지정석이나 마찬가지였다. 비커들을 대충 쓸어내자, 밑에 깔려있던 얇은 종이가 모습을 드러냈다. 얼룩이 묻어난 바랜 종이를 툭툭 털어낸 후 집중해서 읽어 내려갔다.

노아에게는 떠다니며 빛을 품은 구체, 벽장에 꽂힌 고대 도서들, 실험실만의 폐쇄적이고 웅장한 분위기 모두가 새롭게 다가왔다. 구경하느라 정신이 팔린 노아가 입술을 벌려 감탄했다.

"와, 여긴 어디야? 처음 와봐."

"1학년 전용 실험실이야. 너는 놀러 다니느라 바빴겠지."

종이를 읽어 내려가며 미나가 퉁명스럽게 대답했다.

"아, 여기였어? 이렇게 멋진 줄 알았다면 진작 와봤을 텐데."

노아가 환히 웃었다. 미나는 코앞에 촛불을 가져다 놓고 종이 속 문장에 몰두했다.

"어, 너 머리카락!"

노아의 외침에 미나가 고개를 들었다. 미나의 앞 머리카락이 촛불에 살짝 타들어 가 부스스 떨어져 내렸다. 미나가 놀라 머리카락을 쓸어내자 탄 냄새가 흘렀다. 불규칙하게 잘린 앞 머리카락은 우스꽝스러워 보였다.

"진짜 웃기다, 너."

노아가 큭큭거리며 웃더니 미나를 향해 거울을 들이밀었다. 거울 속 모습을 확인한 미나는 침통한 표정을 지었다.

한참 웃던 노아가 눈물을 닦는 시늉을 하며 미나 곁으로 다가왔다. 미나의 손에 들린 낡은 종이를 보더니 궁금증 가득한 표정을 지었다.

초를 들어 종이를 비춘 미나는 후, 하고 입술로 바람을 불었다. 문장들이 나풀거리며 벗겨지더니 허공 위로 떠올라 불꽃과 만났다. 곧이어 불길의 흔적을 남기며 공중에 고정되었다. 노아의 입술이 벌어졌다.

"와… 이게 뭐야?"

"요즘 연구 중인 마법이야."

여전히 기분이 언짢은 미나는 새침하게 대답했다.

"어떤 마법인데 그래?"

"위험에 빠지게 되는 순간, 미성년을 보호하는 수호 마법이야."

"왜 하필 미성년이야?"

"…가장 도움이 필요한 존재들이니까."

미나가 쓸쓸한 표정으로 대답했다. 회상에 잠긴 눈동자가 잠시 어두운 빛을 띠었다.

노아는 옆에서 말갛게 말했다.

"네 말이 맞는 것 같아. 나는 아직도 혼자 여행을 못 가거든. 아버지가 성년이 되면 비서 없이 가도 된다고 그러셨어."

미나는 대답하는 대신 노아를 바라보았다.

떠오른 문장들 주변으로 작은 불씨가 튀어 올랐다. 미나는 눈이 아파질 때까지 문장들을 노려보았다. 노아도 따라 읽어보려 했지만, 고난도 수식을 해독해 내기 쉽지 않았다.

미나가 오른손을 들어 문장을 톡톡 건들자, 불꽃이 떨어지며 수식의 모양이 변했다. 애써 읽어 내려가던 노아가 인상을 찌푸렸다.

"…아직 부족해."

"부족하다고? 뭐가?"

새롭게 만들어진 수식을 더듬더듬 읽어 내려가며 노아가 물었다.

미나는 양손을 가슴 위로 교차해서 얹은 후 동굴 같은 목소리로 속삭였다.

"사라."

휘리릭!

까만 밤이 몰려와 마법처럼 내려앉았다. 노아는 눈을 크게 뜨고 눈앞에 나타난 칠흑의 생물을 바라보았다.

검은 까마귀 한 마리가 타오르는 문장 위에 앉아있었다. 까마귀는 날갯짓하며 작게 날아오르더니 발톱에 쥔 종이봉투를 미나에게 내밀었다. 미나는 갈색 봉투를 받아 내용물을 확인했다. 먼저 냄새를 맡아본 후 봉투 안까지 꼼꼼히 살펴본 미나는 만족스러운 표정으로 고개를 끄덕였다.

연푸른 편지가 까마귀의 왼발에 묶여있었다. 매듭을 풀어 편지를 읽는 미나의 얼굴에 생기가 돌았다.

"이 까마귀는 뭐야?"

경계하는 얼굴로 노아가 물었다.

"얘 이름은 사라야. 부탁한 재료를 가져다줬어."

미나는 까마귀에 자신의 이마를 갖다 대며 다정히 웃었다.

"고마워, 사라. 도선생에게 안부 전해줘."

사라는 날갯짓을 하더니 천장 위로 솟아올랐다. 그리고 방향을 틀어내 거울 속으로 빠르게 날아들어 갔다. 종이 울리는 소리가 맑게 퍼졌.

종이봉투를 털어내자 희귀한 약초들이 한 움큼 나왔다. 적갈색 이파리, 뾰족한 은색 풀, 비췻빛 꽃, 흰 덩굴 가지⋯ 모두 쉽게 구할 수 없는 것들이었다.

 미나의 손이 분주히 움직였다. 신속하게 약초를 분류해 낸 후 비커들에 골고루 담았다. 루비 빛 용액을 약초 위로 붓자 부글거리며 연기가 피어올라 왔다. 꽃을 빻아낸 미색 가루도 청동 저울 위에 올려 정확히 계량해서 섞어 넣었다. 마지막으로 허브액 한 방울을 추가하자, 비커 안에서 은은한 열기가 피어올랐다.

 노아는 눈을 휘둥그레 뜨고 지켜보았다. 아마란스의 어떤 수업보다도 더 마법 같은 광경이었다. 따분한 이론 수업보다 마법약 제조 과정을 직접 보는 것이 훨씬 극적으로 느껴졌다.

 "내가 도울 수 있는 건 없을까?"

 "뚜껑 좀 닫아줄래?"

 노아는 두리번거리더니 뚜껑을 찾아 비커에 하나씩 끼웠다. 미나는 비커들을 더 가져와 용액을 담아냈다. 두 사람은 말없이 서로의 역할을 수행했다. 시간이 흐르자, 어느새 넓은 테이블 전체가 비커들로 가득 채워졌다.

 마지막 뚜껑을 닫은 노아가 왼손으로 이마를 훔쳤다. 어느새 땀이 흥건히 맺혀있었다.

 "진짜 많다. 이게 다 몇 개야?"

 "아흔두 개."

 "이제 어떻게 해?"

 미나가 연구실을 나가 낡은 수레를 끌고 왔다. 건물과 건물 사이 비품을 옮기는 용도로 쓰이는 수레였다.

"여기에 싣고 가자. 안 들키면 돼."

두 사람은 함께 비커들을 수레에 옮겨 싣고 연구실을 빠져나왔다. 건물을 나오자 얼어붙은 새벽하늘에 희미한 파란빛이 내려앉고 있었다. 땀으로 흠뻑 젖어있던 두 사람의 몸이 차가운 공기를 흠뻑 들이마셨다.

"근데 이걸로 뭘 하는 거야?"

"학생들에게 쓸 거야."

"대강당에 있는 학생들 말이야?"

노아가 고개를 갸웃거렸다.

"그래."

"그렇지만… 교수님이 기다리라고 하셨잖아. 우리가 나서지 않아도 지켜주지 않으실까?"

미나는 수레의 방향을 틀어 사람들이 잘 다니지 않는 쪽을 선택했다.

"…난, 어른을 믿지 않아."

대답은 한참 후에 들렸다.

두 사람은 대강당 건물 뒤편에 도착했다. 학생들이 모인 대강당 내부와 달리 뒤편은 한적했다. 노아는 고개를 들어 스테인드글라스로 덮인 창문을 올려다보았다. 따스한 온기가 빛과 함께 새어 나왔다.

건물 외벽 위로 아이비 넝쿨이 두껍게 달라붙어 있었다. 미나는 비커를 집어 뚜껑을 열었다. 붉게 변한 용액을 외벽에 뿌리자 치이익 소리를 내며 연기가 피어올랐다.

이번에는 파랗게 변한 용액을 집어 같은 자리에 뿌렸다. 그러자 용액이 고체화되어 덩굴 위로 말캉한 젤리 같은 물질이 생겨났다. 노아는 젤리 가까이 얼굴을 대고 들여다보았다. 꼭 비누 같다고 생각했다.

"너도 도와줘. 액체 두 가지를 차례로 뿌리는 거야. 봤지?"

용액들은 붉고 파랗게 바뀌어 있었다. 노아가 붉은 액체가 든 비커를 들어 뚜껑을 열었다. 덩굴을 향해 뿌린 순간 덩굴에 붙어 있던 검은 벌레가 날아와 노아의 얼굴에 달라붙었다.

"으악! 이게 뭐야!"

노아는 양손을 허둥거렸다. 곁에서 지켜보던 미나가 혀를 차며 웃었다.

"도대체 선별 시험을 어떻게 통과한 거야? 벌레 하나에도 그렇게 소리 지르면서."

"아, 그거?"

벌레가 떨어져 나간 **뺨**을 어루만지며 노아가 계면쩍게 웃었다.

"돈 주고 샀어."

"샀다고? 무슨 뜻이야?"

미나는 눈을 가늘게 뜨고 바라보았다.

"보석 말이야. 보니에게 돈 주고 샀거든. 선별 시험을 통과하면 아버지가 기뻐하실 것 같아서. 하지만 지금은 후회해. 푸른 숲은 너무 위험한 것 같아."

노아는 눈동자를 굴리더니 작게 웃었다. 미나의 얼굴에 착잡함이 더해졌다. 비커의 뚜껑을 열며 작게 중얼거렸다.

"…정말 마음에 안 들어."

노아처럼 천진한 아이가 푸른 숲 수업에 들어온 것이 특이하다고는 생각했지만, 그레이펠 가문 출신이라 짐짓 남들이 모르는 무언가 있지 않을까 싶었다. 하지만 이런 경우는 예상 밖이었다. 보니와 함께 부정을 저지르다니.

애초에 보니는 의뭉스럽게 느껴졌다. 리아에 관한 소문을 흘리면서 본인은 아닌 척하는 게 빤히 보였다. 다른 사람들은 눈치채지 못할지 몰라도 알 수 있었다.

미나는 용액을 넝쿨 위로 뿌렸다. 치이이익. 붉은 용액은 스르르 기화되어 증발했다.

파란 용액이 든 비커를 집어 들며 미나가 퉁명스럽게 쏘아붙였다.

"왜 나한테 말하는 거야? 내가 신고하면 어쩌려고?"

"신고할 거야?"

노아의 얼굴이 심각해졌다.

"설마 교수님께 이를 건 아니지? 그러면 나, 학교에서 쫓겨날지도 몰라."

미나는 대답할 가치도 못 느낀다는 표정으로 손을 빠르게 움직였다. 용액이 서서히 투명하게 바뀌었다.

"말 안 할 거지? 응?"

노아는 불안한 얼굴로 미나를 재촉했다.

"걱정 마! 나는 너희들처럼 한가하지 않으니까. 보석 장사를 한다 해도 상관없어. 나한테는 훨씬 더 중요한 게 있어."

노아는 미나를 물끄러미 바라보았다. 미나가 화를 내는 이유를 알 수 없었다. 뭘 하든 상관없다면서 왜 저렇게 퉁명스러운 걸까?

"너한테는 뭐가 중요한데?"

노아가 물었다. 미나는 순간 울컥했다.

"나는… 보답해야 해."

눈물을 참으려 했지만 도리어 표정이 엉망이 되어버렸다. 머릿속에 떠오르는 두 사람이 있었다. 한 사람은 자신을 버린 아버지였고, 또 다른 사람은 그 아버지를 대신해 준 이였다.

눈 안에 고여있던 물기가 뺨을 타고 흘러내렸다. 미나는 손등으로 눈물을 닦아냈다.

"말해도 너는 이해 못 해."

노아는 고개를 끄덕였지만, 역시 이해를 하지 못한 상태였다.

노아에게 미나는 어려운 상대였다. 노아는 자신이 자라온 영지 너머의 세계를 잘 이해하지 못했다. 깨끗한 공기와 푸른 초원이 넘실거리는 그레이펠 영지에서 그가 결핍을 느낄 일은 거의 없었다.

손을 분주히 움직이던 미나가 물었다.

"안 도와줄 거야?"

"아, 응!"

고개를 끄덕이며 비커를 집은 노아는 벌레가 없는지 꼼꼼히 확인한 후 용액을 부었다.

"빨간 용액 다음에 파란 용액이야. 헷갈리지 마."

"빨간 거 다음에 파란 거…"

혹시라도 실수할까 봐 걱정된 노아는 작게 중얼거렸다. 한참을 붓다가 문득 고개를 돌려 물었다.

"반 친구들은 무사할까?"

"…괜찮을 거야."

"어떻게 알아?"

"그냥, 알아."

미나는 담담히 대답했다.

이윽고 대강당 외벽에 흰 젤리로 띠를 두른 듯한 모양이 완성되었다. 노아는 손을 뻗어 만져보았다. 눈높이에서 생겨난 젤리는 딱딱하게 굳은 촛농 같기도 했다.

"고향에서 먹던 누가 같아. 맛있었는데."

배가 고파진 노아가 입맛을 다셨다. 그레이펠에서 먹었던 누가를 떠올리자 허기가 졌다. 견과류와 꿀, 설탕, 계란 흰자를 섞어 만든 누가는 그레이펠산 치즈를 첨가해 더욱 고소하고 풍부한 맛을 냈다.

"물러서."

미나는 나뭇가지를 주워 들어 땅 위로 마법진을 그려냈다. 노아는 설레는 마음으로 몇 걸음 떨어져 지켜보았다.

미나가 그린 기하학적인 선들의 끝이 외벽에 닿았다. 양손을 모은 후 입술을 열어 중얼거렸다.

"벤틸라스… 안브룸… 에포라."

피잉.

마법진이 작게 진동하더니 빛줄기가 마법진을 타고 흘러가 외벽에 닿았다. 벽을 타고 올라간 빛이 젤리에 스며들기 시작했다.

한 줄기 푸른 불꽃이 파앗, 타오르더니 허공으로 흩어졌다. 곧이어 젤리 위로 하얗고 투명한 불이 붙었다.

"신기해. 하얀 불이 붙은 것 같아."

노아는 불을 향해 손을 뻗었다가 거뒀다. 불이 붙었는데도 아이비 넝쿨은 타지 않았다. 상앗빛 젤리 위로만 엷게 덮은 불길은 존재감을 은은히 드러냈다.

"얼마 동안 이렇게 타오르는 거야?"

"오래가진 못해. 다섯 시간 정도?"

일렁이는 불꽃을 보며 미나가 대답했다. 가장자리가 하얗게 번지는 불은 소리 없이 주변을 밝혔다.

"거기, 너희!"

갑작스러운 목소리에 두 사람은 고개를 돌려 보았다. 멀리서 두 사람을 향해 서있는 교수가 보였다. 노아는 이미 뒷걸음질을 하며 뛸 준비를 하고 있었다.

"뭐 하고 있는 거야?"

교수가 두 사람을 향해 걸어오고 있었다. 미나가 작게 속삭였다.

"도망쳐!"

두 사람은 뒤도 돌아보지 않고 달렸다.

숨을 헉헉거리며 멈춰 선 곳은 낡은 탑 앞이었다. 덩굴로 외벽 전체가 가려진 탑은 관리가 전혀 되지 않는 듯했다.

노아가 뒤돌아 교수가 따라오지 않았음을 확인하고 안도했다.

"이제 어떡해?"

"…기다려야지."

미나는 탑문을 열고 들어갔다. 멀뚱히 서서 탑 외벽에 새겨진 문양을 바라보던 노아도 따라 안으로 들어갔다.

나선형 계단을 올라가자 탑의 꼭대기에 넓은 전망대가 나왔다. 숲의 불길이 한눈에 보였다. 희뿌연 연기가 퍼지는 숲을 가까이서 보니 화재가 더욱 실감 났다.

"여기 있어도 되는 거야, 우리? 너무 위험한 것 같아."

노아는 걱정스러운 얼굴로 줄지어 놓인 시든 화분들을 내려다보았다.

미나는 말없이 의자에 앉아 전망대 밖을 내다보았다. 숲의 불길은 사그라들지 않을 것처럼 번지고 있었다.

"…대강당으로 돌아가자."

한참 후 미나가 말했다. 노아가 고개를 들어 미나를 보았다.

"정말?"

"가서 기다리자. 불이 멎을 때까지."

불길이 번지는 숲에서 시선을 돌리며 미나가 말했다. 할 수 있는 일은 다했으니 이제 기다릴 것이다. 서서히 타오르는 숲을 내다보며 내린 최선의 결론이었다.

두 사람은 함께 나선형 계단을 내려갔다.

새벽의 빛이 흩뿌려지듯 탑 위로 내려앉았다.

13. 푸른 델피니움 꽃

 보니의 눈이 휘둥그레졌다. 갑자기 하늘에서 불덩어리들이 내려왔다. 앞서가던 벤 교수가 멈춰 선 후 하늘을 올려다보았다. 휘날리며 내려앉은 붉은빛이 나무들을 타고 번지기 시작했다.
 "교수님, 불이…"
 숀은 말을 잇지 못했다.
 나무에 내려앉은 작은 불씨를 발견한 벤 교수가 처참한 눈빛으로 뒤돌아 말했다.
 "당장 숲을 벗어나야 해. 속도를 내지."
 벤 교수의 걸음이 빨라졌다. 불덩어리가 내려앉은 나무들에서 가느다란 연기가 피어올랐다. 땅으로 옮겨붙은 불길은 곧 시커먼 연기를 만들어 냈다. 답답한 통증을 느낀 숀이 가슴을 두드렸다.

밀러드는 검은 연기에 시야가 잘 보이지 않았다. 루카스의 등만 보고 걷던 보니가 그의 등에 부딪혀 섰다. 곧이어 거대한 소리와 함께 나무가 땅 위에 내려앉았다. 보니는 눈앞에 쓰러진 나무를 내려다보았다. 나무에 맞았다면 치명상을 입었을 것이다. 루카스는 어떻게 알고 미리 멈춘 걸까?

"조심해. 나무들이 무너지고 있어."

루카스의 말이 끝나기도 전에 옆에서도 쿵, 소리와 함께 육중한 나무가 내려앉았다. 보니는 움찔거리며 뒷걸음질 쳤다. 새벽의 바람이 불의 흐름을 더욱 격렬하게 만들어 주었다.

"교수님!"

매캐한 연기 속에서 외치는 보니의 팔을 루카스가 잡았다. 보니가 돌아보자, 루카스가 말했다.

"틀렸어. 우리끼리 가야 해."

하늘에서 계속 불이 내려오고 있었다. 숨쉬기 고통스러운 보니가 인상을 쓰며 콜록거렸다.

"그렇지만, 아무것도 안 보이는데 어떻게…"

"바람의 방향을 느끼면 돼."

연기 속에서 보니는 루카스의 얼굴을 바라보았다. 모든 것이 흐릿한 세상 속 그의 얼굴만이 명징해 보였다.

보니는 고개를 작게 끄덕였다.

루카스가 자신의 셔츠를 찢어내 보니에게 건네주었다.

"이거를 대고 있으면, 조금 나을 거야."

보니는 루카스에게 받은 천을 코에 대었다. 조금 나아진 기분이 들었다.

"저쪽이야."

앞이 거의 보이지 않았지만, 루카스는 망설임 없이 걸었다. 그는 종종 곁눈질로 보니의 상태를 확인했다. 연기 속에서도 평온한 그와 달리 보니는 금방이라도 질식할 것처럼 힘겨워했다.

루카스는 생각에 잠겨 걸었다. 리아는 숲 어디쯤 있을까? 숲이 불바다가 된 지금 리아는 안전할까? 보니를 데리고 숲을 나가야 한다는 사실을 알지만, 리아에 대한 생각을 떨쳐낼 수 없었다.

그때, 보니가 다급히 외쳤다.

"루카스!"

말보다 행동이 빨랐다. 보니가 몸을 던져 루카스를 밀쳤다.

쿵!

루카스의 몸이 땅 위로 넘어졌다. 거대한 소리와 함께 보니의 비명이 들렸다. 놀란 루카스가 몸을 일으켜 냈다. 바로 앞에 쓰러져 있는 보니의 몸을 바라보았다.

"…보니?"

나무를 맞고 뒹군 보니의 몸이 땅 위로 축 늘어져 있었다. 옅게 깜빡이는 눈 위로 화상자국이 보였다.

"보니, 괜찮아?"

묻는 목소리가 떨렸다. 보니는 괴로운 얼굴로 신음을 뱉어냈다.

루카스는 당황했다. 스스로도 납득할 수 없었다. 아무리 연기 속일지라도 나무가 쓰러지는 것쯤은 알아차려야 했다. 누구보다 자기 자신에게 실망스러웠다.

보니의 몸 위로 거친 나무가 스친 흔적이 빨갛게 남았다. 지금 보니의 상태로는 숲을 벗어나기 무리였다. 고민하던 루카스는 빠르게 결정을 내렸다. 양손으로 조심스럽게 보니를 안아 든 다음 방향을 틀어 걷기 시작했다.

먼저 연기를 피할 수 있는 곳을 찾아야 했다. 바람과 반대 방향으로 걸으며, 최대한 모든 감각을 동원해 길을 찾았다. 이마에 땀이 한가득 맺혔다.

점차 차가운 습기가 느껴졌다. 루카스는 숨을 고르며 희미한 냄새를 따라 걸었다. 계속 걸을수록 차가운 공기가 실려와 피부를 스쳤다. 차츰 흙냄새가 코끝에 감돌았다.

마침내 동굴을 발견한 루카스가 기쁨의 탄식을 내뱉었다. 동굴 안으로 들어선 루카스는 보니를 눕힌 후 겉옷을 벗어 머리를 받쳐주었다.

불길이 지글거리는 밖과 달리 동굴 안은 다른 세계처럼 고요했다. 루카스가 등을 돌려 동굴 입구를 바라보았다. 연기는 동굴 입구 근처에서 희미하게 부유했다.

보니의 몸 상태는 이미 손을 쓸 수 없을 정도로 처참했다. 보니를 향해 루카스가 나지막이 물었다.

"왜 그런 거야?"

찰나의 시간 보니는 조금의 망설임도 없이 몸을 던졌다. 자신을 위해 이렇게까지 한 이유가 무엇일까?

"한 번쯤은, 네게 보답하고 싶었어."

꺼져가는 목소리가 대답했다.

"너는 기억하지 못하겠지만… 나는 잊을 수 없었어."

루카스가 차분한 눈빛으로 보니를 바라보았다. 무얼 말하는지 그는 단번에 알아들었다.

"기억해."

루카스의 대답에, 잠시나마 보니의 표정이 살아난 것 같았다. 루카스가 천천히 말을 이었다.

"나도 잊지 않았어. 우리가 숲에서 마주친 날. 그때 너는… 동생과 함께였지."

보니의 표정이 움찔거렸다. 눈빛에 어린 쓸쓸함이 쉽게 사라지지 않았다.

"그 애의 이름은 펠릭이었어."

보니가 중얼거리듯 말했다.

"펠릭."

루카스가 낮게 읊조렸다. 입 밖으로 내뱉자, 친밀하게 느껴졌다. 실제로 본 기억은 한 번뿐인데도.

펠릭은 두 사람의 연결고리였다. 그 아이가 아니었다면 둘은 만나지 않았거나, 만났더라도 서로를 지나쳤을 것이다. 루카스는 옛 기억을 떠올렸다. 기억 속의 보니는 무모할 정도로 용감했다. 그래서였을까? 그 눈빛을 외면할 수 없었다.

퉁퉁 부어오른 손이 루카스의 손에 닿았다. 눈이 마주치자 보니는 희미하게 웃었다.

"…고마웠어."

보니는 마음이 편안해짐을 느꼈다. 이제야 마음속 오래 품어 온 말을 털어낼 수 있었다. 평생 기회가 없을 거라고 생각했는데. 이렇게 만신창이가 되어서야.

루카스를 처음 만난 날을 잊을 수 없었다. 아홉 살의 보니는, 홀로 무너져 내리고 있었다. 루카스는, 손을 내밀어 잡아준 단 한 사람이었다.

* * *

실바론은 파도바 왕국 북부에 위치한 작은 마을이었다. 실바론을 타고 흐르는 거대한 산맥은 가파르고 위험하기로 유명했다. 유달리 추운 지역인 데다가 독성이 강한 식물들도 많았기 때문에 잘못 길을 들었다가 목숨을 잃은 사람도 허다했다.

보니의 부모가 운영하는 화원은 실바론 산 깊숙이 숨어있었다. 찾아가기 쉽지 않아 단골손님 위주로 운영되는 곳이었다. 단골들은 실바론 산의 미로 같은 길을 걸어 화원에 당도했다. 화원 안에는 다양한 식물들이 꾸며져 있었고, 그들은 식물을 신중히 골라 사 갔다.

보니의 부모는 간혹 1년에 한두 번 출장을 떠나기도 했다. 떠나는 날에는 보니를 불러 동생들을 돌보라고 당부했다.

이제 아홉 살인 보니는 네 남매 중 첫째였다. 화원을 운영하느라 바쁜 부모 대신 보니는 자연스럽게 동생들을 떠맡았다.

"지난달 보낸 약이 걸린 바람에 손해가 막심해. 이번 기회에 새 거래처를 뚫어야겠어."

아빠는 식물을 포장하며 신경질적으로 말했다.

"그동안 본 손해를 메꿔야 한다고."

종이로 포장한 식물들을 아빠가 트럭에 실었다.

보니는 부모를 빤히 바라보았다. 언제나 지쳐 보이는 노곤한 눈빛. 화원을 관리하기 위해 입은 낡은 작업복과 방수 장화. 피부는 햇빛을 받아 그을린 색이었다. 그들이 보니에게 바라는 건 오직 빨리 자라는 것뿐이었다.

산길을 따라 달려가는 트럭의 모습이 작아질 때까지 보니는 시선을 떼지 않았다. 이윽고 트럭이 시야에서 완전히 사라지자, 고개를 돌려 동생들을 바라보았다. 가장 먼저 유아용 침대에 누워있는 에밀리에게 다가가 젖병을 입에 대주었다. 배가 고팠는지 에밀리는 우유를 단숨에 비워냈다. 우유를 먹이면서도 곁눈질로 다른 동생들을 살폈다. 세레나와 펠릭은 각자 장난감을 갖고 놀고 있었다. 평소 보니의 손을 많이 탄 아이들이라 부모가 없어져도 찾지 않는 눈치였다.

동생들의 저녁을 챙기기 위해 부엌으로 갔다. 식탁 위 바구니에는 바나나와 사과, 천에 싼 치즈가 들어있었다. 동생들을 불러내 식탁 앞에 앉히고 우유에 탄 시리얼을 주었다. 펠릭은 먹는 둥 마는 둥 하며 한 손에 쥔 자동차 장난감을 만지작거렸다. 세레나는 그릇을 깨끗이 비운 후 보니가 꺼내준 견과류를 오도독 씹어 먹었다.

"언니. 엄마, 아빠는 어디 간 거야?"

"나도 몰라. 내일 돌아오신대."

"그럼 집에 우리만 있는 거야?"

보니보다 두 살 어린 세레나는 상황 파악이 빨랐다. 아직 일곱 살밖에 되지 않았지만, 보니를 도와 어린 동생들을 잘 돌보았다. 특히 펠릭과 놀 때면 자신의 장난감을 줄곧 양보했다.

세레나의 질문에 보니는 대답하지 않았다. 엄마, 아빠가 집에 없다는 사실을 상기하자 마음이 불편해졌기 때문이었다. 잠자코 바나나 껍질을 벗겨내 한입 물자 눅눅한 바나나가 물컹 씹혔다.

"안 먹으면 밤에 배고파서 잠 못 잔다."

장난감을 갖고 노는 펠릭을 향해 보니가 말했다.

"오늘은 엄마, 아빠 없어서 언니 말 잘 들어야 돼."

그렇게 말한 세레나가 숟가락으로 시리얼을 떠 펠릭의 입가에 갖다 댔다. 귀찮다는 듯 펠릭이 칭얼거리며 숟가락을 쳐냈다. 그릇까지 엎어지는 바람에 식탁은 금세 우유와 시리얼로 지저분해졌다.

"뭐 하는 거야!"

보니가 외치자 펠릭은 눈동자를 굴리다가 웅얼거렸다.

"먹기 싫어."

"네 마음대로 해."

보니는 퉁명스럽게 대꾸하며 펠릭의 그릇을 치웠다. 행주를 가져와 식탁을 꼼꼼히 닦아냈다. 펠릭은 심통이 난 얼굴로 부엌을 나갔다.

식사를 마친 후 보니는 거실에서 동생들을 돌보았다. 에밀리는 유아용 침대에서 잠에 빠져들었고, 함께 장난감을 가지고 놀던 세레나와 펠릭도 졸린지 카펫 위로 누웠다. 보니는 아이들에게 담요를 덮어준 뒤 앉아 꾸벅꾸벅 졸았다. 쏟아지는 졸음에 편히 자고 싶었지만, 아이들 생각에 편히 눕지 못했다.

꿈속에서 보니를 부르는 소리가 들렸다. 이윽고 누군가 팔을 강하게 잡고 흔들었다.

"언니!"

눈을 뜨자 세레나의 창백한 얼굴이 보였다.

"왜 그래?"

눈꺼풀을 비비며 보니가 느리게 대답했다.

"펠릭이 없어."

"뭐라고?"

말을 이해하지 못한 보니가 세레나를 멍하니 바라보았다. 펠릭은 잠들어 있는데? 보니의 시선이 펠릭이 누워있던 자리를 훑었다. 펠릭이 덮고 있던 모직 담요만이 펼쳐진 채 놓여있을 뿐이었다.

"방이랑 부엌에도 없어. 아무리 찾아도…"

심장이 쿵 내려앉는 것 같았다. 당장 달려가 방문을 열고 방들을 확인했다.

"펠릭!"

대답은 들리지 않았다.

보니의 불안한 시선이 집 안을 빠르게 훑었다.

"세레나, 너는 여기 있어. 에밀리가 깨면 달래줘야 해."

"언니는?"

"잠깐 화원에 다녀올게."

왜일까. 종종 느껴지던 불안감이 실체화되는 것 같았다. 심장이 터질 것처럼 뛰었다. 티를 내지 않으려 애쓰며 보니는 동생에게 미소를 지어주었다. 소파에 기대 누운 세레나는 걱정스러운 목소리로 당부했다.

"빨리 와야 해. 알았지?"

"금방 올 거야. 시간이 늦었으니까 자고 있어."

다정히 말하며 보니가 크림색 담요를 덮어주었다. 쉽게 잠들지 못한 채 몸을 뒤척이던 세레나는 보니가 거실을 떠난 후에야 꽉 쥐고 있던 담요를 손에서 풀고 기도하듯 중얼거렸다.

"펠릭…"

보드라운 담요가 몸을 따뜻하게 덮어주었다. 언니는 금방 돌아올 거야. 눈을 감고 생각하자 차츰 잠에 빠져들었다.

집 밖으로 나오자 하얗게 눈이 내렸다. 쌓이지 않는 눈이었지만, 강한 바람에 섞여 불어와 뺨을 때렸다. 화원은 걸어서 5분 거리였다. 보니는 흙길을 따라 걸었다.

매일 밤 저녁 식사를 마치면 아빠는 화원으로 향했다. 항상 아빠가 화원에 가서 무얼 하는지 궁금했다. 하루는 시간을 두고 아빠를 따라간 적도 있었다. 식물원에 들어서자 식물들이 알싸한 냄새로 맞이해 주었지만, 아빠는 없었다. 화원 구석에 녹슨 삽과 수레가 덩그러니 놓여있을 뿐이었다. 아빠는 어디 갔을까? 궁금증을 풀지 못한 채 화원을 나와야 했다.

화원에 다녀올 때면, 아빠의 눈동자는 비정상적으로 확장되어 있었다. 초점을 제대로 맞추지 못해 물건을 한 번에 잡지 못했고, 피부는 상한 우유보다도 창백해 보였다. 보니는 아빠를 관찰했다. 이마와 목뒤로 새겨진 촘촘한 땀. 가볍게 떨리는 손가락과 몸의 근육들. 균형을 잡지 못해 비틀거리는 걸음걸이. 썩은 생선의 눈처럼 공허하고 빛을 잃은 눈동자. 마치 몸속의 어딘가 영원히 무너져 내린 것처럼 보였다.

그때마다 엄마와 아빠는 혹독하게 싸웠다. 닫힌 문 너머로 엄마의 울음이 비명처럼 들렸다. 물건이 깨지고, 서로를 밀치고, 악을 쓰는 엄마와 아빠. 보니는 공포에 질린 눈으로 방문을 바라보았다.

심장이 터질 듯 쿵쿵 뛰었다. 호흡이 걷잡을 수 없을 정도로 가팔라졌다. 그만하라고 소리라도 지르면 멈출까? 세레나는 양손으로 귀를 막았고, 에밀리는 울음을 터트렸다. 절망스러운 기분을 느끼며, 보니는 벽에 머리를 쿵쿵 찍었다. 어떻게 하면 이 지옥 같은 날들에서 벗어날 수 있을까? 이윽고 스스로 답을 내렸다. 이 집을 탈출하는 것이다.

혼자 탈출할 수는 없었다. 동생들을 이런 환경에서 자라게 할 수는 없었다. 동생들을 아빠처럼 만들지 않을 것이다.

언젠가부터 엄마도 점차 무너져 내렸다. 힘없는 눈빛으로 멍하니 하늘을 보거나, 에밀리가 아무리 울어도 거들떠보지도 않았다. 보니는 엄마의 빈자리를 대신 채워냈다. 그때마다 다짐했다. 동생들은 내가 지켜내겠다고.

그랬었는데… 보니는 처참한 심정으로 화원을 바라보았다. 펠릭이 이 안에 있을까? 무슨 일이 생겼다면… 내가 잠들지 않아야 했는데. 자책감이 든 보니가 손바닥으로 자신의 머리를 때렸다.

비닐을 여러 겹 덧댄 낡은 문이 조금 열려있었다. 들어가 불을 켜자 산뜻한 향이 한 번에 밀려왔다. 보니는 식물들 사이를 걸으며 동생을 불렀다.

"펠릭? 거기 있어?"

부르는 목소리가 가늘게 떨렸다.

"펠릭? 장난치지 마."

당장이라도 뛰쳐나와 장난이라고 해주었으면. 혼자 숨바꼭질을 하고 있었다고 짓궂게 말했으면. 펠릭이 안전하기만을 빌고 또 빌었다.

"펠릭!"

아무도 살펴도 펠릭은 보이지 않았다. 보니는 낙담한 마음으로 입술을 깨물었다. 숲으로 간 걸까? 그것만은 아니기를 바랐는데. 겨울의 숲은 특히 위험했다. 눈물이 터져 나왔다. 나는 왜 이 모양일까? 머리가 띵하고 울리는 것 같았다. 순간적으로 어지럼증에 쓰러져 바닥을 짚었다.

그때, 바닥 위로 살짝 걷힌 카펫이 눈에 들어왔다. 붉은 카펫 아래로 작은 손잡이가 달려있었다. 보니는 다가가 카펫을 휙 걷어냈다. 지금까지 알지 못했던 작은 문이 바닥에 달려있는 것을 보았다.

불안한 예감이 강렬히 덮쳐왔다. 생각할 겨를도 없이 보니가 문을 열고 아래로 향하는 계단을 내려갔다.

철재로 만들어진 좁은 계단을 내려가자, 주황빛 조명이 병렬로 설치된 공간이 나왔다. 조명 아래로 흙이 열을 맞추어 밭을 이루고, 처음 보는 식물들이 그 위로 자라나 있었다.

흙 위로 쓰러져 있는 작은 아이를 발견한 보니가 달려갔다. 양손으로 펠릭의 뺨을 소중히 감싸안았다.

"괜찮아? 펠릭!"

펠릭의 호흡이 약하게 새어 나왔다. 주변을 살펴본 보니의 얼굴이 굳었다.

그 냄새다.

아빠가 화원에서 나올 때 묻혀온 냄새. 매캐하고 따가운, 연기처럼 착 달라붙어 우울감을 풍기는 바로 그 냄새. 가끔 트럭에 실어 보낼 때 화분들 틈새로 새어 나오던 불쾌한 향. 펠릭의 몸에 그 향이 묻어있었다.

"펠릭…"

보니의 눈물이 펠릭의 얼굴을 적셨다. 보니는 어깨를 들썩이며 흐느꼈다. 도움을 요청할 사람은 아무도 없었다.

이대로 두면, 펠릭은 죽을 것이다. 보니는 직감적으로 알고 있었다. 달려가 집에서 담요를 여러 장 가져왔다. 수레 위에 담요를 깔고 펠릭을 눕힌 다음, 다시 담요로 칭칭 감아내듯 덮었다.

13. 푸른 델피니움 꽃

그리고 수레를 밀고 화원을 나섰다.

밖은 여전히 눈이 내리고 있었다. 찬바람이 불어와 뺨을 사정없이 때렸지만, 손에 힘을 실어 수레를 밀었다. 흙이 깔린 길을 수레가 흔들리며 굴러갔다. 최대한 조심스럽게 밀었지만, 돌멩이가 걸릴 때마다 생기는 약간의 반동은 피하기 힘들었다. 보니는 펠릭의 얼굴을 수시로 확인하며 길을 걸었다.

한 시간 정도 산을 내려가면, 밀로 아저씨 집이 있었다. 예전에 유리 조각에 손을 베였을 때, 아빠는 보니를 밀로 아저씨 집으로 데려갔다. 정식 의사는 아니었지만, 몸이 아플 때면 마을 사람들은 밀로 아저씨를 찾아갔다. 아저씨 집에는 다양한 약초를 분류해 둔 진열장과 환자가 누울 수 있는 진료용 침대가 있었다.

급하게 나오느라 미처 겉옷을 챙겨 입지 못했다. 칼날 같은 바람이 피부를 긁고 지나갔다. 몸을 웅크렸지만 뼛속까지 추위가 어리는 것 같았다. 내리는 눈발은 점차 거세졌다. 보니는 눈에 힘을 주어 앞을 보았다. 회색빛 안개가 새벽의 숲에 내려앉아 있었다.

부스럭거리는 소리가 들렸다. 보니는 몸서리를 치며 걸음을 멈췄다. 수레를 쥔 손에 힘을 실으며, 긴장한 얼굴로 사방을 둘러보았다. 나무들을 스치는 바람 소리가 서늘하게 메아리쳤다. 등에서 식은땀이 흘렀다. 들짐승의 소리일까? 늑대라도 나오면 어떡하지? 아빠는 종종 산에서 늑대를 보았다고 했다.

무언가 이쪽으로 향해 다가오는 소리가 들렸다. 보니는 신경을 곤두세우고 나무들 사이를 노려보았다.

나무들 사이로 형체가 드러나자, 보니의 눈동자가 크게 확장되었다. 예상하지 못한 인물의 출현에 보니는 입술을 벌렸다. 당황한 건 상대도 마찬가지인 듯했다. 두 사람은 말없이 서로를 응시했다.

잠시 후 상대가 먼저 입을 열었다.

"누구야, 너?"

비슷한 나이대의 소년이었다. 은발에 푸른 눈을 지닌 소년은 새벽빛을 받아 아름다웠다. 보니는 대답하지 않았다. 소년의 무표정한 얼굴이 두어 걸음 더 다가왔다. 그제야 수레 속에 작은 아이가 누워있다는 사실을 알아챈 소년이 보니와 펠릭을 번갈아 보았다.

"…동생이 아파."

보니가 울먹이며 주저앉았다. 긴장이 풀리자 몸에 힘이 빠졌다. 늑대가 아니라서 다행이다. 안도하면서도, 갑자기 나타난 낯선 소년을 경계했다.

소년이 다가와 펠릭을 살펴보았다. 펠릭의 숨이 찬 공기 위로 약하게 새어 나왔다.

소년은 보니가 가려던 길을 멀리 내다보며 물었다.

"어디로 가는 거야?"

"밀로 아저씨 집으로… 가서 치료해 달라고…"

대답하는데 눈물이 멈추지 않았다. 보니는 주저앉은 채로 흐느끼기 시작했다. 어깨가 들썩이며 떨렸다. 한번 울음이 시작되자 멈출 수 없었다. 소년은 말없이 보니를 바라보았다.

잠시 후 소년이 말했다.

"내가 도와줄 수 있어."

눈물로 흥건한 얼굴을 들어 소년을 바라보았다. 소년의 은발이 옅게 빛났다.

"…어떻게?"

목멘 목소리가 작게 흘러나왔다.

소년은 대답하는 대신 하늘을 올려다보았다. 흐릿한 안개 너머의 하늘은 푸르스름한 빛을 띠었다. 소년은 주머니에서 짧은 막대를 꺼내어 하늘을 향해 세웠다. 그러곤 작게 중얼거리자, 은은한 빛이 막대를 감싸더니 하늘로 강력하게 솟아올랐다.

얇게 솟아오르던 빛이 찬찬히 뿌려지기 시작했다. 흰 눈과 어우러져 잔잔히 내려오는 빛의 조각들은 달빛을 머금은 꽃잎 같았다. 소년의 얼굴이 내리는 빛 사이로 투명하게 보였다. 새벽을 닮은 청아한 눈동자가 보니를 마주 보았다.

아름다워.

보니는 생각했다. 아름답고, 이상하다고. 마치 아득한 꿈속 장면처럼. 꿈이었다면, 영원히 깨기 싫을 정도로.

10분도 채 되지 않아 건장한 남자 두 명이 숲에서 모습을 드러냈다. 보니는 경계하며 수레 앞을 지켜 섰다.

"벌써… 시험을 끝내시는 겁니까, 도련님?"

새치가 난 남자가 소년에게 묻더니 보니에게 눈길을 주었다.

"치료가 필요해."

소년의 대답에, 남자는 상황을 전부 파악한 얼굴로 고개를 끄덕였다. 보니의 동생을 가까이서 살핀 후 손바닥을 이마에 대보았다. 곧이어 단단한 팔로 펠릭을 부드럽게 들어 올렸다.

"가시죠."

그는 앞서 걸어갔다.

보니가 눈을 떴을 때, 가장 먼저 푸른 꽃이 가득 꽂힌 커다란 화병이 보였다. 보니는 천천히 몸을 일으켰다. 은은한 꽃향기가 방 안을 흐르고 있었다.

"괜찮아?"

소년이 보니를 바라보고 있었다. 멍하니 소년과 눈을 맞추던 보니가 갑자기 외쳤다.

"펠릭!"

보니는 주위를 둘러보았다. 옆 침대에 누워있는 펠릭이 보였다. 침대에서 내려온 보니가 펠릭에게 다가갔다. 조명을 받은 펠릭의 피부는 멍이 든 것처럼 파랬다.

펠릭의 두 눈이 흐릿하게 감겨있었다. 보니는 가볍게 오므린 펠릭의 손을 쥐었다. 차가웠다.

입술로 신음이 새어 나왔다. 그대로 손을 잡고 주저앉은 채 울음을 터트렸다.

"…나 때문이야."

흐느끼는 보니 옆으로 소년이 조용히 다가와 앉았다. 아무 말도 하지 않고 묵묵히 기다려 주었다. 보니의 울음은 오래 멈추지 않았다.

"…네 잘못이 아니야."

소년의 목소리에 온기가 섞여있었다. 보니는 어깨를 작게 들썩이며 눈물을 흘렸다. 소년이 한 손을 뻗어 보니의 등을 토닥여 주었다.

문득 소년의 시선이 벽에 걸린 초상화에 닿았다. 연둣빛 실크 드레스를 입은 초상화 속 여인은 온화한 미소를 지녔다. 은발의 머리카락을 우아하게 올리고 손에는 푸른 꽃을 들고 있었다. 오로지 그림으로만 만나본 자신의 어머니였다.

생전에 어머니는 푸른 델피니움 꽃을 좋아하셨다고 했다. 그래서 아버지는 저택 곳곳에 델피니움 꽃을 두었다. 그래서일까? 떠돌아다니는 향기를 맡으면, 꼭 어머니가 저택에 머무르는 것 같았다.

때때로 소년은 초상화 속 어머니의 모습을 들여다보았다. 마치 어머니가 천천히 걸어 나와 품 안에 안아줄 것만 같았다. 긴 속눈썹 아래 진귀하게 빛나는 녹색 눈동자, 약간 발그레한 두 뺨, 따뜻한 미소, 부드럽게 넘긴 은빛 머리카락, 푸른 델피니움 꽃향기…

어머니는 소년을 낳다가 돌아가셨다고 했다. 만약 자신이 태어나지 않았다면… 살아계셨을 것이다. 그 사실을 떠올릴 때마다 마음 한편이 걷잡을 수 없이 외로워졌다.

울다 지친 보니가 고개를 숙인 채 가만히 앉아있었다. 무거운 침묵이 흘렀다. 토닥이던 손을 내려놓은 소년이 무언가를 쥐고 보니에게 내밀었다. 보니는 손바닥을 펼쳐 말린 꽃잎을 받았다. 부드러운 푸른빛은 살짝 바랜 듯했다.

꽃잎을 얼굴 가까이 가져가 향을 맡았다. 고요히 퍼지는 향기가 마음까지 전해지는 듯했다.

소년이 말했다.

"내 이름은 루카스야."

보니의 표정이 움직였다. 손바닥에 놓인 꽃잎을 소중히 쓸더니 자그마한 목소리로 대답했다.

"나는… 보니야."

두 시선이 마주쳤다. 푸르고 깊은 루카스의 눈 안에, 고요한 멍울이 어려있는 것 같았다. 보니는 알아볼 수 있었다. 소중한 사람을 잃은 아픔. 그건, 보니에게도 새겨진 것이었다.

* * *

　무겁게 내려앉은 갈빛 눈동자가 작게 떨렸다. 보니를 바라보던 루카스는 무력감을 느끼며 고개를 떨구었다. 고통 속에서 보니의 숨결이 점차 희미해졌다.

　3년 전, 아픈 동생을 살리기 위해 보니는 겨울의 산을 홀로 걸었다. 처음 보니를 보았을 때, 루카스는 또래 여자아이가 혼자 산에 있다는 사실에 의아했다. 그리고 곧 수레에 뉘어진 동생의 존재를 알아차렸다.

　주변 사람들은 루카스에게 물었다. 어떻게 '인내의 시험'을 나흘 만에 포기할 수 있냐고. 미래 지도자로 키울 유망한 인재를 구별해 내기 위해 벨레티안 가문에 내려오는 독특한 전통이었다. 만 열 살이 되기 전, 아이들을 겨울의 산에 홀로 두고 얼마나 버텨내는지를 지켜보는 것이다. 지금까지 최장 기록을 세운 인물은 단연 실비아였다. 태어났을 때부터 가문의 기대를 받은 루카스도 그녀 이상으로 실력을 드러내야 했다.

　하지만 그는 '인내의 시험'을 나흘 만에 포기했고, 대신 보니의 동생을 치료하기를 선택했다. 왜 그랬을까? 그를 향한 아버지의 기대가 얼마나 높은지 알고 있었으면서.

　보니의 동생이 숨을 거둔 날, 보니와 루카스는 나란히 앉아 오래된 초상화를 바라보았다. 은빛 실타래처럼 황홀하게 내려오는 머리카락과 보석처럼 빛나는 푸른 눈. 지금 보니의 눈에 비친 루카스는 어머니를 조금은 닮았을까.

연약한 호흡을 뱉어내며 보니가 입술을 움직였다. 루카스는 몸을 숙이며 집중했다.

"사실은… 식물원에 불을 지른 건 나였어. 너와 리아를 가둔 것도."

루카스의 얼굴에 의아함이 번졌다.

"네가? 도대체 왜?"

"벤 교수님이 엄마, 아빠에게 후원금을 준다고 하셨어. 대신 리아의 행동을 감시하라고…"

보니의 표정이 울먹였다. 실낱같은 목소리가 가늘게 이어졌다.

"동생들이… 보고 싶어…"

화상을 입은 뺨을 타고 눈물이 흘렀다. 루카스의 손등에 닿아 번지는 물기가 차가웠다. 시선을 떨구며 루카스가 말했다.

"내가 보살필게."

보니의 입가에 작은 미소가 어렸다.

"…고마워."

주변의 공기가 뜨겁게 가라앉았다. 마지막 남은 숨이 잦아들었다. 마지막 순간, 보니는 펠릭을 생각했다.

이제 만나러 갈게, 펠릭.

안도의 미소와 함께, 모든 고통을 훌훌 털어내듯 가볍게 눈이 감겼다. 루카스의 시선이 땅으로 떨어졌다.
 어디선가 델피니움 꽃향기가 날아와, 푸른 꽃잎처럼 내려앉았다.

14. 황금빛 눈동자

교장은 몸을 떨며 흐느꼈다. 분명 멜로디였다. 한눈에 알아볼 수 있었다. 어떻게 딸을 알아보지 못하겠는가?

어째서?

식물로 만들어 낸 새로운 종족. 멜로디가 보고 싶었던 세계… 바로 그 세계가, 딸을 집어삼켰다.

교장은 일말의 희망을 품었다. 멜로디가 예전의 모습으로 돌아올 수 있으리라고. 실험만 성공한다면, 아름답고 고귀한 딸의 모습을 다시 볼 수 있을 것이라 굳게 믿었다. 실낱같은 그 희망만이 이제껏 버티게 해주었다. 하지만…

구겨진 교장의 얼굴에서 괴성이 터져 나왔다.

"흐어어… 윽… 흐으윽…"

인형의 눈알이 교장을 매끄럽게 훑었다. 소름 끼치도록 딸과 닮은 눈빛이었다.

아, 내 딸은 어디로 갔을까? 영원히 이 안에 잠들어 있는 걸까? 인형과 함께 살아 숨 쉬고 있는 걸까? 아니다. 내 딸은 죽었다. 이건… 내 딸이 아니야!

눈을 부릅뜨며 교장이 양손에 힘을 실었다. 칼날 같은 바람이 인형의 손을 관통했다. 괴성과 함께 인형이 떨어져 나갔다. 형체를 알아볼 수 없을 정도로 짓이겨진 식물 손에서 탄 냄새가 흘렀다. 그 손을 물끄러미 내려다보던 인형이 교장을 향해 섰다.

짓이겨진 식물의 손은 금세 새로 자라나 원래의 형태로 돌아왔다. 촘촘히 쌓인 줄기들이 식물의 몸을 구성하고 있었다. 기이한 동시에 단단했다.

교장은 비틀거리며 인형을 향해 한 걸음 다가갔다. 텅 빈 눈동자 안에 눈물이 쉴 새 없이 차오르고 떨어졌다. 앞이 제대로 보이지 않을 지경이었지만, 시선은 인형을 명확히 향했다.

"너는… 멜로디가 아니야."

왜일까. 자꾸만 멜로디의 형체가 인형에 겹쳐 보였다. 교장은 숨을 팽팽히 들이마셨다.

교장이 기억하는 멜로디는, 모두의 기대를 받는 유망한 학생이었다. 아마란스에서 항상 수석을 차지하고, 졸업 후의 진로도 정해진 완벽한 나의 딸.

멜로디를 볼 때마다 자신을 똑 닮았다고 생각했다. 아이는 자신처럼 아마란스 식물 학교를 운영하게 될 것이다. 마음껏 연구를 하며 다음 세대를 양성하는 존경받는 학자로 자라나겠지.

금지된 실험을 하겠다고 스스로를 실험실에 가두기 전까지는… 흠이 없는 아이였다.

그런 내 딸이… 어떻게…

교장이 숨을 가쁘게 내쉬었다.

"내가…너를…"

죽여주리라.

교장은 양손을 펼쳐 인형을 향해 뻗어냈다. 파란 빛줄기가 뻗어나가 인형을 관통했다. 후드득, 인형의 심장 언저리가 해체되었다. 너덜너덜한 가슴팍에 뚫린 구멍이 벌어지며 타격을 주었다. 중심을 잃은 인형의 몸이 기울어졌다.

교장이 싸늘한 표정으로 손을 거두었다.

인형을 살려둘 수는 없었다. 멜로디의 육신과 눈빛과 영혼을 집어삼킨 눈앞의 괴물. 이것으로부터 멜로디의 영혼을 구해내야 했다.

그러니 직접 몰살해야 했다. 어미로서 죽은 딸에게 해줄 수 있는 마지막 배려일 테니.

인형이 일어섰다. 뜯겨나간 가슴팍은 곧바로 가느다란 식물 줄기들로 메꾸어졌다. 곧바로 교장을 향해 달려들었다.

교장이 몸을 뒤로 뻗으며 인형의 공격을 피했다. 인형은 한 번 더 손을 강하게 휘둘렀다. 교장의 어깨가 인형의 손힘을 받아 중심을 잃었다. 기회를 놓치지 않고 인형이 교장의 머리를 향해 양손을 내리찍었다.

"으윽…"

교장은 고개를 숙이며 신음했다. 피가 뚝뚝 흘러내렸다. 인형이 동작을 멈추고 교장을 내려다보았다. 땅에 주저앉은 교장의 얼굴에 착잡함이 스쳤다. 자신이 무얼 해야 하는지 아는 얼굴이었다. 처음 인형을 마주 보았을 때 교장은 결심했다. 끝없이 재생하는 인형을 보내기 위해 대가를 치르겠다고.

인형을 향해 교장이 달려들었다. 주춤하는 인형을 온몸으로 껴안았다. 양손으로 인형의 뒤통수를 강하게 부여잡았다. 떠나간 딸을 마지막으로 포옹하듯이.

지이잉…

교장의 몸이 달아올랐다. 정신을 집중해 강력한 마법 주문을 외웠다. 인형이 벗어나기 위해 몸부림을 쳤지만, 교장의 손은 절대 놔주지 않았다.

"…함께 가자."

교장이 힘없이 중얼거렸다.

마법의 힘이 두 명을 중심으로 진동하며 울려 퍼졌다. 강렬한 파장이 일었다. 바람과 마법과 힘이 동시에 강타했다. 교장의 모습이 힘을 받아 서서히 흐릿해졌다.

인형의 몸을 이루는 식물들이 분해되고 있었다. 도로 재생되는 식물의 속도와는 비교할 수 없을 정도로 빠르게. 마치 빛의 속도로… 인형은 서서히 사라져 갔다.

리아는 힘없이 숲을 걸었다. 바스라지고 무너져 내리는 나무들을 피하려는 노력조차 하지 않은 채로.

공허하게 걷던 리아의 시야에 쓰러져 있는 사람의 형체가 보였다. 그 형체를 알아본 리아가 달려가 무릎을 꿇고 앉았다.

"교장 선생님!"

교장의 텅 빈 눈동자가 하늘을 향해있었다. 나무에 붙은 불길과 치솟는 연기, 숲이 죽어가며 내지르는 비명이 눈 안에 고여있는 듯했다.

"괜찮으세요, 교장 선생님?"

교장은 그제야 천천히 눈동자를 움직여 리아를 바라보았다.

"숲이…"

교장이 힘겹게 입술을 열어 말했다. 입가에 맺힌 핏방울이 엷게 떨렸다.

리아는 하늘을 올려다보았다. 불길이 옮겨붙는 속도가 점차 빨라졌다. 곧 숲 전체가 타들어 갈 것이다.

"잠시만 기다리세요. 제가 가서 벤 교수님을…"

주변을 둘러보던 리아는 멀리 떨어지지 않은 곳에 식물이 해체된 흔적을 발견했다. 한때 인형이었던 존재는 이제 자취도 남기지 않고 사라졌다. 리아의 눈빛이 흔들렸다.

교장의 가냘픈 손이 리아의 손을 툭 건드렸다. 리아가 반응하며 교장을 바라보았다.

"늦… 었어."

"그렇지만…"

비참한 심정으로 리아는 말을 잇지 못했다.

뻗어 나온 피가 교장의 몸 아래로 번지고 있었다. 떨리는 손을 리아의 무릎 위에 얹은 교장은 고개를 저었다. 간단한 동작에도 인상을 찡그릴 정도로 고통스러워했다. 뜻을 헤아린 리아는 조용히 교장을 바라보았다.

"흑여우가… 깨어났어."

교장이 희미한 목소리로 말했다. 리아는 말없이 입술만 달싹거리다가 고개를 떨구었다.

"…죄송해요."

뜨겁게 타오르는 열기가 하늘 높게 솟구치고 있었다. 리아는 울먹이며 고개를 저었다.

"제가, 흑여우를…"

말을 잇지 못하는 리아의 손을 교장이 감싸주었다. 메마른 목소리가 낮게 흘러나왔다.

"다시… 봉인해야 해."

리아는 교장의 손을 꼭 잡아주었다. 말하는 것조차 버거워 보였기에 편히 쉬기만을 바랐지만, 교장은 고통을 견뎌내며 말을 이었다.

"네가… 할 수 있어."

"제가요?"

뜻밖의 말을 들은 사람처럼 리아가 물었다. 잠시 교장은 말이 없었다. 칙칙한 회색빛 눈이 리아를 바로 보았다. 리아는 쉽사리 입술을 떼지 못했다.

"네가… 해야 해."

쓰러져 가는 목소리가 다시 한번 말했다. 리아는 한참 후 대답했다.

"하지만, 저는 방법도 모르고…"

교장은 리아의 손을 꽉 붙들고 강경한 어조로 말했다.

"네 안에 있어."

리아는 당황했다. 교장이 무슨 말을 하는지 도무지 이해되지 않았다.

교장은 자신의 백발로 손을 가져갔다. 머리에 꽂은 핀을 빼내 리아의 손 위에 얹어주었다. 리아는 손안에 든 핀을 내려다보았다. 핀은 펼쳐진 새의 한쪽 날개 모양이었다.

핀에 온기가 돌더니 찬란한 황금빛이 어리기 시작했다. 핀을 감싼 손바닥이 따뜻해졌다.

빛이 손바닥을 타고 리아의 몸에 흡수되기 시작했다. 혈관을 타고 흐르며 빛의 오라를 피부 위로 만들어 냈다. 리아는 몸에 흐르는 온화한 기운을 느꼈다. 몸속 깊은 곳까지 흘러간 마법은 감추어져 있던 세포들을 생생히 깨우는 것만 같았다.

반대로 교장의 눈동자는 점차 힘을 잃어갔다. 리아는 교장의 눈 안을 들여다보았다. 그리고 깨달았다. 교장의 눈에 비친 리아의 두 눈은 명징한 황금빛이었다.

어째서?

그 순간, 교장의 손이 힘을 잃고 떨구어졌다. 믿지 못하는 얼굴로 리아는 교장의 손을 다시 잡았다. 마르고 딱딱한 손에서 아무런 생명력도 느껴지지 않았다.

"교장 선생님…"

울먹이는 목소리가 갈라져 나왔다. 교장의 시선은 허공을 향해 멈춰져 있었다. 리아는 교장의 눈꺼풀을 천천히 덮어주었다.

리아는 고개를 들어 맹렬히 타들어 가는 숲을 바라보았다. 황금빛 시선으로 차분히 숲의 기운을 느꼈다. 지금 가야 할 곳을 단번에 찾아냈다.

* * *

리아는 검은 재로 가득한 흙을 밟았다. 발을 디딜 때마다 땅의 질감이 선명히 전해지고, 숲의 움직임 하나하나가 모든 감각으로 느껴졌다.

마치 태초부터 숲과 연결돼 있었던 것처럼. 리아는 눈을 감았다. 일렁이는 불길 사이로 가야 할 곳이 선명히 빛났다. 리아는 그곳을 향해 나아갔다.

리아가 멈춰 선 땅은 넓은 공터였다. 불길의 흔적이 거의 닿지 않은 원형의 땅을 둘러싸고 나무들이 거세게 타올랐다. 리아는 공터 중심부에 서서 매섭게 타오르는 숲을 바라보았다. 영원히 솟아오를 듯한 불길이 뜨겁고 거친 바람을 내보냈다.

이곳이다.

리아는 손끝을 움직여 뜨거운 바람이 손가락 사이를 스치는 느낌을 받아들였다. 그리고 동요 없이 단도를 꺼냈다.

새파란 칼날 끝으로 팔목을 찔러냈다. 핏방울이 옅게 퍼졌다. 손에 힘주어 그어내자 후드득 핏방울이 떨어져 내렸다.

떨어진 피가 땅 위에서 모여 자라나 심장 모양의 형상을 피워냈다. 강렬한 박동을 내며 공기를 흔들자, 핏빛 냄새가 바람을 타고 흘러갔다.

리아는 고개를 들었다. 고요한 얼굴로 상대를 기다렸다.

실비아는 맨발이었다. 새롭게 솟구치는 힘을 온몸으로 받아들이고 있었다. 한 걸음씩 발을 내디딜 때마다 발밑에서 부서진 재와 붉은 흙이 일어났다.

실비아는 본능적으로 고개를 돌렸다. 강렬한 유혹이 몸 깊숙이 파고들었다. 정신을 차리지 못할 정도로 진한 피 냄새였다. 실비아는 혀로 입술을 훔쳤다. 아, 언제가 마지막이었던가? 이토록 신선한 피를 맛본 것이. 실비아는 알아차릴 수 있었다. 봉인 마법사의 피였다.

실비아는 피 냄새를 좇아 달리기 시작했다. 발아래 밟힌 가지가 발바닥을 찢어 상처를 만들어 냈다. 검은 핏자국을 묻힌 채 숲을 내달렸다. 타들어 가는 나무에 섞여오는 피 냄새는 어느 때보다도 매혹적이었다.

이 피를 내 것으로 만들 것이다. 삼키고, 씹고, 뱉어내어 부패하도록 만들 것이다. 세상의 아름답고 진귀한 모든 것들을 집어삼키고, 응당 망가뜨려 세상에 토해낼 것이다. 그렇게 세상을 내 아래 둘 것이다. 그것이 나의 증명이며 구원이 될 테니. 나는 신이고, 예언자이며, 단 하나의 부패이니.

마지막 나무를 지나자 이윽고 공터가 나왔다. 실비아는 황금빛 눈동자를 마주 보았다. 심장 모양의 피가 리아 곁에서 요동치고 있었다. 진해진 피 냄새에 실비아는 입맛을 다셨다.

"마침 잘됐어."

오른손을 쥐었다 펴며 실비아가 중얼거렸다.

"내 능력을 시험해 보고 싶었거든."

실비아의 입꼬리가 비틀렸다. 말을 끝내자마자 실비아는 손바닥을 펼쳤다.

손끝에서 푸른 섬광이 튀어나왔다. 번개 같은 빛줄기들이 공중에서 갈라져 순식간에 리아를 향해 쏟아졌다. 리아는 오른팔을 올려냈다. 리아의 몸을 중심으로 황금빛 원이 떠올랐다. 작은 폭발들이 원 위로 연달아 터졌다. 흩어진 푸른 파편들이 숲의 불길을 잠시 끌어내렸다.

리아는 싸늘한 시선으로 실비아를 바라보았다. 실비아의 붉은 동공이 비정상적으로 확장되어 있었다. 그녀를 흐르는 여우의 영혼을 감지했다.

입술을 벌려 리아가 말했다.

"썩은 냄새가 나. 너한테서."

실비아의 표정이 꿈틀거렸다. 분노로 일그러진 얼굴이 격정적으로 숨을 내쉬었다. 손을 들어 허공에서 바람을 잡아내듯 손가락을 접었다. 푸른 검이 손끝에 생겨났다. 미세한 빛으로 견고히 다듬어진 검을 내달리며 휘둘렀다.

휘익!

리아는 몸을 비틀며 뒤로 빠졌다. 날카로운 검 끝이 리아의 목덜미를 스치듯 지나갔다. 숨을 짧게 들이마신 리아는 곧장 몸을 숙이며 단도를 집어 들었다. 그 순간, 실비아의 검이 다시 한번 파고들었다.

챙!

푸른 검과 단검이 부딪치며 금속음이 튀었다. 리아는 허리를 낮춘 채 검을 비껴내고 몸을 틀었다. 실비아가 맹렬히 검을 휘두르며 온 힘을 쏟아부었다.

두 사람의 시선이 만났다. 리아는 오른손으로 단검을 꽉 움켜쥐고, 왼손을 칼등에 덧댔다. 두 팔의 힘줄이 팽팽히 당겨졌다. 부딪친 칼끝에서 불꽃이 튀었다.

쐐악!

날카로운 쇳소리가 공기를 찢었다. 순간, 두 검이 밀려나듯 튕겨 나갔다.

빈틈을 포착한 리아가 먼저 몸을 날렸다. 단도 끝이 실비아의 옆구리를 향해 빠르게 파고들었다. 실비아가 몸을 비틀며 검으로 받아쳤다.

쨍그랑!

금속음이 울리며 리아의 단검이 산산조각 났다. 부서진 파편이 풀 위로 흩어졌다. 실비아는 멈추지 않고 그대로 검을 내리쳤다. 칼날이 리아의 어깨를 찍어 내렸다.

푸욱.

피가 솟았다. 어깨가 저리게 찢기고, 숨이 끊기는 듯 조여왔다.

갑자기 시야가 어두워졌다. 엄마와 아빠. 이곳에서 쓰러진 두 사람의 모습이 눈앞에 펼쳐졌다. 오래전, 여우를 봉인한 그날의 풍경이었다.

비가 쏟아지는 회색빛 하늘 아래, 피에 젖은 두 사람의 몸은 서로를 향해 뉘어있었다. 감기지 않은 시선이 고요했다. 아무런 빛을 띠지 않은 텅 빈 눈동자. 움직이지 않는 팔과 다리. 멈추어진 숨. 영원히 정지된 시간… 엄마, 아빠는 바로 이곳에서 잠들었다.

심장이 빠르게 뛰었다. 실제로 보지 못했던, 막연히 전해 듣기만 했던 엄마, 아빠의 죽음. 그 처절한 시간이 눈앞에 펼쳐지니 두려움이 덮쳐왔다. 또 이렇게 되는 걸까?

실비아의 검이 다시 내려왔다. 리아는 몸을 틀어 피했다. 그러나 칼날이 왼팔을 스치고 지나갔다.

비명이 터졌다.

"으윽…!"

리아는 무릎을 꿇었다. 입술을 깨물며 숨을 토했다. 목까지 차오른 숨이 끊기듯 이어졌다. 눈빛이 흐릿해졌다.

떨리는 손이 땅을 짚었다. 간신히 몸을 일으켜 세웠지만, 다리에 힘이 없었다. 리아는 비틀거리며 실비아에게서 등을 돌렸.

도망쳐야 했다.

그러나 실비아의 검이 또다시 허공을 가르며 내리쳤다.

"아…!"

리아는 그대로 뒤로 넘어졌다. 손바닥이 땅을 긁었다.

아, 이제 끝이야. 리아의 두 눈에 눈물이 고였다. 여기서 죽는 걸까, 엄마, 아빠처럼? 처음부터 예정된 일이었을지도 몰랐다.

실비아가 검을 들고 리아를 내려다보고 있었다. 입술 끝에 비릿한 미소가 걸려있었다. 리아는 미동 없이 그 눈을 올려다보았다. 리아의 몸에 피가 흥건했다.

그 순간, 조그마한 목소리가 들렸다.

'언니.'

리아는 흠칫 고개를 들었다. 시아의 목소리였다.

시아. 잠시 잊고 있었던 존재를 그제야 다시 떠올렸다. 지금까지 나를 버티게 해준 시아. 엄마가 마지막으로 당부한, 하나뿐인 가족.

차오른 눈물이 뺨을 타고 뜨겁게 흘러내렸다. 왜 포기하려고 했을까? 시아가 있었는데.

리아는 손을 움켜쥐었다. 어깨가 작게 떨렸다.

이제껏 자신이 시아를 지켜온 줄 알았다. 하지만 아니었다. 어쩌면, 시아가 나를 지키고 있었던 게 아닐까?

리아는 숨을 들이켰다. 눈빛이 바뀌었다. 포기할 수는 없었다. 살아야 하는 이유가 분명해졌다.

실비아의 칼날이 곧장 내리꽂혔다. 리아는 몸을 옆으로 돌려 피했다. 칼날이 어깨를 스치기도 전에, 풀밭에 흩어진 단검 조각을 움켜쥐었다. 그대로 곧장 실비아를 향해 튀어 나갔다.

푸욱!

단검의 날은 정확히 실비아의 가슴을 꿰뚫었다.

리아는 움켜쥔 조각에 힘을 실었다. 칼 조각에 빛이 스며들더니 강렬한 불길이 솟구쳤다. 실비아의 가슴 위로 찬란한 화염이 뻗어 나갔다. 리아는 힘없이 몇 발짝 물러섰다.

실비아가 이내 땅 위로 무릎을 꿇었다. 손에 들고 있던 푸른 검이 힘없이 땅으로 떨어졌다.

"으윽…"

불길이 타오르는 실비아의 몸이 점차 검게 그을려 갔다.

실비아는 입술을 벌려 마지막 포효를 토해냈다. 튀어나온 괴성은 짐승의 것이었다. 손으로 땅을 짚으며, 실비아는 남은 힘을 끌어모아 리아를 향해 달려들었다. 짐승처럼 어깻죽지를 꽉 물었다. 검붉은 피가 리아를 어깨를 타고 흘러내렸다. 리아는 동요하지 않은 채, 조용히 실비아를 바라보았다.

실비아는 천천히 땅 위로 쓰러졌다. 그녀의 피부를 뚫고 검은 기운이 흘러나왔다. 여우의 영혼이었다.

여우가 으르렁거리며 리아를 노려보았다.

리아는 목에 걸린 원석을 당겨내 풀었다. 원석을 땅 아래 떨어뜨린 후 흙을 파내어 묻었다. 그리고 입술을 열어 목소리를 흘려보냈다.

그것은 노래였다. 입술을 통해, 청아하게 흘러나왔다.

별이 눈뜨는 시간
찬란한 웃음이 되어
밤의 심장 위로 눈부신 꽃을 피우라

나비가 날갯짓할 때
바람의 씨앗이 되어
닿을 수 없는 노래를 부르라

백야를 넘어선
단 하나의 새가 되어
영원의 날갯짓을 하라

 노래가 울려 퍼질수록 심장 모양의 피가 격렬히 박동했다. 리아는 심장을 잠잠히 바라보았다. 검붉은 피가 뚝뚝 떨어져 땅속으로 흘렀다. 흘러간 피는 원석이 묻힌 부근에 닿았다. 땅에서 붉은빛이 연하게 새어 나오더니 반짝, 공기가 일렁였다.
 이윽고 땅이 강하게 진동했다. 중심을 잃고 넘어진 리아는 그대로 눈앞에 일어나는 일을 목도했다.
 땅이 갈라지고 거대한 비석들이 튀어나왔다. 서로 다른 색을 띤 비석들이 원형의 궤도를 그리며 땅 위로 세워졌다.
 멀찍이 떨어진 비석들 위로 피가 문양처럼 새겨져 있었다. 그 피가 공중에서 만나 하얀빛이 되어 하늘로 솟구쳤다. 마치 빛의 기둥이 하늘을 향해 오르는 것 같았다.

여우가 날카롭게 울부짖었다. 고개를 숙이고 피를 토해내며 처절한 울음소리를 냈다.

간신히 일어난 리아는 귀를 찢는 듯한 소리에 도로 주저앉았다. 시야가 흐려지고, 의식이 멀어졌다. 눈이 저절로 감겼다. 흐릿한 형체가 꿈처럼 다가왔다. 엄마와 아빠였다. 리아를 꼭 안아주었다. 그 품이 따스했다.

리아는 떨리는 손을 뻗었다.

"엄마… 아빠…"

입술에서 목소리가 흘러나온 순간, 리아는 눈을 떴다.

다시 바라본 세상은 모든 빛이 내려앉은 듯했다.

믿기지 않을 정도로 고요했다. 마치 세상을 이루는 모든 것들이 영원한 빛 속으로 돌아간 것처럼.

오롯한 빛을 느끼며, 리아는 실비아를 바라보았다. 실비아의 몸이 빛에 의해 찬찬히 벗겨지고 있었다. 실타래가 한 올씩 풀려 나가듯이.

리아는 차분한 감정으로 실비아의 몸이 빛에 먹히는 광경을 목격했다. 세상을 뒤덮은 빛이 서서히 거둬졌다. 거대하게 요동치던 땅이 잠잠해지고, 멈췄던 공기가 다시 흘렀다.

홀로 남겨진 리아는 실비아가 사라진 땅을 내려다보았다. 빛이 지나간 흔적만이 풀 위로 내려앉아 있었다. 희게 부서져 내린 빛의 조각들은 한 줌의 바람에 스러지듯 사라졌다.

그대로 가만히 앉아있던 리아는 땅을 짚으며 일어섰다.

남겨진 것들을 바라보았다.

쓰러진 나무들 사이로 연기와 재가 잔잔히 흩날리고, 풀 위로 격렬한 싸움이 남긴 자국이 깊게 배어있었다. 버려진 검처럼 숲은 만신창이로 내던져진 모습이었다.

리아는 솟아난 비석들을 바라보았다. 발을 끌다시피 걸어가 비석 앞에 섰다. 노랗고 투명한 비석 위로 잔상처럼 피가 고여있었다.

리아는 비석에 적힌 문장을 눈으로 읽었다.

'영원한 날갯짓을 멈추지 않을 우리 아이들에게'

리아는 손바닥을 뻗어 비석 위에 대었다. 따스한 기운이 손끝에 맴돌았다.

엄마의 목소리가 들려오는 듯했다. 한줄기의 바람이 되어 귓가에 감도는 것 같았다.

리아는 뺨을 흐르는 눈물을 손으로 닦아냈다.

하늘에서 하나둘 빗방울이 떨어졌다. 리아는 고개를 들어 하늘을 올려다보았다. 빗방울은 점차 늘어나더니 거대한 빗줄기가 되어 내리기 시작했다.

  비는 불길이 남긴 잔열을 씻어냈다. 푸르스름한 불꽃들은 빗물과 부딪혀 사그라들었다. 굽이치던 불길이 잠잠해지고, 검게 그을린 나무의 가지들이 한꺼번에 내려앉았다.

  숲 전체가 희뿌연 수증기와 검은 연기로 가득 차올랐다. 비가 계속되자 그마저도 땅 밑으로 꺼진 듯 사라져 갔다.

  리아는 온몸으로 비를 맞았다. 숲을 씻겨 내려가는 빗줄기를 바라보았다.

  내리치던 빗줄기가 잦아들며 구름 사이로 햇살이 드러났다.

  햇살이 숲을 비추고, 잔혹한 지난밤의 화재가 도드라졌다. 남겨진 시체들이 숲에 쓰러져 있었다. 교장과 인형도 같은 자리에 누워있을 터였다.

  리아는 쓰러지듯 무릎을 꿇어앉아 턱을 들었다.

  빛과 비에 씻긴 숲의 공기는 깨끗했다.

  상처 입은 나무들이 꿋꿋이 하늘을 향해 가지를 뻗어내고 있었다. 아침 햇살 속 새로운 생명을 품은 듯 은은히 빛났다.

에필로그

 숲의 복구를 위해 학교는 남은 학기의 모든 수업을 취소했다. 갑작스럽게 이른 방학을 맞이한 학생들은 당황했다. 짐을 챙겨 학교를 떠나기까지의 기한은 일주일밖에 주어지지 않았다. 학생들이 하나둘 짐을 챙겨 학교를 나서기 시작했다.

 짐 가방을 들고 기숙사 건물을 나서는 학생들의 모습이 보였다. 서둘러 떠나는 학생들과 달리 리아는 망고 정원에 홀로 앉아 차분히 생각에 잠겼다. 가만히 앉아 천사 분수대를 내려다보는 리아에게 테오가 다가왔다.

 "괜찮아?"

 리아는 고개를 들어 테오를 바라보았다. 테오는 머리에 붕대를 감고 있었다. 말에서 떨어질 때 다쳤다고 했다. 리아의 시선을 느낀 테오가 말을 얹었다.

"거의 다 나았어."

리아는 그날의 기억을 떠올렸다. 리아를 숲 어귀에 내려준 테오는 남은 학생들을 구하겠다며 도로 숲으로 들어갔다. 그런 용기를 낼 수 있는 사람은 많지 않았다.

"모두 짐을 챙기느라 분주한 것 같아."

리아는 고개를 끄덕였다. 두 사람의 표정이 어두워졌다. 입 밖으로 꺼내지 않아도 떠나간 희생자들을 떠올린다는 것을 서로 알 수 있었다.

"여기 있었구나. 찾고 있었어."

노아의 목소리가 들렸다. 미나도 옆에 함께 있었다. 요즘 두 사람은 함께 다니는 시간이 눈에 띄게 늘었다.

"미나가 나보고 같이 학생들을 구하자고 했다니까? 그래서 우리가…"

노아가 방긋 웃으며 그날의 이야기를 들려주었다.

"학교에서 우리의 공을 알면 분명 상을 줄 거야. 하지만 미나는 그런 건 원치 않는대. 그래서 우리 둘만의 비밀로 남기기로 했지."

"그 정도까진 아니었어."

미나가 말을 얹었지만 노아는 굴하지 않고 말을 이었다.

"미나가 얼마나 대단한 마법을 썼는지 너네도 봤어야 해. 까마귀도 불렀다니까? 이름이 뭐였지?"

"사라."

"맞아. 사라! 정말 멋졌어."

노아는 한동안 미나와의 모험을 나눴다. 몇 번 노아의 말을 고쳐주던 미나는 나중에는 잠잠히 듣고만 있었다. 노아가 말을 마치자 미나는 차분한 목소리로 말했다.

"벤 교수님은 많이 안 좋으신 것 같아."

"소식 들은 거 있어?"

테오가 묻자 미나는 고개를 끄덕였다.

"교수님들의 대화를 엿들었는데, 아무래도 회복은 힘들 것 같다고…"

리아는 분수대로 시선을 내렸다.

숲이 화재로 뒤덮인 날, 함께 있었던 손은 벤 교수가 커다란 나무에 맞았다고 말했다. 나중에 구조대가 도착했을 때 벤 교수의 상반신이 나무 밑에 깔려있었다.

타들어 간 벤 교수의 상반신은 형체를 알아볼 수 없을 정도였다. 의식은 끝끝내 돌아오지 않았다. 큰 병원으로 옮겨져 치료를 이어 나가고 있지만 차도는 기대하기 힘들 거라는 의사의 진단이었다.

"면회도 힘든 거지?"

"아마도… 의식도 없으시니까."

"아쉽다. 다 같이 면회 가면 좋을 텐데…"

중얼거리던 노아는 말을 흐렸다. 보니를 떠올린 것이다.

"보니도 있었다면…"

노아의 언급에 아무도 쉽사리 입을 떼지 못했다.

리아는 눈시울을 붉혔다. 숲에서의 화재로 목숨을 잃은 보니는 부모가 와서 시신을 수습해 갔다. 장례식은 동네에서 간소히 치러질 거라고 했다. 부모를 따라온 보니의 여동생을 리아는 멀리서 보았다. 의젓한 여동생은 내내 시선을 내리깔고 무표정으로 걸었다.

짐 가방을 끌고 기숙사를 나서는 상급생들이 보였다.

"짐 챙겼어? 나는 내일 비서가 와서 함께 그레이펠로 돌아가. 너네는?"

"나도 집으로 가야지."

테오가 가볍게 대답했다. 노아가 활짝 웃으며 말했다.

"너네 몰랐지? 미나는 안과에서 일한대. 나중에 놀러 가기로 했어."

"안과? 이름이 뭔데?"

테오가 관심을 보이며 물었다.

"보름달 안과."

대답하는 미나의 얼굴에 잠시 미소가 어렸다.

리아는 눈을 내리깔았다. 어디로 가야 할지 막막했다. 시아가 있는 병원으로 가고 싶었지만, 면회가 허락될지 확실치 않았다.

치료를 위해 시아는 외부와 완전히 차단될 거라고 전해 들었다. 이제 벤 교수까지 의식을 잃었으니 추후 시아의 환경에 대한 고민이 깊어졌다.

이제 막 생각난 듯 노아가 눈을 찡긋하며 리아에게 편지를 건넸다.

"참, 루카스가 전해달라고 했어."

"나한테?"

"응. 다행이다. 잊을 뻔했는데."

편지는 루카스의 눈을 닮은 푸른빛이었다. 리아는 곧바로 편지봉투를 열어 편지를 꺼냈다.

'직접 인사를 하고 싶었는데 시간이 없었어.

나는 수도에 있는 별장으로 가.

당분간 집안과 떨어져 지낼 생각이야.

우리 처음 만난 날 기억나?

그날 내가 네게 보석을 건네주었지.

돌이켜 생각해 보니

진짜 보석은 네가 내게 준 것 같아.

건강히 지내기를.

언젠가 너를 다시 만나고 싶어.'

"뭐라고 썼어?"

노아가 궁금증 가득한 얼굴을 내밀었다.

"리아 학생."

고개를 돌려보니 안경 교수가 서있었다. 네 사람은 고개를 숙여 인사했다.

"잠깐 좀 보지."

안경 교수가 리아를 향해 짧게 말하고 돌아섰다.

안경 교수는 리아를 회의실로 데려갔다. 회의실 문을 열자 안에 앉아있던 중년의 남자가 일어섰다. 안경 교수는 남자를 향해 짧게 인사를 한 후 의무를 다했다는 듯 걸어갔다. 문가에 서있는 리아를 향해 남자가 먼저 말을 꺼냈다.

"반가워요, 리아 양. 저는 변호사 제이 롭스디입니다. 잠깐 이야기 좀 나눌 수 있을까요?"

리아는 남자를 마주 보고 앉았다.

변호사는 안경 너머로 리아를 잠시 응시하다가, 책상 위에 놓은 두꺼운 서류를 가볍게 두드리며 입을 열었다.

"몸은 좀 괜찮나요?"

리아가 괜찮다고 말하자, 변호사는 턱을 매만지며 위로의 말을 전했다.

학교에 일어난 사건은 파도바 왕국의 많은 관심을 불러일으켰다. 특히 엘러노어 교장의 죽음과 베일에 가려졌던 붉은 숲의 화재는 큰 충격을 주었다. 기자들이 몰려와 취재했고, 학교는 남은 수업을 모두 취소하고 학생들을 빨리 내보내는 것이 최선이라고 생각했다.

엘레노어 교장은 학교 외부에서도 존경받는 인물이었다. 학교의 분위기는 어느 때보다 침울하게 가라앉았다. 회복되려면 많은 시간이 필요할 것이다.

"엘레노어 선생님께서는 생전 변호사인 저와 함께 유언장을 작성하시며, 특정 유산을 리아 양에게 전하도록 법적으로 지시하셨습니다. 이는 신중히 고려하신 선생님의 뜻입니다."

그 말에 리아는 자신이 들은 말이 정확한지 의심하며 변호사를 바라보았다.

"우선, 엘레노어 교장 선생님께서는 시아 양의 병원비를 매달 지급할 것을 명시하셨습니다. 지금까지처럼 앞으로도 동생분의 치료는 변함없이 진행될 것입니다."

눈을 가늘게 뜨며 리아는 그 말이 의미하는 바를 이해하려 애썼다.

"잘 모르겠어요. 그 말뜻은…"

남자는 입술을 벌려 작게 탄식을 뱉었다.

"아, 리아 양은 몰랐던 모양이군요. 엘레노어 선생님께서 시아 양을 세인트 브릭 병원으로 옮기셨습니다."

"원래 있던 병원에서요?"

변호사는 잠시 뜸 들이더니 고개를 저었다.

"시아 양은 더글러스 부근의 빈민 병동에 있었습니다. 열악한 환경을 걱정한 엘레노어 선생님께서 시아 양을 큰 병원으로 옮기신 것입니다. 리아 양도 알고 있을 줄 알았습니다."

"그럴 리가 없어요. 시아에게 편지도 써왔는데…"

리아는 말문이 막혔다. 편지를 부칠 때마다 당연히 시아에게 전해지리라 믿었다. 그런데 전혀 다른 곳에 편지를 보내고 있었다니…

"걱정하지 않으셔도 됩니다. 병원을 옮긴 후로 시아 양의 건강은 많이 회복되고 있습니다."

변호사는 잠시 말을 멈추고, 서류를 넘기며 한쪽 페이지를 펼쳤다.

"또한 엘레노어 교장 선생님께서는… 리아 양의 학비와 생활비 또한 전액 지원되도록 지정하셨습니다. 앞으로 재정적인 걱정 없이 학업에 매진할 수 있을 것입니다."

리아의 손이 떨렸다. 변호사가 펼친 페이지를 조용히 읽었다.

"그리고 마지막으로…"

변호사는 펜 뚜껑을 닫으며 진중한 표정으로 말을 이었다.

"리아 양이 성인이 되었을 때, 교장 선생님의 유산을 상속받게 될 것입니다. 이것은 엘레노어 교장 선생님의 뜻입니다."

리아는 숨을 고르며 변호사의 말을 곱씹었다. 생각할수록 말이 되지 않았다. 납득되지 않은 얼굴로 리아가 물었다.

"교장 선생님께서, 왜 제게…"

"이건 저의 사견이지만…"

변호사는 안경을 벗고 리아의 눈을 지그시 들여다보았다.

"엘레노어 선생님께서는 리아 양이 학교에 들어온 후로 줄곧 신경 써오셨습니다. 시아 양의 병원을 옮기고 리아 양의 신변을 신경 쓰신 일도 모두 오래 지켜보신 결과입니다."

리아는 교장 선생님의 얼굴을 떠올렸다. 마지막 순간, 황금 핀을 쥐여주던 단단하고 거친 손. 리아는 여전히 그 손을 맞잡고 있는 기분이 들었다.

리아는 말없이 서류를 내려다보았다. 교장 선생님의 서명이 적힌 부분을 손끝으로 꾹 눌렀다. 그 이름이 지워질세라 조심스럽게 종이를 쓸어낸 후 시선을 올려 말했다.

"시아를 만나고 싶어요."

리아는 상기된 얼굴로 창밖을 내다보았다. 내달리는 기차 밖으로 주변 풍경이 빠르게 스쳤다. 초록빛 잔상을 남기며 산과 나무들이 사라져 가고, 복잡한 도시 풍경이 펼쳐졌다. 딱딱한 기차 의자에 등을 기대며 리아는 양손을 맞잡았다.

역에서 내린 후 세인트 브릭 병원을 찾아가는 길은 어렵지 않앉다. 병원은 역에서 걸어서 5분 거리에 있었다. 유동 인구가 많은 병원 주변으로 사람들이 어지럽게 움직였다. 크게 심호흡을 한 후 리아는 유리문을 밀고 병원 안으로 들어갔다.

유리문을 넘어서자 천장이 높이 솟아난 병원의 풍경이 펼쳐졌다. 각 층으로 이어지는 투명한 유리 엘리베이터와 에스컬레이터가 거대한 공간을 메우고 있었다.

리아는 안내처에 가서 시아의 병실을 문의한 후 담당 호실 번호를 받았다. 유리 에스컬레이터를 타고 안내받은 5층에 도착한 후 시아의 방을 찾았다.

흰 복도를 걸어 시아의 이름이 적힌 방 앞에서 멈춰 섰다. 노크를 한 후 문을 열고 방 안으로 들어갔다.

넓은 병실은 조용하고 깔끔했다. 창가 쪽으로 놓인 침대 위로 시아의 몸이 조용히 누워있었다. 리아는 시아 가까이 걸어갔다. 얇은 이불이 잠든 시아의 작은 몸을 덮고 있었다.

창밖으로 드리운 햇살이 커튼 사이를 비집고 들어와 시아의 손위로 금빛 그림자를 만들어 주었다. 리아는 시아의 얼굴을 가만히 들여다보았다. 마지막으로 봤을 때보다 더 자라있는 것 같았다. 살짝 붉은 얼굴이 여리게 호흡할 때마다 작게 움직였다.

시아가 살짝 몸을 뒤척였다. 리아는 손을 내밀어 이불을 올려주었다. 평온한 잠에 빠진 시아의 모습을 지켜보는 리아의 얼굴에 희미한 미소가 걸렸다.

시아의 눈꺼풀이 살짝 움직였다. 긴 속눈썹이 가늘게 떨리더니, 천천히 눈꺼풀이 올라갔다. 푸른 눈동자가 깜빡이며 리아를 바라보았다.

"언니?"

시아는 곧바로 몸을 일으켰다.

리아는 품에 안기는 시아를 양손으로 안아주었다. 따뜻한 온기가 전해졌다. 그리운 향기가 시아에게서 풍겼다. 엄마를 닮은 그 향은 갓 피어난 작은 꽃다발처럼 달콤하고 부드러웠다.

"보고 싶었어, 언니."

품 안에서 시아가 말했다.

리아는 시아의 머리를 가만히 쓰다듬었다.

"나도… 나도 보고 싶었어. 많이."

어린 뺨이 리아의 가슴에 닿았다. 연약하고 부드러운 시아의 몸을 리아는 오랫동안 쓰다듬었다.

아벨의 아이들 – 아마란스 마법학교

초판 1쇄 인쇄 2025년 10월 23일
초판 1쇄 발행 2025년 11월 6일

지은이 | 변윤하
일러스트 | 권서영
발행인 | 강봉자, 김은경

펴낸곳 | (주)문학수첩
주소 | 경기도 파주시 회동길 503-1(문발동633-4) 출판문화단지
전화 | 031-955-9088(대표번호), 9536(편집부)
팩스 | 031-955-9066
등록 | 1991년 11월 27일 제16-482호

홈페이지 | www.moonhak.co.kr
블로그 | blog.naver.com/moonhak91
이메일 | moonhak@moonhak.co.kr

ISBN 979-11-7383-021-1 03810

* 파본은 구매처에서 바꾸어 드립니다.